Kommissarin Florence Labelle hat ihren Dienst bei der Berliner Kripo quittiert und sich erfolgreich auf die Kommissarstelle bei der Police Judicaire in Nîmes beworben.

Ausschlaggebend für diesen Schritt war auch ihre Liebesbeziehung zu Cathérine Volet. Nach den Strapazen in ihrem Berliner Job stellt sich Florence auf ein paar geruhsame Berufsjahre in der Provence ein, doch dort erwartet sie bereits neuer Streß: Gemeinsam mit Inspektor Alain Roche, der ihr engster Mitarbeiter wird, muß sie einen Verkehrsunfall untersuchen, bei dem der achtzehnjährige Raymond Lapalut ums Leben gekommen ist. Bald schon entdeckt Florence, daß er in Wahrheit einem Mordanschlag zum Opfer fiel. Ein Indiz läßt auf einen Täter im familiären Umfeld des Jungen schließen. Doch nicht nur die Lapaluts hüten ein schreckliches Familiengeheimnis, auch andere Einwohner in dem kleinen Dorf Montcastin zerbrechen an der Verlogenheit ihrer Gefühle. Als ein zweiter Mord geschieht, ist das nur die logische Konsequenz des ersten.

Alexandra von Grote ging in Paris zur Schule, studierte in München und Wien Theaterwissenschaften und promovierte zum Dr. phil. Seit 1981 ist sie als Filmregisseurin tätig, u. a. drehte sie die Kinofilme ›Weggehen um anzukommen‹ und ›Novembermond‹. Sie schrieb zahlreiche Drehbücher, Gedichte und Erzählungen. Im Fischer Taschenbuch Verlag erschien ›Die unbekannte Dritte‹ (Bd. 13958), der erste Roman in der Serie mit Kommissarin Labelle. Alexandra von Grote lebt in Berlin und Frankreich.

Unsere Adresse im Internet: www.fischer-tb.de

Alexandra von Grote

Die Kälte des Herzens

Roman

Fischer Taschenbuch Verlag

Die Frau in der Gesellschaft
Herausgegeben von Ingeborg Mues

Originalausgabe
Veröffentlicht im Fischer Taschenbuch Verlag GmbH,
Frankfurt am Main, Juni 2000

Satz: Fotosatz Otto Gutfreund GmbH, Darmstadt
Druck und Bindung: Clausen & Bosse, Leck
Printed in Germany
ISBN 3-596-14729-8

1

Violette Lapalut würzt das Gemüse mit gerebeltem Thymian, einem halben Teelöffel gemahlener Gewürzmischung *quatre épices*, Pfeffer und Salz. Zum Schluß gibt sie ein Glas Rotwein hinzu und rührt kräftig um. Sie stellt die Gasflamme kleiner, räumt die Gemüseabfälle in den Mülleimer und wischt die Arbeitsfläche sauber.

Der Geruch köchelnder Tomaten, aromatischer Kräuter und scharf angebratener Zwiebeln durchzieht die Küche. Träge wiegt sich der Fliegenvorhang vor der offenen Tür im Zugwind. Eine Ameisenstraße führt von der steinernen Schwelle über den Fliesenfußboden die Wand hoch in einen Holzbalken.

Violette bindet die Schürze ab und hängt sie an den Haken neben dem Spülstein. Es ist dunkel in der Küche. Durch die Fenster mit den kleinen quadratischen Glasscheiben findet das Spätnachmittagslicht nur spärlich Einlaß. In diesem Raum mit seinen braunroten, glatten Fliesen und den weißgekalkten Wänden liegt sommers wie winters, morgens und abends eine gleichmäßige Dämmerung, als gäbe es keine Jahreszeiten und unterschiedlichen Sonnenstände.

Violette öffnet das Fenster, das nach Süden einen weiten Blick ins Land freigibt. Auf den Feldern im Tal blühen die Sonnenblumen, ein Flammenmeer bis an den Horizont, der am Fuß der Berge endet. Unterhalb des Dorfes St. Sylvestre, das etwa zwei Kilometer entfernt liegt, wird die Friedhofsmauer von mächtigen Zypressen eingegrenzt. Am Flußufer weiden ein paar Ziegen, die Herde vom alten Jacob aus La Rondelle. Die meisten Tiere haben braunes Fell, nur wenige sind weiß. Das Geläute ihrer Glocken ist deutlich zu hören. Noch andere Sommergeräusche dringen an Violettes Ohr: das Schreien der Zikaden in den Pinien, Steineichen und Akazien rund ums Dorf, das

Schnalzen der Schwalben, die sich auf den Strom- und Telefonleitungen aufgereiht haben.

Die Schönheit dieses Ausblicks und die Friedfertigkeit der Laute verstärken ihr Gefühl einer großen Einsamkeit. Violette hält erschrocken ihre Hand vor den Mund, als müsse sie den Schrei unterdrücken, der ihr Herz zu sprengen droht. Warum war alles so gekommen? Sie hatte versucht, sich gegen die Ereignisse zu stemmen, doch vergeblich. Michel war stärker. Er war wie besessen und ist es noch. Von Anfang an gab es für sie keine Chance. Ihre Passivität, gepaart mit innerem Rückzug und Resignation, hat in den vergangenen Jahren ihren Körper ruiniert. Fett und aufgedunsen, das Gesicht zu einer konturlosen, pickeligen Masse verunstaltet, verläßt sie kaum noch das Haus, geht weder zum Bäcker, der jeden Morgen ins Dorf kommt, noch hält sie Kontakt zu den Nachbarn. Die meisten Empfindungen sind abgestorben. Sie lebt in ihrem Körper wie in einer unwirtlichen und schmutzigen Behausung. Wenn sie Fotos von früher betrachtet, sieht sie eine dunkelhaarige, schlanke und zierliche Frau mit einem etwas schiefen, aber schmalen Gesicht. Wie lange liegt das alles zurück? Als sie Michel geheiratet hat, war sie achtzehn und froh, den Teilzeitjob als Altenpflegerin an den Nagel hängen zu können. Seitdem sind beinahe zwanzig Jahre vergangen.Von Anfang an gab es Schwierigkeiten, wenn auch ganz unterschiedlicher Art. Michels Eltern setzten alles daran, die Hochzeit zu verhindern. Doch Michel ließ sich nicht beirren, und so fand die standesamtliche Trauung an einem 13. Juli statt. Das war beinahe das einzige Mal, daß er zu ihr gehalten hat.

Violette lacht verbittert. Ja, das einzige Mal! Heute ist ihr klar, warum. Er hat sie nur benutzt, von Anfang an. Michel mit den zwei Gesichtern. Michel, das Muttersöhnchen. Michel, der sich von seinem Vater wie ein Schuljunge herumkommandieren ließ. Michel, der Laufbursche, finanziell abhängig von seinen Eltern. Der nie ihre Partei ergriff, wenn seine Eltern sich in das Leben des jungen Paares einmischten und Violette ihre Abneigung und Verachtung spüren ließen. Der Luftikus mit den künstlerischen Flausen im Kopf, die er nur dann realisierte, wenn er an lauen Sommerabenden ein paar Akkorde auf der Gitarre klimperte. Michel, der Versager. Ohne Ausbildung, ohne Beruf. Gelegenheitsmaurer und Schwarzarbeiter.

Hat sie ihn wirklich einmal geliebt? Wenn sie darüber nachdenkt, ist es, als irre sie durch eine fremde Straße, auf der Suche nach einem Haus, das es nicht gibt und nie gegeben hat. Sie hat keine Erinnerung an ihre früheren Empfindungen. Und dann kam jener Tag, der alles verändert hat...

Im Keller, der unter der Küche liegt und dessen Eingangstür auf die Dorfstraße führt, sind Schritte zu hören. Das ist Michel. Schnell beugt sich Violette vom Fenster zurück, damit er sie nicht sehen kann. Sie lauscht und hört, wie er die Dorfstraße hinuntergeht. Sie weiß, daß er durch den zweiten Hauseingang in den hinteren Trakt des Hauses will. Dort liegen die Zimmer der Kinder und das ehemalige Büro von Michels verstorbenem Vater, dem das Haus bis zu seinem Tod gehörte.

Als sich die Schritte entfernen und Violette dann das leise Klacken der zweiten Haustür vernimmt, schließt sie rasch das Fenster. Sie geht zum Küchenschrank, öffnet ihn, nimmt die angebrochene Flasche heraus, schraubt sie ungeduldig auf, schließt die Augen. Sie zögert nicht, sondern wirft den Kopf nach hinten und nimmt einen ersten, kräftigen Schluck.

...

Michel Lapalut hat die Gestalt seiner Frau als Silhouette hinter der Fensterscheibe wahrgenommen. Er steckt die Hände in die Hosentaschen und geht mit federnden Schritten über die Dorfstraße zum Eingang des Nebentraktes. Dort hatte sein Vater früher sein Büro, dort schrieb er auf einer altertümlichen Schreibmaschine seine Bücher und religiösen Artikel für die Zeitschrift der Sekte, die er gegründet hatte und deren selbsternanntes Oberhaupt er war. *»Jesus sieht dich«*, *»Ich traf Jesus unten am Fluß«*, *»So wird Jesus mein Gefährte«*. Der Vater hatte Hunderte solcher Geschichten verfaßt, sie waren sogar in andere Sprachen übersetzt worden und verkauften sich gut. In diesem Haus empfing er auch die Pilger, die an den Wochenenden ihren Weg zu dem abgelegenen Dorf fanden, um Trost zu suchen, einen Sinn im Leben oder einfach Abwechslung in ihrem langweiligen, ereignisarmen Tagesablauf. Biedere französische Familien mit Kindern und einem Mittelklassewagen. Michels Vater schenkte ihnen sein neuestes Buch, schrieb eine passende Widmung hinein, betete mit ihnen und nahm im Gegenzug geschäftsmäßig Geldspenden und Schecks entgegen, die die Pilger als Dank zurückließen.

Als Michel nach dem Tod des Vaters das Haus erbte, machte er einen Durchbruch zum Wohnzimmer seines eigenen Hauses, baute die oberen ehemaligen Speicherräume für die Kinder aus und gestaltete den alten Hauseingang als separaten Zugang.

Der Rosenstock, der an der Mauer neben dem Hauseingang emporrankt, beugt seine Zweige unter der Last der vollen gelben Knospen. Michel hält inne und riecht an einer halbgeöffneten Blüte. Sie duftet schwer und betäubend. Mit einem Ruck reißt er die Rose ab und steckt sie in die Brusttasche seines Hemdes. Bevor er das ehemalige Haus seines Vaters betritt, sieht er noch, wie sich unten an den Briefkästen zwei Dorfkatzen auf der Kühlerhaube von Léon Delcourts altem Kombi balgen.

Mit wenigen Schritten durchquert er das Büro und geht in das schmale Treppenhaus. Eine Holzstiege führt in den ersten Stock. Michel bleibt kurz stehen, schiebt vorsichtig den Stoffvorhang beiseite, der vor dem kleinen Fenster hängt, von dem man in den Innenhof der Engländerin blicken kann. Michel sieht, daß sie im Liegestuhl nackt in der Sonne liegt. Ihre Augen sind zum Schutz gegen Falten mit zwei Abschminkpads bedeckt. Michel verzieht seinen Mund zu einem Grinsen, schiebt den Vorhang wieder vor und geht die Treppe hinauf ins Zimmer seines Sohnes.

...

Die Engländerin, die Karen McPherson heißt und seit vielen Jahren im Dorf lebt, hört die Schritte auf der Holzstiege im Nachbarhaus. Plötzlich halten sie inne; dann gehen sie weiter, nach oben. Es sind eindeutig Männerschritte. Karen rückt sich im Liegestuhl zurecht. Es ist heiß in der Sonne, und sie schwitzt unter den Armen, im Gesicht und am Rücken. Sie nimmt die schützenden Pads von den Augen und sieht auf ihre Armbanduhr, die neben dem Liegestuhl auf den Steinplatten liegt. Daneben steht ein Glas Wasser mit Eiswürfeln.

Kurz nach vier. Sie würde noch ein wenig in der Sonne liegen, sich danach auf ihr Rennrad schwingen und die 30-Kilometer-Strecke nach St. André fahren. Anschließend duschen, die Haare waschen und die Haut eincremen. Danach das Abendessen vorbereiten – eine Zucchini-Quiche – und rechtzeitig die Flasche *Bordeaux Grand Cru* öffnen, damit sich der Wein entfalten kann. Louise müßte spätestens gegen zwanzig Uhr ankommen. Wenn sie nicht in einen Stau auf der Autobahn gerät. Aber in der letzten Juliwoche kommt man trotz des Ferienverkehrs, der sich durch Frankreich nach Spanien wälzt, ganz gut durch.

Karen trinkt einen Schluck Wasser, drückt sich die Pads auf die Augen und lehnt sich wieder zurück. Aus dem Nachbarhaus ertönt Musik; Vanessa Paradis oder irgendein anderer französischer Schreihals. Wahrscheinlich aus Raymonds Stereoanlage. In seinem Alter hört man derartige Schlager und schwärmt für solche Stars.

...

Raymond will gerade den Knopf der Stereoanlage lauter drehen, als er bemerkt, daß sein Vater ins Zimmer kommt. Abrupt dreht er sich um. Michel lehnt seinen linken Arm lässig an den Türrahmen, zwischen Daumen und Zeigefinger dreht er eine abgebrochene Rosenblüte. Er lächelt.

»Na, deine neueste CD? Die gefällt mir.«

Raymond nickt und spürt, wie er rot wird. In letzter Zeit wird er ständig rot in Anwesenheit anderer Menschen, ohne besonderen Grund. Der Blick seines Vaters ruht auf ihm. Michel mit seinen langen braunen, zu einem Pferdeschwanz gebundenen Haaren, der schlaksigen Gestalt und dem jungenhaften Lächeln ist alles andere als der typische Vater. Er sieht eher aus wie Raymonds älterer Bruder oder wie ein Freund.

Es ist heiß in dem Zimmer unter dem Dach. Raymond wischt sich mit einer schnellen Bewegung übers Gesicht. Noch immer betrachtet ihn sein Vater. Raymond kennt diesen Blick, er fürchtet und liebt ihn. Aber wozu sich jetzt Gedanken machen? Schnell sagt er:

»Heute abend gibt Vanessa Paradis ein Konzert in Montpellier. Ich hab noch zwei Karten bekommen, für Aurélie und mich. Kann ich deinen Wagen haben?«

Michel nickt. Aurélie ist Raymonds Freundin. Die beiden kennen sich seit ein paar Monaten, ein hübsches Mädchen.

»Kommt ihr dann in der Nacht zurück?«

»Ja klar.«

Noch immer ruht Michels Blick auf der Gestalt seines Sohnes. Raymond ist etwas kleiner als er, aber muskulöser und breitschultrig. Er trägt ein ärmelloses gelbes T-Shirt und enge, auf Shortlänge abgeschnittene Jeans. Seine Haut ist unbehaart, braungebrannt und makellos. Die schwarzen Haare fallen in weichen Wellen nach hinten. Lange dunkle Wimpern umrahmen die großen braungrünen Augen. Raymonds Mund ist weich und voll, beinahe mädchenhaft, seine Zähne regelmäßig und blendend weiß.

Von der Holzstiege her sind Schritte zu hören. Michel wird aus seinen Gedanken gerissen und dreht sich irritiert um. Es ist Sarah, seine sechzehnjährige Tochter.

»Salut!« Sarah lächelt verlegen, blickt zu ihrem Bruder, dann zu ihrem Vater und erneut zu ihrem Bruder.

»Salut. Du kommst jetzt schon?« fragt Michel erstaunt.

»Ja. Der Chef hatte nichts mehr für mich, und ich durfte gehen.« Sarah jobbt in den Sommerferien im Casino-Supermarkt in Uzès. »Ich hab zufällig Marie-Claire getroffen, die hat mich mitgenommen, so daß ich nicht auf den Bus warten mußte.«

Raymond räuspert sich und schaltet die Stereoanlage aus.

»Ich muß gegen sechs hier weg. Ob ich vorher noch was zu essen bekomme?«

»Bestimmt«, antwortet Michel. »Ich weiß, daß eure Mutter eine Ratatouille vorbereitet. Es duftet durchs ganze Dorf.«

Sarah sieht ihren Bruder fragend an. »Wo willst du denn heute abend hin?«

»Nach Montpellier. Ins Konzert von Vanessa Paradis.«

»Und ich? Kann ich nicht mit?«

»Ich hab nur zwei Karten. Eine für mich und die andere für Aurélie.«

»Gemeinheit!« Sarah sieht ihren Bruder empört an, dreht sich um und geht beleidigt in ihr Zimmer, das nebenan liegt.

Sie sieht Violette immer ähnlicher, denkt Michel. Nur daß sie blond ist. Sie ist wie Violette, als diese noch schlank war. Das gleiche leicht schiefe Gesicht, der gleiche beleidigte Ausdruck in den Augen.

Er hat seinen Sohn immer vorgezogen. Raymond ist schön, er ist makellos; ein junger Mann, dem die Welt offensteht. Sein Gesicht ist ebenmäßig geschnitten und von vollendeter Harmonie. Schönheit öffnet alle Türen. Das weiß Michel nur allzu gut, und er weiß auch, wie gefährlich das ist.

Mit einem Seufzer reißt Michel sich vom Anblick seines Sohnes los, geht über die Holzstiege ins Büro und von da aus die drei Steinstufen hinunter ins Wohnzimmer. Dort sitzt Violette am großen, runden Tisch und starrt vor sich hin. Die kleingelockten, fettigen Haare, auf halbe Länge geschnitten und von stumpfbrauner Farbe, fallen ihr ins Gesicht. Sie hält eine leere Martiniflasche umklammert.

Geräuschvoll zieht Michel die Luft durch die Nase. Es riecht angebrannt. Er geht in die Küche und stellt den Gemüsetopf von der Herdflamme. Als er den Deckel lüftet, sieht er, daß die Auberginen, Tomaten, Zwiebeln, Paprika und Zucchini bereits völlig verkohlt sind.

»Hast du denn nicht gemerkt, daß das Zeug anbrennt?« Seine Stimme klingt laut und vorwurfsvoll.

Violette reagiert nicht. Bewegungslos stiert sie ins Leere. In einem weiten, schwarzen indischen Rock und einer beigen Bluse sitzt sie am Tisch, und Michel weiß, daß sie wieder betrunken ist. Innerhalb der nächsten zehn Minuten muß er sie ins Bett bringen.

2

Gegen siebzehn Uhr dreißig öffnet Karen, die Engländerin, das Hoftor, schiebt ihr Pinarello-Rennrad auf die Dorfstraße und sperrt das Tor ab. Den Schlüssel steckt sie in die Rückentasche ihres roten Radfahrertrikots. Sie rückt die Rennbrille zurecht, drückt den Helm noch einmal fest an den Kopf und stellt den Tachometer auf Null. Nachdem ihre Schuhe in den Klickpedalen eingerastet sind, fährt sie langsam die Straße entlang. Vorsichtig bremst sie ab, denn es geht steil hinunter und überall liegen kleine Schottersteine. Unten am Dorfende, wo die glatte Teerstraße beginnt, wird sie in die höheren Gänge schalten und Tempo geben. Hoffentlich blockiert die Kuhherde von Madame Didier nicht wieder die Straße. Dann muß sie anhalten und warten, bis die Kühe gemächlich in den Stall getrottet sind. Das kann gut zehn Minuten dauern.

Karen ist so in Gedanken, daß sie nicht sieht, wie Léon Delcourt im Nachbarhaus schräg gegenüber hinter einem der Fenster im ersten Stock steht und sie beobachtet.

...

Gegen siebzehn Uhr dreißig geht Léon Delcourt in den oberen Stock seines Hauses, dessen Renovierung er erst im letzten Jahr beendet hat. Seine Frau Paola ist mit den beiden Töchtern Giulia und Nicole in Uzès beim Kinderarzt.

Von Léons Haus hat man aus allen Zimmern einen Blick in den Hof der Engländerin. Er kann beobachten, wenn sie aus dem ersten Stock über die Außentreppe nach unten kommt, in die Küche geht, die direkt auf die Terrasse führt, oder ins separat gelegene Bad. Nur wenn sie in der Sonne liegt, entzieht sie sich seinen Blicken, da die Mauer ihres Schuppens einen Teil des Hofes und der Terrasse abschottet.

Bereits mittags konnte er sehen, wie sie geschäftig zwischen Küche, Terrasse und dem ersten Stock hin und her lief, Wäsche nach oben trug, Wasserflaschen in die Küche schaffte, zum Haus der pensionierten Pariser Ärztin ging, das hinter Thérèses Haus oben auf dem Hügel steht. Wahrscheinlich kommt die alte Kuh irgendwann in den nächsten Tagen. Jedes Jahr Anfang August reist sie an und bleibt bis Ende Oktober.

Heute abend fährt die Engländerin wieder mit ihrem Rennrad los. Léon spürt, wie die Wut in ihm hochsteigt. Er haßt diese Frau. Er will, daß sie von hier verschwindet. Er will sie am Boden sehen, hilflos, im Dreck, er will, daß sie sich auf ihrem verdammten Rennrad zu Tode stürzt. Irgendwann wird er hinterherfahren und auf einer der menschenleeren kleinen Teerstraßen Katz und Maus mit ihr spielen ...

Sein Zorn schlägt um in sexuelle Gewaltphantasien. Das Trikot würde er ihr vom Leib reißen, ihre enge Radlerhose mit einem Ruck herunterziehen. Er will die Angst in ihren hochmütigen Augen sehen, Todesangst. Und dann würde er ihr zeigen, was ein Mann mit einer Frau macht. Sie sollte seine Überlegenheit und Macht spüren, und zwar richtig. Und es gäbe kein Entrinnen.

Léon läuft nach unten ins Wohnzimmer und schaltet den Fernseher an. Aus Spanien wird der letzte Lauf zur Formel-1-Weltmeisterschaft übertragen. Er dreht am Lautstärkeknopf. Das Dröhnen der Rennmotoren tönt durchs ganze Haus. Schwer atmend wirft er sich in den Sessel und streckt die Beine aus. Nur langsam klingen seine Wut und seine Erregung ab.

Dann hat er plötzlich eine Idee. Daß ihm das nicht früher eingefallen ist! Dabei ist es so naheliegend, und so einfach.

Léon springt auf, geht in die Küche und holt die Whiskyflasche aus dem Kühlschrank. Er gießt sich einen kräftigen Schluck ein und kippt ihn in einem Zug hinunter.

...

Gegen siebzehn Uhr dreißig verläßt Thérèse Lapalut ihr Haus am Ende des Dorfes, um den Müll zu dem Container zu bringen, der in der Dorfmitte neben den Briefkästen aufgestellt ist. Sie geht am Grundstück der Engländerin vorbei, wirft einen flüchtigen Blick auf das verschlossene blaue Eisentor. Aus dem Garten hängen einige Zweige des Feigenbaums üppig über die Außenmauer, ein dunkelgrünes, dichtes Blätterdach.

Thérèse bewegt sich langsam und mit schlurfenden Schritten. Mit knapp siebzig Jahren ist sie nicht mehr so flink auf den Beinen. Es war schnell gegangen in den letzten Jahren. Plötzlich hat die Kraft nachgelassen. Von einem Frühjahr aufs nächste fiel es ihr schwerer, den Garten umzugraben. Jetzt muß sie Michel hin und wieder bitten, die Gartenarbeit für sie zu erledigen.

Michel ist ein guter Junge, er war immer ihr Liebling. Die beiden anderen Kinder, der älteste Sohn François und die Tochter Isabelle, hatten das Elternhaus frühzeitig verlassen. In den letzten Jahren ist der Kontakt zu ihnen fast vollständig abgebrochen. François arbeitet als Lehrer an einem Lycée in Versailles, und Isabelle ist Programmiererin bei IBM in Paris. Bei der Beerdigung des Vaters vor drei Jahren hatten sie sich das letzte Mal blicken lassen. Als das Testament eröffnet wurde und die beiden leer ausgegangen waren (Michel hatte Roberts Haus und einen Teil des Bargeldes geerbt), gab es einen Riesenstreit. Empört hatten sie ihrer Mutter Vorwürfe gemacht, den gerade unter die Erde gebrachten Vater scharf kritisiert, auf Michel herumgehackt und behauptet, er habe sich schon immer Vorteile in der Familie verschafft, wogegen sie von den Eltern während ihrer Ausbildung nur notdürftig unterstützt worden seien. Noch in derselben Nacht waren sie dann abgefahren.

Michel hat immer zu ihr gehalten, ist ihr stets eine große Stütze gewesen. Während der letzten zwei Lebensjahre des an

Krebs erkrankten Robert kümmerte er sich rührend um den Vater, half ihm bei den Korrekturen seines letzten Buches, *»Jesus ruft mich«*, das Robert zwei Wochen vor seinem Tod noch beenden konnte. Weil er ein guter Sohn war und ist, hat Michel auch das Haus des Vaters geerbt, und deshalb waren die anderen Kinder leer ausgegangen.

Nach Roberts Tod ist das Leben einsam für sie geworden. Zwar hat sie Michel in der Nähe, aber mit ihrer Schwiegertochter Violette versteht sie sich nicht. Armer Michel! Daß er an eine solche Frau geraten mußte ... Sie hat es von Anfang an gewußt, doch Michel wollte nicht auf seine Mutter hören. Nichts hatte Violette mitgebracht. Nur ihr hübsches Durchschnittsgesicht, von dem es ja Dutzende gab. Weiß Gott, was Michel damals an ihr gefunden hat. Weiß Gott, warum er sie nicht längst zum Teufel gejagt hat, statt sich diesem Martyrium auszusetzen, das seine Frau ihm in ihrem grenzenlosen Egoismus auferlegt.

Als Thérèse am Haus von Léon Delcourt vorbeikommt, hört sie durch die geöffneten Wohnzimmerfenster laute Motorengeräusche. Sie bleibt einen Moment stehen und lauscht. Offenbar läuft der Fernseher. Sie schüttelt den Kopf, lächelt nachsichtig und geht weiter.

Nachdem sie den Müllsack in den Container geworfen hat, streichelt sie die beiden Katzen, die auf Léons Kombi hocken. Die eine, dunkelbraun-schwarz-grau gesprenkelt und spindeldürr, schmiegt sich schnurrend in ihre Hand.

»Ja, Yvette, das gefällt dir! Kommt heute abend vorbei, ihr beiden, dann gibt es schöne Fischreste!«

Thérèse beschließt, kurz im Haus ihres Sohnes vorbeizuschauen und ihren Enkel Raymond zu bitten, ihr am Abend an der Hausmauer die Weinranken zu schneiden, die bereits wieder bis unter die Dachrinne wuchern.

...

Gegen siebzehn Uhr dreißig ist Raymond umgezogen. Er hat das ärmellose Hemd mit einem schwarzen T-Shirt vertauscht, dazu trägt er eine helle Leinenhose. Die Haare sind frisch gewaschen und glänzen, als habe er Gel hineingeschmiert.

Raymond beißt ein großes Stück von einem Käsesandwich ab. Dann nimmt er die Plastiktüte mit der Thermoskanne. Als er die Küche verlassen will, ertönt aus dem ersten Stock Michels Stimme.

»Gehst du schon?«

Raymond antwortet mit vollem Mund. »Ja, ich fahr lieber 'n bißchen früher los.«

»Warte, ich komme runter.«

»Nicht nötig, ich weiß ja, wo der Autoschlüssel ist.«

Doch schon sind Michels Schritte zu hören, und er betritt die Küche. Er sieht Raymond kurz an, lächelt, greift in die Hosentasche und hält einen Hundertfrancschein in der Hand.

»Hier. Aber gib nicht alles für Aurélie aus.«

Raymond stellt die Plastiktüte mit der Thermoskanne auf den Tisch und legt das angebissene Sandwich daneben, nimmt den Geldschein und steckt ihn ein. Als er seine Hand aus der Hosentasche zieht, fällt ein kleines Päckchen zu Boden. Noch ehe Raymond sich danach bücken kann, hat Michel es bereits aufgehoben. Er betrachtet es genauer, stutzt und sagt mit einem merkwürdigen Unterton in der Stimme:

»Präservative? Wozu brauchst du die denn?«

Raymond wird rot und antwortet nicht. Sein Vater mustert ihn scharf. In dem Moment ist von der Eingangstür ein Klopfen zu hören. Raymond fährt erschrocken zusammen. Dann ertönt die tiefe, schnarrende Stimme seiner Großmutter.

»Michel, bist du da?«

Schnell steckt Michel das Päckchen mit den Präservativen in seine Hosentasche.

»Maman, komm rein.«

Thérèse steht bereits in der Tür. Michel umarmt seinen Sohn und gibt ihm einen Kuß. Verlegen dreht sich Raymond weg, greift nach der Plastiktüte, nimmt sein Sandwich und beißt noch einmal hinein. Mit vollem Mund murmelt er seiner Großmutter ein kurzes »Salut!« zu und verläßt die Küche.

»Raymond, Moment mal!« ruft Thérèse ihm nach. »Kannst du nachher kurz zu mir rüberkommen? Du mußt was erledigen für mich.«

Doch Raymond ist schon auf der Dorfstraße. Er dreht sich um und ruft:

»Geht nicht, tut mir leid!«

»Raymond fährt heute abend zu einem Popkonzert«, sagt Michel erklärend. »Um was geht es denn? Kann ich dir helfen?«

Thérèse winkt ab.

»So wichtig ist es auch wieder nicht. Das kann er auch morgen machen. Die Weinranken sind schon wieder so gewuchert.«

Sie läßt ihre Blicke durch die Küche schweifen, als wolle sie sich vergewissern, daß sie mit ihrem Sohn allein ist. Dann sagt sie mit gedämpfter Stimme:

»Wo ist sie? Ist es wieder mal soweit?«

Michel nickt.

»So kann das doch nicht weitergehen, Michel. Ich habe dir schon hundertmal gesagt, sie ist ein Fall für die Psychiatrie!«

»Wahrscheinlich hast du recht. Ich weiß mir einfach keinen Rat mehr. Sie redet kaum mit mir, mit den Kindern auch nicht, sie verweigert sich total. Ich habe wirklich alles versucht, aber...«

Thérèse klopft ihrem Sohn beruhigend auf die Schulter. Sie ist beinahe ebenso groß wie er.

»Ich weiß, Michel, ich weiß. Bring sie in eine entsprechende Klinik, damit sie erst einmal eine Entziehungskur macht. Bevor sie die ganze Familie in die Katastrophe stürzt. Was sage ich – die Katastrophe ist doch schon längst da. Hoffentlich ist es noch nicht zu spät!«

...

Gegen siebzehn Uhr dreißig steht Louise Martin kurz hinter Lyon im Stau. Sie hat die Fensterscheiben heruntergekurbelt. Von der Ölraffinerie her dringt der intensive Geruch von Benzin.

Louise schaltet das Radio ein und sucht den Verkehrsfunk. Nach einer Weile hat sie die richtige Frequenz. Durch einen Unfall ist der Autobahnabschnitt auf einer Länge von zehn Kilometern blockiert.

Louise greift nach einer Flasche Wasser, schraubt sie auf und nimmt einen Schluck. Das Wasser ist lauwarm.

Sie beugt sich nach hinten. Auf dem Rücksitz liegt Jeanne d'Arc, ihre Katze. Hechelnd läßt sie ihre kleine Zunge aus dem Maul hängen, die Hitze macht ihr zu schaffen.

»So was Blödes, jetzt stehen wir hier.« Louise streckt ihren Arm aus und tastet vorsichtig nach Jeanne d'Arcs linker Vorderpfote. »Schwitzt du schon wieder über deine Pfötchen? Du Ärmste, aber bald sind wir da. Und dann kannst du wieder im Dorf herumstreunen und die anderen Katzen begrüßen.«

Louise weiß, daß die Wahrheit ganz anders aussieht. Jeanne d'Arc wurde zwar in Montcastin geboren, aber das ist schon fünfzehn Jahre her. Von Anfang an reiste sie mit Louise zwischen Paris und Südfrankreich hin und her. Als sterilisierte Katze ist sie häuslich und anhänglich, außerdem ist sie ein Hasenfuß und macht ihrem Namen keineswegs Ehre. Den Dorfkatzen geht sie aus dem Weg, obwohl sie größer und imposanter als alle anderen ist. Als vor zwei Jahren ein fremder roter Kater das Dorf unsicher machte und sämtliche Katzendamen schwängerte, verließt Jeanne d'Arc wochenlang nicht das Haus, starrte wie hypnotisiert auf die Eingangstür und war durch nichts ins Freie zu locken.

Louise lächelt und streicht ihrer Katze liebevoll über das schwarze Fell.

Die Autos stehen immer noch. Einige Menschen steigen jetzt aus, strecken ihre steifen Glieder, recken ihre Hälse nach vorn, um zu sehen, ob es weitergeht. Ein Mann stellt sich auf den Seitenstreifen, öffnet seine Hose und uriniert. Danach geht er zurück zu seinem Wagen mit holländischem Kennzeichen. Seine Frau gibt ihm ein Butterbrot und einen Becher mit einem Getränk. Der Mann beißt ins Brot und schreit die Kinder an, die auf der Rückbank seines Wagens herumtoben.

Louise schließt das Fahrerfenster und nimmt ihr Handy. Sie wählt Karens Nummer und wartet. Nach dreimaligem Klingeln ertönt der Anrufbeantworter. Louise hinterläßt eine Nachricht.

»Ich bin's, Louise. Ich stecke bei Lyon im Stau. Keine Ahnung, wie lange das dauert. Vor acht bin ich sicher nicht da. Also, bis später. Vielleicht melde ich mich noch mal.« Sie stellt das Handy ab.

Von hinten ist das Heulen einer Unfallsirene zu hören. Die Autos setzen sich in Bewegung, fahren zur Seite, um eine Gasse zu bilden. Ein Krankenwagen und ein Polizeifahrzeug schlängeln sich vorbei, die Sirene verliert sich langsam in der Ferne.

Louise legt die Hände aufs Steuer und schließt einen Moment lang die Augen. Eigentlich ist es Wahnsinn, im Hochsommer in den Süden zu fahren. Sie hätte doch den Autoreisezug nehmen sollen, aber mit Jeanne d'Arc ist das wahrscheinlich noch anstrengender als die Autofahrt.

Heute morgen war sie noch im gerichtsmedizinischen Institut. Obwohl sie seit drei Jahren pensioniert ist, wird sie hin und wieder bei komplizierten Fällen hinzugezogen. Diesmal war es eine junge Frau, die man aus der Seine gefischt hatte. Die Leiche mußte mindestens fünf Tage im Wasser getrieben haben, denn sie wies in ausgeprägtem Maße die durch Mazerierung der Haut entstandenen Veränderungen auf. Außerdem war die Blutstauung im Kopfbereich, der durch die Fäulnis blau und schwarzrot verfärbt war, besonders stark. Dennoch fehlten die organischen Befunde für einen Ertrinkungstod: keine Kohlendioxydanreicherung im Blut, keine Aspiration von Wasser. Das im Magen vorhandene Wasser ist wahrscheinlich postmortal eingetreten. Die Frau muß demnach bereits tot gewesen sein, als man sie ins Wasser warf. Trotz des stark entstellten Zustands der Leiche waren keine äußeren Spuren von Gewalteinwirkung sichtbar, abgesehen von leichten Schürfwunden an Gesicht und Händen, die beim Treiben im Wasser, an der Kaimauer oder beim Kollidieren mit Booten und Lastkähnen entstanden sein mußten. Unklare Todesursachen legen immer den Verdacht nahe, daß eine Vergiftung vorliegt: Alkohol, Drogen, Barbiturate, Gase, Dämpfe, metallische Gifte. Entsprechende Organuntersuchungen und die Analyse des Bluts der Toten erwiesen sich als Fehlschläge. Zu lange hatte die Leiche im Wasser gelegen, und viele Gifte sind bereits Stunden nach dem Eintritt des Todes nicht mehr nachweisbar. Die Leiche der Frau wies einen totalen Haarausfall auf, der auch trotz einer mehrtägigen Lagerung im Wasser ungewöhnlich erschien. Deshalb schlug Louise ihrem Kollegen Durcin, ihrem Nachfolger als Chefpathologe des gerichtsmedizinischen Instituts, vor, eine spektralanalytische Untersuchung des Knochenmarks nach nasser Veraschung durchzuführen, um möglicherweise ein Metallgift nachzuweisen. Tatsächlich konnte Durcin winzige Spuren einer Thalliumverbindung feststellen, wie sie unter anderem auch in Rattengiften vorkommt.

Noch einmal ruft sich Louise das Gesicht der Toten ins Gedächtnis: aufgedunsen, völlig entstellt, mit leicht ablöslicher Oberhaut. Die Polizei wird es schwer haben, die Leiche zu identifizieren und den Mord, um den es sich mit großer Wahrscheinlichkeit handelt, aufzuklären.

Louise seufzt, nimmt einen weiteren Schluck aus der lauwarmen Wasserflasche, streckt sich und bringt ihren müden, verschwitzten Körper in eine andere, ebenso unbequeme Position. Warten ist nicht ihre Stärke, gleichwohl ihr der Beruf als Rechtsmedizinerin stets viel Geduld abverlangt hat. Hier im Auto muß sie sich zwingen, gleichgültig zu bleiben und die Situation so zu nehmen, wie sie ist, als etwas, das sie nicht beeinflussen und ändern kann; zumal sie noch zwei Stunden Fahrt vor sich hat. Wenn sie am Abend endlich in ihrem Häuschen im Süden ankommen wird, warten keine Sektionen auf sie. Nur Tage voller Muße, raffinierter Essen und guter Gespräche mit ihrer Nachbarin, der Engländerin, die sie seit zwölf Jahren kennt. Damals, als Louise das Haus in Montcastin kaufte, hatte Karen gerade mit ihrem dritten Roman, *»Tod eines Dealers«*, einen internationalen Erfolg gelandet. Monatelang stand der Titel in England auf den Bestsellerlisten, und Louise las das Buch im Original. Nie wird sie Karens perplexes Gesicht vergessen, als sie ihr nach Beendigung der Lektüre sagte: »Ich finde Ihr Buch packend und gut. Aus meiner Sicht ist nur ein kleiner Fehler zu bemängeln: Sie beschreiben den Gesichtsausdruck des ermordeten Drogendealers als ›friedlich‹ und schließen daraus, daß er seinen Mörder entweder gekannt und ihm vertraut hat, oder von ihm völlig überrascht worden sein muß. Die Gesichtszüge eines Toten lassen jedoch keine Rückschlüsse auf Erlebnisse während des Sterbens zu. Angst, Panik, Gelassenheit und so weiter sind post mortem nicht mehr im Gesicht ablesbar, und zwar infolge der Muskelatonie. Alles andere ist eine Erfindung der Schriftsteller.«

Das war der Beginn ihrer Freundschaft.

...

Gegen siebzehn Uhr dreißig erwacht Violette in ihrem zerwühlten Bett aus einem schweren, betäubenden Schlaf. Der säuerlich-scharfe Geschmack in ihrem trockenen Mund ruft Übelkeit hervor.

Sie lauscht. Aus der Küche sind gedämpfte Stimmen zu hören, der näselnde Tonfall ihrer Schwiegermutter. Wahrscheinlich redet sie wieder auf Michel ein, hetzt ihn gegen sie auf. Wenn sie wüßte, wenn sie die Wahrheit wüßte! Violette stöhnt und schlägt mit der Faust, die schwer wie Blei ist, auf die Bettdecke. Nein – auch wenn ihre Schwiegermutter die Wahrheit wüßte, würde das nicht das geringste ändern.

Mit der rechten Hand tastet Violette nach dem Wasserglas, das auf dem Nachttisch steht. Mühsam beugt sie sich hoch, setzt das Glas an die Lippen und will trinken. Plötzlich wird ihr schwarz vor Augen. Sie fällt in die Kissen zurück, das Glas rutscht ihr aus der Hand, das Wasser tränkt ihre beige Bluse und die Bettdecke.

Auf einer rasenden Achterbahn gleitet Violette zurück in den Tunnel des Vergessens.

...

Gegen siebzehn Uhr dreißig, kurz nachdem ihr Bruder weggefahren ist, bringt Sarah einen Plastikbeutel mit Küchenabfall zu den Mülltonnen. Anschließend geht sie ein paar Schritte die Dorfstraße entlang und blickt über die niedrige Mauer, die den Ort eingrenzt, ins Tal. Raymonds Wagen schlängelt sich die kleine Teerstraße entlang, biegt um die Kurve und ist außer Sichtweite.

Sarah vernimmt die Stimme ihres Vaters.

»Ich bin in einer halben Stunde zurück. Soll ich dir noch irgendwas besorgen, Maman?«

»Nein danke, Michel.«

Michel Lapalut begleitet seine Mutter zu deren Haus. Er hat einen großen Umschlag unter den Arm geklemmt. Im Vorübergehen sagt er zu Sarah:

»Ich fahre kurz auf die Post nach Uzès.«

»Okay.«

Sie blickt den beiden nach. Wenig später verläßt Michel im Wagen seiner Mutter das Dorf.

Sarah geht zurück zum Haus. Vor dem Kellereingang zögert sie einen Moment. Ihr Herz schlägt bis zum Hals. Soll sie es wagen? Bis ihr Vater zurückkommt, wäre genügend Zeit. Er hatte ihr stets verboten, den Keller zu betreten. Ohne zu wissen, wonach sie dort suchen soll und was sie dort erwartet, öffnet sie rasch die Tür, die erstaunlicherweise nicht abgeschlossen ist. Hat er es vergessen? Sarah sieht dies als einen Wink des Schicksals an, schlüpft in das dunkle, kühle Gewölbe und schiebt die Tür hinter sich zu.

Sie schaltet das Licht an.

3

Es ist ein warmer, windstiller Sommerabend. Nachtfalter und fliegende Ameisen schwirren um die Wandleuchte, die Karens Innenhof erhellt. Die Wachsfackel, die zwischen den Blumenbeeten im Garten steckt, ist beinahe niedergebrannt. In der Schlucht hinter dem Dorf ruft ein Käuzchen.

Louise trinkt den letzten Schluck Wein. Sie genießt ihn, bewegt ihn in ihrem Mund hin und her, bevor sie ihn andächtig hinunterschluckt.

»So etwas Gutes habe ich lange nicht getrunken. Normalerweise liebe ich schwere Bordeaux nicht. Ich bevorzuge die roten Burgunder. *Pommard* oder *Nuits St. Georges*. Aber der hier ist einfach köstlich! Ich werde wunderbar schlafen danach.«

Karen lächelt und leert ebenfalls ihr Glas. Wieder ist das Käuzchen zu hören. Louise dreht ihren Kopf und lauscht.

»In meiner Kindheit sagten die alten Leute, daß jemand stirbt, wenn nachts ein Käuzchen ruft.«

Karen schüttelt den Kopf und lacht.

»Das ist reiner Aberglaube. Hier hört man jede Nacht die Käuzchen. Dann müßten ja pausenlos Leute sterben.«

Louise nickt, unterdrückt ein Gähnen, steht auf und will das Geschirr abräumen.

»Laß nur«, sagt Karen. »Das mache ich schon.«

»Wirklich? Ich danke dir, Karen, es hat wahnsinnig gut geschmeckt. Ich gehe jetzt mal nach oben. Vielleicht schaffe ich es noch, meine Sachen auszupacken. Jeanne d'Arc hat sich bestimmt schon auf meinem Bett breitgemacht.«

»Wir können morgen früh zusammen frühstücken. Aber schlaf dich ruhig erst mal aus.«

»Du weißt, daß ich nie lange schlafen kann. So gegen halb neun, ist dir das recht? Danach muß ich nach Uzès in den Supermarkt. Wenn du etwas brauchst, sag es mir.«

Wenige Minuten später verlassen die beiden das Grundstück. Hinter Thérèses Haus hören die Straßenbeleuchtung und die Dorfstraße auf. Karen schaltet die Taschenlampe ein. Ein asphaltierter Weg führt steil bergan, und nach fünfzig Metern erreicht man den Hügel, auf dem Louises Haus steht. Eine ausgebaute und restaurierte alte Scheune mit Blick über das Dorf und das Tal. Die beiden Frauen verabschieden sich, und Karen geht zurück.

Im Haus ihres Nachbarn Léon Delcourt brennt in fast allen Räumen Licht. Wahrscheinlich werden gerade die Kinder ins Bett gebracht. Paolas hohe, schrille Stimme sagt in heftigem Ton etwas auf italienisch.

Karen schließt das Hoftor ab und löscht das Licht im Schuppen, der nach vorn offen ist und in dem ihr rotes Rennrad steht, mit chromglänzender Gabel und schwarzen Hochprofilfelgen.

Dann geht sie nach oben und schließt in allen Räumen die Fensterläden.

...

In dieser warmen, windstillen Sommernacht wartet Léon, bis seine Frau Paola eingeschlafen ist. Während er sich noch ein Pornovideo angesehen hatte, war Paola nach einem ausgiebigen Lavendelbad zu Bett gegangen, um einen ihrer billigen Romane zu verschlingen. Den Beischlafwunsch ihres Mannes hatte sie abgewehrt und war kurz darauf eingeschlafen.

Leise steht Léon auf, greift seine Jeans und sein T-Shirt vom Stuhl und schleicht sich aus dem Schlafzimmer. Er zieht sich rasch an und geht nach unten. Durch einen Blick vom Badezimmer aus in das Grundstück der Engländerin vergewissert er sich, daß drüben alles dunkel ist.

Ohne das Licht anzuknipsen, sucht er aus der Schublade im Küchenschrank eine Taschenlampe und diverses Werkzeug, das er in die Hosentasche steckt. Dann öffnet er vorsichtig die Eingangstür und betritt die Terrasse.

Er lauscht in die mondlose Nacht. Der Himmel ist sternenübersät. In den Bäumen schreien noch immer die Zikaden, und in der Schlucht ist hin und wieder der Ruf eines Käuzchens zu hören.

Vorsichtig geht Léon auf die Dorfstraße, bleibt stehen, dreht sich um, lauscht erneut. Vorn an den Briefkästen parken die Autos der Dorfbewohner. Eine Katze huscht über die Straße. Das Haus der Ärztin oben auf dem Hügel liegt ebenfalls im Dunkeln. Er hatte es geahnt: Sie war tatsächlich heute abend angekommen und saß zum Abendessen bei der Engländerin im Hof. Bei Gelegenheit würde er sich für diese alte Kuh auch etwas Passendes ausdenken.

Die Mauer zum Grundstück der Engländerin ist etwa zwei Meter hoch, doch an der einen Schmalseite nicht höher als ein Meter fünfzig. Mit zwei Schritten ist Léon an dieser Stelle, zieht sich hoch und schwingt sich zur anderen Seite in den Garten. Wieder lauscht er, beobachtet angestrengt das Haus. Doch alles ist still.

Er durchquert den Garten und macht sich kurz darauf ans Werk.

Wenige Minuten später ist er bereits wieder in seinem Badezimmer, uriniert und zieht sich dann aus. Nackt geht er hinüber zu seiner Frau ins Bett und legt sich breitbeinig hin. Die Vorstellung dessen, was passieren wird, erregt ihn. Er dreht sich um und greift nach Paola. Schlaftrunken dreht diese sich zur Wand und murmelt:

»Nicht schon wieder! Laß mich bitte in Ruhe.«

Doch er preßt sich an sie, reibt sich an ihrem Schenkel, erleichtert sich und ist kurz darauf eingeschlafen.

...

Warme, windstille Sommernächte sind Nächte für wirre Träume.

Louise träumt, daß sie im Bus der Linie 63 sitzt. Der Entführer, mit kahlgeschorenem Kopf, nacktem Oberkörper und schwarzer Maske, drückt den Lauf seiner Maschinenpistole an ihre Halsschlagader. Gleichzeitig gibt er dem Busfahrer Anweisung, das Tempo zu erhöhen. Der Bus fährt schlingernd über den Pont Neuf, rast die Rue de Rivoli entlang. Auf den Bürgersteigen stehen Menschen mit Fähnchen und winken; ein dichtes Spalier von Gaffern, wie beim Besuch eines Staatsoberhauptes. Louise ist der einzige Fahrgast im Bus. Der Entführer stolpert einen Schritt nach hinten, taumelt gegen die eiserne Haltestange an der Ausgangstür. Louise springt auf, stürzt auf ihn zu, will ihm die Maschinenpistole entreißen, doch in diesem Augenblick schießt der Mann auf sie. Während er das ganze Magazin auf sie abfeuert, weiß Louise, daß es nur Platzpatronen sind. Sie lacht ihn an, streckt ihm die Hand entgegen, und der Mann händigt ihr resigniert die Waffe aus. Plötzlicher Szenenwechsel: Der Entführer liegt nackt und tot auf dem Sektionstisch, und Louise öffnet mit dem Skalpell seinen Thorax. Bevor sie die Hautlappen auseinanderklappen kann, ist das laute Schlagen eines Herzens zu hören. Es hallt in dem gekachelten Raum wider und wird immer dröhnender. Louise zuckt zurück, läßt das Skalpell fallen …

Sie wacht auf. War da nicht eben ein Geräusch? Sie knipst die Nachttischlampe an. Jeanne d'Arc, die sich in der Mitte des Bettes an ihre Hüfte schmiegt, hat den Hals gereckt und die Ohren gespitzt.

Louise steht auf, und die Katze gibt einige unwillige Laute von sich. Vom Fenster aus kann sie die Dorfstraße überblicken. Doch es ist nichts zu sehen. In dem Moment wird das Licht in einem Zimmer im ersten Stock von Léon Delcourts Haus angeschaltet.

…

In warmen, windstillen Sommernächten liegt Sarah oft stundenlang wach. Die Gedanken bilden lange Ketten, begleitet von Erinnerungen, Vorstellungen und Phantasien von dem, was einmal sein wird. Tausend Wege kann sie einschlagen, um ans Ziel zu gelangen. Eine phantastische Vorstellung! Doch welcher ist der richtige? Soll sie Physikerin werden? In Naturwissenschaften ist sie die Beste. Sie könnte sich auf Astrophysik spezialisieren wie Jodie Foster in dem Film »*Contact*«. Oder Biologin? Nach Südamerika fahren, in den Regenwald, seltene Pflanzen erforschen und ihr Gift am eigenen Körper ausprobieren, um dann ein Gegengift zu finden, für dessen Entdeckung sie den Nobelpreis bekommt?

Durch das geöffnete Fenster weht die Nachtluft herein. Soll sie das Licht anknipsen? Noch ein wenig lesen?

Raymond, ihr Bruder, ist letztes Jahr durchs Abitur gefallen. Trotzdem durfte er im Herbst, nach seinem achtzehnten Geburtstag, den Führerschein machen. Diesen Sommer schaffte er mit knapper Not den Schulabschluß. Da er jedoch keine weitergehenden Interessen hat, wird er wohl in St. Sylvestre bei Charles Sicard in der Autowerkstatt eine Lehre als Mechaniker beginnen.

In einem Jahr ist auch sie mit der Schule fertig, dann wird sie studieren. In Montpellier oder Paris. Vielleicht sogar in Harvard, mit einem Hochbegabtenstipendium. Als einzige ihrer Familie wird sie es zu etwas bringen. Etwas Großes, Außergewöhnliches leisten, berühmt werden. Ihr Vater, der Gelegenheitshandwerker, würde stolz auf sie sein. Sie würde sich großzügig zeigen, nicht nachtragend. Sie würde vergessen, daß ihr Bruder Raymond immer vorgezogen wurde. Sie würde all das vergessen, was sie in ihrem Elternhaus gehört und gesehen hat. Auch das Geheimnis des Kellers würde sie niemals preisgeben. Niemandem gegenüber je ein Wort davon erwähnen. Als sie es am Spätnachmittag entdeckt hatte, war sie minutenlang unfähig, sich zu rühren. Dann hatte sie hastig sämtliche Schubladen und Schränke im Keller durchsucht. Hier lagen die Beweise. Pedantisch sortiert nach Jahreszahlen, eindeutig, unmißverständlich. Panik schnürte ihr die Kehle zu. Mit wem sollte sie darüber reden? Irgendwann war sie aus dem Keller gerannt und ins Schlafzimmer ihrer Mutter gestürzt. Doch die schlief, und Sarah war sich plötzlich auch nicht mehr sicher, ob sie ihr von ihrer Entdeckung erzählen sollte. Eines der Fundstücke hatte sie mitgenommen und später in ihrem Zimmer unter der Matratze versteckt.

Mit einemmal überfällt Sarah eine große Traurigkeit. Ehe sie entfliehen kann und ehe sie das plötzliche Chaos in ihren Gefühlen und Gedanken zu ordnen vermag, hört sie, wie unten im Wohnzimmer das Telefon klingelt.

...

In warmen, windstillen Sommernächten schläft Michel gewöhnlich tief und fest. Seit zwei Jahren haben Violette und er getrennte Schlafzimmer. Das war ihr Wunsch, nicht seiner. Er hatte es respektiert, so wie er Violette in allem nachgab. Seine Mutter hat recht: Er ist ihr gegenüber viel zu gutmütig. Wenn man einem Menschen nicht rechtzeitig Grenzen setzt, kann man es später nie mehr. Das ist mit Kindern nicht anders als mit Ehepartnern.

Er träumt so gut wie nie. Jedenfalls kann er sich nicht an seine Träume erinnern.

Als das Telefon ihn aus dem Schlaf hochschrecken läßt, wirft er einen Blick auf den Wecker. Es ist zehn nach drei. Michel knipst das Licht an, geht hinunter ins Wohnzimmer, wo das Telefon bereits zum zehnten Mal läutet. Er nimmt den Hörer ab, lauscht gebannt den Worten am anderen Ende der Leitung und setzt sich langsam in den Sessel. Eine fremde Stimme sagt ihm etwas Fremdes, das er nicht begreifen kann und will.

Wenig später beugt sich Michel über die schlafende Violette und rüttelt brutal ihren wie leblos dahingeworfenen Körper.

»Wach auf! Mein Gott, wach doch auf, verdammt noch mal!« Seine Frau gibt einige kurze, lallende Laute von sich, dann ist wieder Stille.

»Violette, du mußt aufwachen. Wach doch endlich auf!«

Schweißperlen haben sich auf seiner Stirn gebildet. Er atmet heftig und hat das Gefühl, daß sich alles um ihn herum dreht.

»Was ist denn los?« Sarah steht an der Tür. »Ich hab das Telefon läuten hören.«

Ein langes, bedrohliches Schweigen breitet sich über den Raum. Nur Violettes unregelmäßige, röchelnde Schlafgeräusche sind plötzlich zu hören. Sarah hält den Atem an. Dann stößt ihr Vater ein Schluchzen aus, einen Klageton, als müsse er eine jahrelange Qual herausschreien.

Sarah spürt, wie ihr ein Schauer über den Rücken läuft. Sie faßt sich ein Herz, geht zu ihrem Vater und nimmt unbeholfen seine Hand. Er stößt sie zurück, verbirgt sein Gesicht in beiden Händen und fängt immer heftiger an zu schluchzen. Als er endlich stockend zu erzählen beginnt, weiß Sarah, daß von nun an nichts mehr so sein wird wie vorher.

...

In warmen, windstillen Sommernächten liegt Thérèse oft lange wach und erinnert sich an die Zeit damals in Algier. Robert arbeitete in der Justizverwaltung, und sie bewohnten eine Villa am Meer. Abends wehte eine salzige Brise durch die geöffneten Fenster, und die weißen Tüllgardinen wogten im Wind wie Tänzerinnen auf einer Bühne.

Doch das ist lange her. Robert und sie waren jung, die Kinder noch klein, und es gab Dienstboten im Haus. Eine friedliche, erfüllte und glückliche Zeit, die erst zu Ende ging, als die französische Regierung Algerien in die Unabhängigkeit entließ. Die ersten Sabotageakte erfolgten. Plötzlich konnte man die Fenster nachts nicht mehr geöffnet lassen. Wachdienste patrouillierten in den Villenvierteln der Franzosen. Zivilisten verschwanden spurlos, französische Frauen wurden vergewaltigt, Kinder massakriert. Robert trat der OAS bei, der *Organisation de l'Armée secrète*. Algerien mußte französisch bleiben! Doch die Algerienfranzosen gerieten zwischen alle Fronten. Die OAS kämpfte zum einen gegen die neue, unabhängige algerische Regierung, zum anderen gegen de Gaulle und die Regierung des Mutterlandes, die ihre Landsleute in der Kolonie so schmählich verraten hatten. Robert wurde zum Leiter einer geheimen OAS-Sondereinheit berufen, wochenlang war er unterwegs. Wenn er für ein paar Tage nach Algier zurückkehrte, die Haut sonnengegerbt und die Seele ausgebrannt, umgab ihn eine Schweigsamkeit und eine Aura von Konspiration und Gefahr. Thérèse hatte ihn nie gefragt, welche Befehle seine Einheit ausführte. Doch als alle Franzosen Hals über Kopf das Land verlassen mußten, war Robert ein anderer geworden. Er ließ sich einen Bart wachsen, als müsse er sich tarnen. Fremden erzählte er nie, daß sie Algerienfranzosen waren, sogenannte *Pieds-Noirs*. Unruhig zog er mit der Familie von Ort zu Ort, bis er sich in dem kleinen Dorf Montcastin endlich sicher fühlte. Dann gründete Robert diese Glaubensgemeinschaft, ein Ertrinkender, der mit einer großen Bürde Schuld unterzugehen drohte.

Thérèse ist über ihren Erinnerungen eingenickt.

Als es heftig an ihre Eingangstür klopft, schreckt sie hoch und muß einen Moment überlegen, wo sie sich befindet: In ihrer Villa in Algier oder in ihrem Elternhaus in der Bretagne?

Erneut klopft es an der Tür, und Thérèse vernimmt die Stimme ihrer Enkelin.

»Mémé, hörst du mich? Mach auf, ich bin's, Sarah. Etwas Schreckliches ist passiert!«

...

In warmen, windstillen Sommernächten erwacht Karen meist gegen zwei Uhr und kann danach lange nicht mehr einschlafen. Dann steht sie auf, schenkt sich ein Glas Wein ein und hört Musik. Sie stöpselt den Kopfhörer in ihre Stereoanlage und legt eine CD auf.

Auch heute nacht sitzt sie im Morgenrock im Sessel in ihrem Salon, die Augen geschlossen. Durch den Kopfhörer hört sie Bachs *Kunst der Fuge*. Jedesmal, wenn die Musik endet, als breche sie mitten in der Aufnahme ab, schießen Karen die Tränen in die Augen. Es heißt, Bach sei über dieser Komposition gestorben, deshalb ende sie so wie ein letzter Atemzug.

Sechs Jahre ist es her, seit Steven gehen mußte. Sein Kampf gegen die Krankheit war qualvoll, und Karen hat es bis zum Schluß nicht wahrhaben wollen, daß Steven nur noch eine begrenzte Zeit zu leben hatte. Nach seinem Tod löste sie die gemeinsame Wohnung in Oxford auf und zog für immer in das kleine Haus im Süden, das sie sich vor zwanzig Jahren gekauft hatte, lange bevor sie Steven kennenlernte. In der Abgeschiedenheit von Montcastin hat sie bisher acht Romane geschrieben. Drei davon sind ins Französische übersetzt. Ihr gesamtes Werk ist in Deutschland erschienen, in den skandinavischen Ländern, in Holland und in den USA. Karen McPherson ist eine anerkannte Schriftstellerin. Rezensenten vergleichen sie mit Ruth Rendell oder Elizabeth George. Ihre Geschichten spielen in unterschiedlichen Ländern, sie erzählen von spektakulären Mord- und Entführungsfällen, aus der Fülle ihrer Phantasie geschöpft und mit aktuellen Tagesereignissen angereichert. Hin und wieder verreist Karen für einige Wochen, manchmal Monate, um zu recherchieren. Wenn sie nach Montcastin zurückkehrt, ist sie voller neuer Ideen, und die rastlose, einsame Arbeit am Computer kann beginnen. Schreiben ist wie eine Sucht, von der sie nicht lassen kann, solange sie Geschichten und Schicksale in ihrem Inneren gespeichert hat.

Als Karen wieder ins Bett gehen will, hört sie in Thérèse Lapaluts Haus die Tür schlagen und kurz darauf die eiligen Schritte zweier Menschen auf der Straße. Dann wird ein Motor gestartet, und ein Auto verläßt das Dorf.

4

Kommissarin Florence Labelle steht barfuß im Schlafanzug in dem marmorgefliesten Badezimmer auf Les Oliviers, wirft einen ersten Blick in den Spiegel und gähnt. Es ist ein entspanntes Gähnen. Sie fühlt sich frisch und ausgeruht und bemerkt den Glanz in ihren grauen Augen, als hätte ein Kameramann ihr ein spezielles Augenlicht gesetzt, um die Spuren einer glücklichen Liebesnacht noch deutlicher ins Bild zu rücken.

Die Badezimmertür wird geöffnet, und Cathérine Volet steht im Türrahmen. Sie trägt ihre übliche Reiterkluft: ein schwarzes T-Shirt, verwaschene Jeans und staubige Cowboystiefel.

Florence dreht sich um.

»Na, wie war's?«

»Rossignol ist noch zu unruhig. Sie scheut bei jeder Kleinigkeit. Man merkt, daß sie noch nicht richtig zugeritten ist.«

Florence nickt. Rossignol ist Cathérines neue Stute, ein

weißes Camargue-Pferd. Letzten Sommer war ihr Quarter-Horse Mira auf mysteriöse Weise erschossen worden. Erst in diesem Frühjahr konnte sich Cathérine entschließen, ein neues Pferd anzuschaffen.

Cathérine ist hinter Florence getreten und streichelt zart ihre Schulter. Sie lächelt. Es ist jenes spöttische Lächeln, in das sich Florence verliebte. Damals bei ihrer ersten Begegnung in den Wäldern hinter dem Dorf Blans, wo Monika Terbovens Leiche gefunden wurde. In all den Monaten danach, als sie wieder in Berlin war, konnte sie es nicht vergessen.

»Willst du auch ein paar Spiegeleier?«

Florence muß unwillkürlich lachen.

»Immer wieder versuchst du es! Du weißt doch, daß ich morgens nicht so viel essen kann.«

Cathérine gibt ihr einen Kuß auf den Nacken.

»Man kann doch seine Angewohnheiten auch ändern, oder?«

»Aber nicht, wenn man einen so kleinen Magen hat wie ich. Ich möchte eine Scheibe Toast, Kaffee und das übliche.«

»In Ordnung«, antwortet Cathérine und schließt die Tür. Florence hört, wie sich ihre Schritte auf dem langen Flur entfernen.

Seit vier Monaten hat sie jetzt den Posten als Kommissarin bei der PJ, der *Police Judiciaire,* in Nîmes. Sie hatte sich entschlossen, Berlin zu verlassen und in die westliche Provence überzusiedeln. Durch ihre doppelte Staatsbürgerschaft und die Aufklärung der Mordfälle Terboven und Simon im vergangenen Jahr gab sie ihrer Bewerbung auf diese plötzlich freigewordene Stelle große Chancen. Außerdem unterstützte Pierre Desgranges, der Polizeichef des Departements, ihre Kandidatur. Ausschlaggebend für den Ortswechsel war allerdings ein privater Grund: Sie hatte sich in Cathérine Volet verliebt, und diese Liebe beruhte auf Gegenseitigkeit. Im letzten Winter, wenige Monate nach Florences Ermittlungen in der Mordsache Terboven/Simon, war Cathérine kurzentschlossen nach Berlin gereist. Florence nahm einige Tage Urlaub, und sie entdeckten gemeinsam das alte und neue Berlin.

Cathérine erzählte ihr von ihrer ersten und einzigen Reise in diese Stadt. Damals, 1972, hatte sie ein Konzert im Ostberliner Palast der Republik gegeben. »Du kannst dir nicht vorstellen, wie das war! Die Menschen gerieten völlig aus dem Häuschen. Einen solchen Beifall habe ich, glaube ich, nur in Rio erlebt. Doch die Südamerikaner sind ja ohnehin enthusiastischer und emotional mehr nach außen gerichtet. Aber in Deutschland, noch dazu der DDR? Westliche Musik muß damals für die Menschen dort das Größte gewesen sein. Für mich war es ein ganz spezielles Konzert, an das ich mich noch heute in allen Einzelheiten erinnere.« Sie gingen im strömenden Regen durch den Tiergarten, saßen in Kneipen am Kollwitzplatz, besuchten Ausstellungen und eine Aufführung des *»Figaro«* in der Deutschen Oper. Es war wie ein Rausch, und als die wenigen Tage zu Ende gingen, wußte Florence, daß sie ein Gefühl wiedergefunden hatte, das sie schon lange und für alle Zeiten verschüttet geglaubt hatte. Es war der Beginn einer neuen Zukunft.

Über Weihnachten fuhr Florence dann nach Les Oliviers, und da sprachen sie erst vorsichtig, dann immer konkreter über eine mögliche gemeinsame Lebensplanung. Der Zufall, an den Florence normalerweise nicht glaubte, kam wenige Wochen später zu Hilfe: Bei der *Police Nationale* in Nîmes wurde eine entsprechende Kommissarsstelle frei. Florences Vorgesetzter, Kriminalrat Müller-Ehrlich, versuchte seine beste Mitarbeiterin mit allen Mitteln zu halten. Als sie schließlich doch kündigte, nahm er es ihr persönlich übel.

»Du kannst bei mir wohnen«, hatte Cathérine begeistert vorgeschlagen. »Es ist genug Platz auf Les Oliviers. Ich richte dir den ganzen Westflügel ein.«

Doch Florence war vorsichtig und wollte nicht sofort mit Cathérine zusammenziehen.

»Mach nicht denselben Fehler wie damals bei Monika«, hatte sie Cathérine geantwortet. »Wir kennen uns doch erst kurz. Ich bin kein Mensch, der gleich mit jemandem zusammenzieht, wenn er verliebt ist. Dazu bin ich viel zu vorsichtig. Ich brauche meine eigene Umgebung, meinen Raum. Vorerst jedenfalls.«

Sie mietete sich eine Dreizimmerwohnung im Stadtzentrum von Nîmes. Die Wochenenden verbringt sie meist auf Les Oliviers, oft bleibt Cathérine auch über Nacht bei ihr. Sie haben sich an das Leben in zwei Haushalten gewöhnt, obgleich Florence genau spürt, daß Cathérine es lieber hätte, wenn sie mit ihr auf dem herrschaftlichen Landsitz leben würde.

Nach zwei Lehrgängen in Paris verbrachte Florence zunächst einige Wochen in den Diensträumen der Staatsanwaltschaft von Nîmes. Sie machte sich mit dem französischen Strafrecht vertraut und informierte sich über die spezielle Arbeitsweise des Ermittlungsrichters. Zur Strafrechtspraxis in Deutschland gibt es in Frankreich einige gravierende Unterschiede. Beispielsweise hat der Ermittlungsrichter sehr viel weitreichendere Kompetenzen, er entscheidet und ermittelt allein. Bei Mordprozessen vor dem Geschworenengericht wird die Anklage dann durch die Staatsanwaltschaft vertreten, die im Vorfeld schon eng mit dem Ermittlungsrichter zusammengearbeitet hat. Das Geschworenengericht besteht aus neun Geschworenen, die per Los bestimmt werden, und drei Berufsrichtern.

Am kompliziertesten sind die Kompetenzverteilungen innerhalb der verschiedenen französischen Polizeidienste: Die *Police Nationale* bekämpft die Kriminalität in den Städten, die *Gendarmerie* auf dem Land. Erstere untersteht dem französischen Innenministerium, die Gendarmerie ist Teil der französischen Armee und untersteht dem Verteidigungsministerium. Beide Gruppen haben die Aufgabe, als *Police Judiciaire* bei allen strafrechtlichen Delikten zu ermitteln. Und da liegt das Problem im französischen Polizeiwesen: Die Gendarmerie ist oftmals personaltechnisch und von der Ausbildung der Beamten her bei schweren Gewaltdelikten überfordert. Zahlreiche Mordprozesse haben das bewiesen. Zum Beispiel die spektakuläre »Affaire Anthony«, der Prozeß um einen kleinen Jungen in Nordfrankreich, der in einem Bach ertrunken ist. Seinerzeit hatte die Gendarmerie die Tatumstände ermittelt. Doch das Beweismaterial war zum Teil schlampig und dilettantisch zusammengetragen worden, so daß das Schwurgerichtsverfahren sowie das Revisionsverfahren in höchstem Maße problematisch wurden. Die Wahrheit kam nie ans Licht. Hatte die Mutter ihren kleinen Sohn ertränkt? War es der Onkel? Oder hatte die Mutter ihre Aufsichtspflicht vernachlässigt? War der Junge in ihrem Beisein ausgerutscht und in den Bach gestürzt, und hatte sie versucht, die Sache zu vertuschen? Damals entbrannte erneut die Diskussion um Sinn und Unsinn der beiden konkurrierenden Polizeiapparate.

Im Unterschied zu anderen Départements jedoch ist die Situation in Florences neuem Arbeitsbereich eine besondere. Polizeichef Desgranges hatte es seinerzeit durchgesetzt, daß im Département eine Art Modellversuch stattfindet. Die Police Nationale, Abteilung *Police Judiciaire*, ermittelt nicht nur im Stadtgebiet von Nîmes. Ihre Kompetenzen erstrecken sich auch auf die ländlichen Gebiete im Umkreis von etwa achtzig Kilometern, wo normalerweise die Gendarmerie alleinverantwortlich ermittelt. Als Desgranges seinen Dienst in Nîmes antrat, war das die erste Idee, die er umsetzen wollte. Der damalige Präfekt unterstützte das Konzept, und durch Desgranges' engen Kontakt zum Staatssekretär des Verteidigungsministeriums (ein Studienfreund aus ENA-Zeiten) gab es dann grünes Licht von höchster Stelle. Anfangs regte sich natürlich erheblicher Widerstand seitens der Gendarmerieoffiziere, die ihren Kollegen aus der Stadt bei Ermittlungen auf dem Land das Leben schwermachten. Aber inzwischen hat sich die neue Regelung eingespielt. Bei schweren Delikten auf dem Land leistet die Gendarmerie die Basisarbeit. Federführend in den Ermittlungen ist jedoch das Kommissariat in Nîmes, das eng mit dem Ermittlungsrichter zusammenarbeitet. Florence ist froh, daß sie ihren Dienst in Nîmes erst dann angetreten hat, als sich das Kompetenzgerangel zwischen den verantwortlichen Polizeidiensten gelegt hatte.

Ansonsten arbeitet die französische Polizei ähnlich wie die deutsche. Auch die Probleme sind teilweise die gleichen: verkrustete hierarchische Strukturen, mangelnde psychologische Schulung der Beamten, schleppende Verfahren.

Florence nimmt den Waschlappen und wäscht ihr Gesicht mit kaltem Wasser. Sie spürt eine unbändige Kraft in sich. Was für ein herrliches Gefühl, nach einer solchen Nacht in den Tag zu gehen! Die Welt liegt einem zu Füßen. Mögliche Probleme und beruflicher Ärger sind belanglos. Wichtig ist ihre Verbundenheit mit Cathérine, die sie liebt und deren Leben sie teilt.

Plötzlich klingelt ihr Handy, das nebenan in Cathérines Schlafzimmer auf dem Nachttisch liegt. Schnell trocknet Florence sich Hände und Gesicht ab, geht hinüber und drückt auf den grünen Empfangsknopf.

»Ja?«

»Guten Morgen, *Commissaire*. Hier Brigadier Goupier von der Gendarmerie St. Hyppolyte. Wir haben einen Verkehrsunfall.«

»Ja, und? Gibt es da irgendwelche Unklarheiten?«

»Na ja, Frontalzusammenstoß an einer gottverlassenen Kreuzung bei St. Hyppolyte heute nacht um zwei. Drei Tote und eine Zeugenaussage, die Fragen aufwirft. Der schuldhafte Fahrer, ein achtzehnjähriger Jugendlicher aus Montcastin, einem Dorf bei St. Sylvestre, ist unter den Opfern. Er soll am Steuer eingeschlafen sein.«

»Wer sagt das?«

»Seine Freundin. Sie saß neben ihm. Sie ist nur leicht verletzt.«

»Und was sagt der Arzt?«

»Tja, von dem Jungen ist nicht viel übrig. Er ist an der Unfallstelle verblutet. »

An der Unfallstelle verblutet... Florences Gedanken eilen zurück zu jenem Tag vor zwölf Jahren. Ein Anruf am frühen Abend, sie befand sich gerade beim Karatetraining in ihrem Sportclub. Ein italienischer Polizist, der kaum englisch sprechen konnte. Kurz vor Verona, gegen siebzehn Uhr nachmittags. Ihre Eltern wollten abends in der Freilichtarena den *»Barbier von Sevilla«* sehen. Ihr Hotel war gebucht, und am nächsten Tag sollte die Reise in die Toscana weitergehen, wo Freunde ein Haus besaßen. Ein Lastwagen fuhr frontal in ihr Auto. Der Fahrer, der überlebte, hatte 2,8 Promille im Blut. Ihre Eltern waren auf der Stelle tot. An das weitere Geschehen erinnert sich Florence nur schemenhaft: eine nächtliche Zugfahrt nach Italien. Die Identifizierung der Leichen, von denen nicht viel übriggeblieben war. Die Überführung der Leichenteile und die Beerdigung in Berlin. Der Schock, der erst Wochen später mit voller Wucht einsetzte und viele Monate anhielt...

»*Commissaire*, sind Sie noch dran?« Die Stimme des Brigadiers klingt unsicher.

Florence schaltet die Bilder vor ihrem inneren Auge ab und räuspert sich.

»Jaja, natürlich. Wenn irgendwelche Zweifel bestehen, rufen Sie die Staatsanwaltschaft an. Die sollen eine Autopsie anordnen, zumindest aber eine postmortale Blutentnahme, damit sich eventueller Blutalkohol noch nachweisen läßt. Mehr kann ich Ihnen jetzt auch nicht raten. Verkehrsunfälle gehören eigentlich nicht in meine Zuständigkeit«, fügt sie etwas ungehalten hinzu.

»Ich weiß. Aber ich dachte nur, weil die Umstände etwas ungewöhnlich sind...«

»Schon gut, *Brigadier*. Wenn sich irgendwas ergeben sollte, was für mich von Interesse ist, rufen Sie mich an.«

»Mach ich, *Commissaire*. Auf Wiederhören.«

»Wiederhören.«

Florence stellt das Handy ab und überlegt. Ein simpler Verkehrsunfall, und ein übereifriger Gendarm ruft die Kommissarin an. So etwas wäre in Berlin undenkbar gewesen. Ein Bagatellfall. Seit der Wiedervereinigung war die Kriminalitätsrate dermaßen gestiegen, daß trotz Personalaufstockung die Aufklärungsquote der schweren Gewaltdelikte und der Bandenkriminalität bescheiden blieb. Vietnamesische Zigarettenmafia, brutale Zuhältersyndikate, die Frauen und Mädchen aus Osteuropa nach Berlin verschleppen, Racheakte im russischen Drogenkartell, Streetgangs türkischer und deutscher Jugendlicher – die Berliner Kripo war rund um die Uhr im Einsatz. In Berlin bedeutete ihr Job als Kommissarin Streß, permanente

Überstunden, kaum ein freies Wochenende. Hinzu kamen Überarbeitung und Demotivation der Kollegen, die ständige Frustration aufgrund richterlicher Fehlentscheidungen. Bei der Kripo Berlin zu arbeiten hieß, in einer Art Drehtürmechanismus gefangen zu sein: Die Polizei ermittelt, überführt aufgrund der Beweise. Der Staatsanwalt erwirkt einen Haftbefehl, und irgendein Richter läßt den Beschuldigten wieder frei, weil angeblich die gesetzlichen Mittel nicht ausreichen. Der Beschuldigte taucht ab und wird von da an ein noch größeres Problem.

In der französischen Provinz scheint man immerhin so viel Zeit und Muße zu haben, daß man sich über einen am Steuer eingeschlafenen Autofahrer Gedanken macht. Vielleicht hat sie ein paar ruhige und gemütliche Jahre vor sich, wer weiß? Mordfälle wie die an Monika Terboven und Lucienne Simon sind in dieser Gegend selten. Jedenfalls hat Florence bisher noch nie so viele freie Wochenenden gehabt und sich mitten im Sommer so erholt gefühlt. In Berlin war dann in ihrem Job Hochsaison.

Sie geht zurück ins Badezimmer, beendet rasch ihre Morgentoilette und zieht sich an.

In der Küche duftet es nach frisch aufgebrühtem Kaffee, nach getoastetem Weißbrot und Spiegeleiern mit Speck. Es ist eine jener geräumigen hochherrschaftlichen Küchen mit altem Kachelboden und eingebauten Eichenschränken, wie sie in einem südlichen *Mas* üblich sind. Koch- und Arbeitsflächen sind modern und funktional, die Möbel antik. Der große rechteckige Bauerntisch mit sechs dazu passenden Stühlen steht in der Mitte; die dunkle Kastanienholzanrichte stammt aus dem 17. Jahrhundert, ein Erbstück von Cathérines Mutter. An den Wänden hängen zwei moderne Stilleben eines jungen Künstlers aus Marseille.

Cathérine Volet sitzt am Tisch und beendet gerade ihr Frühstück. Sie schiebt den Teller beiseite und greift nach einer Ledermappe. Darin befinden sich Skizzen und Pläne, säuberlich auf Millimeterpapier gezeichnet, einige sind farbig. Rechteckige und dreieckige Muster, Romben, Schachbrettmotive. Cathérine sucht einen Entwurf heraus und betrachtet ihn kritisch. Ein blau-grün-weißes Treppenmuster.

Seit der Beendigung ihrer Karriere als Schlagersängerin, die weit über die Grenzen Frankreichs hinaus bekannt war, hat sie sich darauf spezialisiert, Marmorfußböden zu entwerfen. Diese Idee hatte sich zufällig entwickelt, als vor einigen Jahren ein befreundetes Ehepaar aus Paris zu Besuch auf Les Oliviers war. Sie hatten sich gerade ein Landhaus in der Nähe von Avignon gekauft und wollten es komplett restaurieren lassen. Dann sahen sie den Fußboden in Cathérines venezianischem Salon: ein Marmormosaikboden wie in alten byzantinischen Kirchen. Cathérine hatte ihn selbst entworfen. Die beiden waren so begeistert, daß sie Cathérine baten, für die große Eingangshalle ihres Landhauses einen ähnlichen dreidimensionalen Marmorboden zu konzipieren. Inzwischen hat Cathérine zwölf Häuser mit entsprechenden Böden ausgestattet. Jeder ein individueller Entwurf, ein Unikat. Mit Monsieur Delacre, dem Marmorsteinmetz aus Nîmes, der seinerzeit das Material für den venezianischen Salon besorgt, zugeschnitten und verlegt hat, schloß sie einen Vertrag. Er bestellt den Marmor und schneidet ihn zu. Nachdem er ihn verlegt hat, überwacht er anschließend die aufwendigen Schleifarbeiten mit dem Naßschleifer, die ausgeführt werden, damit der Boden seine gleichmäßige, seidenmatte Patina erhält. Die Auftraggeber der Böden sind Besitzer exklusiver Häuser. Freunde und Bekannte Cathérines empfehlen sie weiter, und inzwischen kann sie sich vor Aufträgen nicht retten. Als Designerin exklusiver Fußböden hat sie sich rasch einen Namen gemacht und einen neuen Trend für luxuriöse Landhäuser und Schlösser in der Provence kreiert. Das Magazin *Maisons de France* hatte ihre Arbeiten im letzten Jahr in einer Sonderbeilage vorgestellt. Die Honorare, die sie für ihre Entwürfe nimmt, fließen in einen Spendenfonds zur Unterstützung notleidender Künstler.

»Guten Morgen, Emmanuelle.« Florence betritt die Küche und setzt sich zu Cathérine an den Tisch.

Emmanuelle, Cathérines Haushälterin, steht am Herd und dreht Florence ihr strahlendes rotbackiges Gesicht zu.

»Guten Morgen, *Commissaire.* Ich hoffe, Sie haben gut geschlafen.«

»Danke«, sagt Florence und wirft einen neugierigen Blick auf Cathérines Entwurf.

»Für das Schloß Muguet?« fragt sie.

Cathérine nickt und hält ihr das Blatt hin.

»Wie findest du die Farben? Ich wollte bewußt Dunkelgrün und Blau kombinieren. Das Weiß lockert das Ganze auf, so daß die Dreidimensionalität besonders gut zur Geltung kommt.«

»Gefällt mir sehr gut. Ist mal etwas ganz anderes. Wie groß ist denn der Raum?« Florence schenkt sich Kaffee ein.

»Riesig. Achtzig Quadratmeter. Das kostet Guy de Pousset ein Vermögen. Ich glaube, das ist der teuerste Boden, den ich bisher entworfen habe.«

Cathérine blickt auf ihre Armbanduhr.

»Ich muß los. Delacre und ich sind den ganzen Tag in Marseille. Wir treffen uns dort mit Guy, damit er den Entwurf sieht und das Material begutachten kann. Ich hoffe, daß die Farben so sind wie die der Proben. Die blauen und grünen Platten kommen aus Norwegen, der weiße Marmor aus Griechenland.«

Bevor Cathérine die Küche verläßt, berührt sie kurz Florences Schulter.

»Also dann bis heute abend. Hast du Lust auf Lammkoteletts? Das Wetter ist ideal zum Grillen.« Die Tür fällt ins Schloß.

Emmanuelle stellt einen Teller mit getoastetem Weißbrot auf den Tisch. Florence nimmt eine Scheibe und schmiert Butter und Marmelade darauf.

»Fahren Sie gleich nach Nîmes, *Commissaire*?« fragt Emmanuelle.

»Ja, wieso?« antwortet Florence mit vollem Mund.

»Könnten Sie mich eventuell an der Renault-Werkstatt vorbeifahren? Mein Wagen war in der Inspektion, und ich kann ihn abholen.«

»Kein Problem, Emmanuelle. Ich setze Sie da ab.«

Eine knappe Stunde später erreicht Florence die Innenbezirke von Nîmes. Über die Stadt stülpt sich eine stinkende Glocke aus schwüler Luft, Autoabgasen und Fäulnisgeruch, weil die Müllabfuhr streikt, und das mitten im Hochsommer.

An einer roten Ampel hinter der Arena muß sie halten. Sie kurbelt das Fenster herunter. Ein Mopedfahrer braust so dicht an ihrem Wagen vorbei, daß sie den Luftzug spürt.

Auf der anderen Straßenseite auf dem Bretterzaun an der Baustelle prangen die Plakate für die Wahl des neuen *Conseil Général*, die in zwei Wochen stattfindet. Einer der Kandidaten für den Vorsitz ist Pierre Desgranges, Polizeichef des Départements. Hinter seinem gewinnenden Lächeln zeigt er eine Reihe makelloser Zähne. In seinem tadellos sitzenden grauen Zweireiher mit Weste, weißem Hemd und bunter Blumenkrawatte wirkt er elegant, dynamisch und vertrauenerweckend. Der Slogan seiner Partei baut auf dieses Image: *»Wer würde diesem Mann* ***nicht*** *die Zukunft seiner Kinder anvertrauen?«*

Florence lächelt ironisch, gibt Gas, als die Ampel umschaltet, und fährt nach der nächsten Querstraße in den Hof des Polizeipräsidiums.

...

Violette sieht in den Spiegel und blickt in ihre erloschenen Augen, die ihr Gesicht wie einen fernen Punkt in der Unendlichkeit fixieren.

Sie stützt sich mit beiden Händen auf den Waschbeckenrand und atmet tief durch. Der Schwindel in ihrem Kopf ist seit dem Aufstehen allmählich zum Stillstand gekommen. Sie greift nach der Zahnbürste, schraubt die Zahnpastatube auf und drückt die blauweiße Masse heraus. Ihre Gesten sind fahrig und unkoordiniert. Ein Klecks Zahnpasta spritzt auf ihre beige Bluse, die vom Liegen völlig zerknittert ist. Mit dem Zeigefinger der linken Hand wischt sie ihn an den Waschbeckenrand.

Erneut betrachtet sie ihr aufgedunsenes, großflächiges Gesicht. Der Zahnpastaschaum schmeckt nach Kaugummi und Lakritz und ruft eine plötzliche Übelkeit hervor. Hastig füllt Violette das Wasserglas, spült den Mund aus und bewegt ihren Körper mit plumpen Schritten in Richtung Toilette. Dort gleitet sie unbeholfen auf die Knie, umklammert mit beiden Händen die Toilettenschüssel und übergibt sich. Schwer atmend stemmt sie sich hoch, wischt sich mit dem Handrücken den Mund ab und drückt die Spülung.

Am Waschbecken dreht sie den Hahn auf und schüttet sich mit beiden Händen kaltes Wasser ins Gesicht. Sie prustet, trocknet sich ab und wirft einen letzten Blick auf ihr Spiegelbild. Leicht schwankend geht sie nach unten, um sich mit einer Tasse Kaffee die letzten Reste Alhokol und Tabletten aus dem Körper zu spülen.

Aus dem Wohnzimmer sind Stimmen zu hören. Als Violette die Tür öffnet, verstummen sie abrupt. Die drei Menschen, die am Tisch sitzen, starren sie an. Michels Gesicht ist aschfahl, er wirkt mitgenommen und übernächtigt. Thérèse sieht ihre Schwiegertochter voller Verachtung an und wendet sich ab. Sarahs Augen sind vom vielen Weinen geschwollen. Als sie ihre Mutter erblickt, springt sie vom Tisch auf, läuft auf sie zu, umarmt sie und verbirgt ihr Gesicht an Violettes schwammiger Schulter. Hemmungslos fängt sie an zu schluchzen.

»Was ist denn los? Ist irgendwas?« ruft Violette erregt.

Michel mustert sie, sein Blick spiegelt das ganze Elend ihrer zwanzigjährigen Ehe wider. Er preßt seine Hände gegeneinander, bis die Knöchel weiß werden.

Mit tränenerstickter Stimme stottert Sarah:

»Raymond ist heute nacht tödlich verunglückt. Wir waren ... Papa mußte ihn ...«

Violette stößt ihre Tochter sanft, aber bestimmt beiseite. Mit der Hand fährt sie sich durch ihre fettigen, ungekämmten Locken. Ihre Augen sind ausdruckslos.

»Warum erfahre ich das erst jetzt? Wieso hat mich keiner geweckt?!«

Michel lacht verzweifelt auf und wirft einen schnellen Blick zu seiner Mutter. Bevor er Violette eine Antwort geben kann, kommt Thérèse ihm zuvor.

»Das ist ja die Höhe!« Ihre Stimme ist schneidend. »Du betrinkst dich wieder mal sinnlos und wunderst dich dann, daß dich niemand wachkriegt.«

»Laß sie, Maman«, sagt Michel, »das hat doch jetzt keinen Zweck mehr.«

»Was heißt, es hat keinen Zweck mehr? Irgend jemand muß deiner Frau doch mal den Spiegel vorhalten!«

Violette geht langsam auf ihre Schwiegermutter zu, bis sie ihr Auge in Auge gegenübersteht. Thérèse weicht ihrem Blick nicht aus. Kalt sagt sie:

»Glaubst du eigentlich, daß man auf diese Weise eine Familie zusammenhalten kann? Welcher Mann will denn eine Schlampe wie dich! Sieh dich doch mal an! Wie du dich gehen läßt, vor den Kindern, vor Gott!«

Sarah hat den Arm ihrer Großmutter gepackt und schreit:

»Mémé, hör auf, hör auf, so zu reden!«

»Laß sie.« Violettes Stimme ist sehr leise. »Es ist immer gut, wenn die Menschen das aussprechen, was sie denken.«

Sie wendet sich an Michel.

»Stimmt's, Michel? Ich hätte den Mund aufmachen sollen, als es noch nicht zu spät war, ich hätte die Wahrheit laut herausschreien sollen!«

Michel springt auf und ist mit einem Satz bei ihr. Mit ausgestreckten Händen stößt er sie zurück. Violette torkelt gegen die Wand. Michel packt sie an den Schultern.

»Sei still!« Seine Stimme ist unnatürlich hoch und schrill. »Du bist ja wahnsinnig, du gehörst in die Klapse! Nicht einmal der Tod deines Sohnes berührt dich. Raymond ist verunglückt, er ist tot, tot!!! Kapierst du das?!« Er schüttelt sie heftig. »Ob du das kapierst?«

Mit hartem Griff löst Thérèse Michels Hände von Violettes Schultern. Michel beginnt zu schluchzen und taumelt zurück.

Sarah hält sich die Ohren zu und schreit los. »Aufhören, hört auf! Habt ihr nichts anderes zu tun, als euch wieder zu streiten?«

Violette wirft Michel einen wissenden, haßerfüllten Blick zu. »Ich werde dafür sorgen, daß die Wahrheit ans Licht kommt, verlaß dich darauf.« Sie dreht sich um, verläßt das Wohnzimmer und knallt die Tür ins Schloß.

Die plötzliche Stille lastet im Raum wie eine Bedrohung. Dann unterbricht Thérèse das Schweigen.

»Ich hab dir ja gesagt, Michel, es wird höchste Zeit, daß du etwas unternimmst. Das nimmt ja Formen an…« Sie setzt sich an den Tisch, atmet tief durch und beschließt, zur Tagesordnung überzugehen. »Wir entscheiden uns für eine Erdbestattung. Dein Vater wäre auch gegen eine Feuerbestattung gewesen, Michel. Komm, laß uns die Liste der Trauergäste besprechen. Nachher fahren wir nach Uzès zu Verdier. Die haben damals Roberts Bestattung gut abgewickelt.«

Sarah fängt erneut an zu schluchzen, putzt sich die Nase, murmelt eine Entschuldigung und verläßt den Raum.

In ihrem Schlafzimmer steht Violette vor dem geöffneten Kleiderschrank, reißt Röcke, Blusen, Pullover und T-Shirts heraus und wirft sie aufs Bett.

»Was machst du denn da, Maman?«

Als Violette Sarahs zaghafte Stimme hört, fährt sie herum. Ohne sich in ihrem Tun beeinträchtigen zu lassen, antwortet sie:

»Ich suche mir was zum Anziehen raus. Ab jetzt wird alles anders. Manchmal löst nur der Tod bestimmte Probleme, verstehst du? Nein, wie solltest du auch…«

Violette nimmt eine gelbe Seidenbluse mit roten und blauen Schmetterlingsmotiven.

»Wie findest du die? Ob ich da noch reinpasse?« Sie stellt sich vor den großen Spiegel und hält sich kokett die Bluse vor.

»Na, was meinst du?« sagt sie lächelnd. Ohne eine Antwort abzuwarten, sucht sie eine weite ozeanblaue Hose aus dem Kleiderschrank.

»Die paßt dazu. Ich probiere das gleich mal.«

Sarah starrt ihre Mutter entsetzt an. Violette knöpft sich ihre zerknitterte beige Bluse auf, läßt sie zu Boden gleiten und schlüpft in die Seidenbluse.

Sie betrachtet sich erneut im Spiegel und nickt zufrieden.

»So. Das wäre schon mal der Anfang.«

Wenig später, als Michel mit Thérèse und Sarah nach Uzès zum Bestattungsunternehmen gefahren ist, steht Violette in ihrer bunten Bluse und der dazu passenden Hose in der Küche und sucht aus den Schränken sämtliche Flaschen mit Alkohol heraus, um sie nacheinander in den Spülstein zu kippen. Dann verläßt sie das Haus und geht von außen in den Keller. Die Tür ist abgesperrt, doch Violette hat einen Zweitschlüssel. Sie versteckt ihn unter ihrer Wäsche im Kleiderschrank, und Michel scheint nichts davon zu ahnen. Manchmal verbringt ihr Mann die halbe Nacht im Keller. Violette hat schon vor langer Zeit herausgefunden, was er da treibt. Ihre jahrelangen Ahnungen hatten sie nicht getäuscht.

Vorsichtig durchsucht Violette die Schubladen und zieht aus einer einen dicken Umschlag. Damit geht sie ins Haus zurück.

…

Mit kräftigem Bürstenstrich fährt sich Louise, die pensionierte Gerichtsmedizinerin, durch ihre halblangen dunkelblonden Haare, die nur wenige Grausträhnen aufweisen. Zufrieden betrachtet sie sich im Spiegel. Trotz der unruhigen Träume in der Nacht sieht sie ausgeruht aus. Bequeme Jeans und eine kurzärmelige senffarbene Hemdbluse unterstreichen ihren sportlichen Typ. Sie beugt sich nach vorn, um wie jeden Morgen die Falten in ihrem Gesicht aus der Nähe anzusehen. Sie ist mit ihrem Spiegelbild zufrieden und findet, daß sie sich gut gehalten hat für ihre dreiundsechzig Jahre. Ihre Augen erforschen jeden Quadratzentimeter ihres Gesichts. Nichts scheint verändert, seit sie sich gestern früh genau betrachtet hat. Nur ein borstiges schwarzes Haar sprießt aus dem Kinn. Louise nimmt die Pinzette von der Konsole und reißt es mit einem Ruck aus. Dann verteilt sie einige Tupfer Feuchtigkeitscreme im Gesicht und massiert sie ein. Abschließend sprüht sie ihr Eau de toilette *Dolce Vita* auf den Puls der linken Hand.

Als sie das Badezimmer verlassen will, steht Jeanne d'Arc an der offenen Tür und miaut.

»Was schreist du denn so? Du hast doch schon gefressen. Jetzt geht es runter ins Dorf. Du kommst mit, damit du dich gleich wieder an das Landleben gewöhnst.«

Als habe die Katze ihre Worte verstanden, rennt sie zur offenen Eingangstür und flitzt über den Vorplatz des Hauses ins nahegelegene Unterholz.

Louise ist hinterhergelaufen. Ein wenig außer Atem, die Hände in die Hüften gestemmt, späht sie in die Büsche.

»Jeanne d'Arc! Komm sofort zurück. Nachher gibt es wieder ein Drama, wenn dein Fell voller Kletten ist und ich sie dir einzeln rausholen muß. Jeanne d'Arc!«

Nichts rührt sich. Louise stößt einen ärgerlichen Laut aus. Sie weiß genau, daß die Katze sie aus dem Dickicht beobachtet. Aber es wäre zwecklos, sie holen zu wollen.

Louise seufzt, sperrt ihre Eingangstür ab und macht sich auf den Weg zu Karen. Dort wartet an diesem ersten sonnendurchfluteten Ferientag ein ausgiebiges Frühstück auf sie.

5

Um Viertel vor zehn klopft es an Karens Hoftor. Madame Pierret, die Witwe aus dem großen Anwesen am Eingang des Dorfes, betritt den Innenhof. Ihr Gesicht, das von einer Vielzahl quer- und längslaufender Falten und Runzeln durchzogen ist, hat einen feierlichen Ausdruck angenommen.

»*Mesdames*, guten Morgen.«

Die beiden Frauen begrüßen sie höflich.

»Ich weiß nicht, ob Sie es schon gehört haben?« Ihre Stimme senkt sich unwillkürlich zu einem Flüstern.

Karen und Louise tauschen einen kurzen Blick, dann sagt Louise: »Was denn?«

»Raymond ist heute nacht auf dem Nachhauseweg von Montpellier tödlich verunglückt. Es ist schrecklich... Die armen Eltern. So ein junges Leben!«

Madame Pierrets Anteilnahme ist aufrichtig. Sie kennt Raymond seit seiner Geburt. Hin und wieder erledigte er für sie kleine Arbeiten in ihrem Obstgarten und verdiente sich ein paar Francs. Sie mochte ihn und hätte gern einen Sohn wie ihn gehabt. Statt dessen hat sie zwei Töchter.

Karen spürt, wie ihre Hand zittert. Auch wenn sie ihn im Verdacht hatte, durch das Fenster in ihren Hof zu spähen, war Raymond ein netter Junge. Immer freundlich und mit einem Lachen auf seinem ebenmäßigen Gesicht. Nur einmal, da hatte Karen ihn auf einem ihrer Spaziergänge in der Nähe der Schlucht am Wegrand hocken sehen. Seine Schultern wurden von Weinkrämpfen geschüttelt. Sie hatte sich spontan umgedreht und war zurück zum Dorf gegangen, damit Raymond sie nicht bemerkte. Das war vor sechs oder sieben Jahren...

»Du lieber Gott, wie ist denn das passiert?«

Madame Pierret setzt sich unaufgefordert an den Tisch, der im Schatten eines Feigenbaumes steht. Das Frühstücksgeschirr ist noch nicht abgeräumt, und die Schinkenreste auf der Platte haben sich bereits schwitzend nach oben gewellt.

»Ich nehme an, daß er was getrunken hat. Weil er am Steuer eingeschlafen ist und seitlich in ein anderes Auto hineinraste.«

»Wie schrecklich...« Louise überlegt, wie viele Verkehrstote sie im Lauf ihrer Berufsjahre auf dem Seziertisch gehabt hat. Zwanzig? Dreißig? »War er wenigstens sofort tot?«

»Soweit ich Thérèse verstanden habe, ja. Sie hat mich vorhin angerufen. Freitag ist die Beerdigung. Ich wollte Sie nur unterrichten.«

Madame Pierret steht auf, lächelt kurz und wechselt das Thema.

»Und Sie? Wie geht es Ihnen?« fragt sie Louise.

»Gut. Ich bin gestern abend angekommen. Daß gleich heute morgen so eine Hiobsbotschaft eintreffen würde...«

Erneut paßt sich Madame Pierrets Gesicht dem Ernst der Situation an.

»Ja. Wenn jemand in unserem Alter stirbt, ergibt das ja noch einen Sinn, weil wir unser Leben gelebt haben. Aber ein junger Mensch… Raymond war achtzehn Jahre! Er hatte doch das Leben noch vor sich!«

Louise sieht Madame Pierret skeptisch an und schüttelt den Kopf.

»Tut mir leid, Madame Pierret, aber da bin ich anderer Meinung. Natürlich ist der Tod des Jungen ein tragischer Schicksalsschlag für die Familie. Aber wieso ist das Leben eines Achtzehnjährigen mehr wert als das eines Sechzigjährigen? Wir sollten die Jugend eines Menschen nicht überbewerten. Der Tod hat übrigens bei allen Menschen die gleichen Symptome.«

Madame Pierret sieht Louise verständnislos an.

»Na ja«, fährt Louise erläuternd fort, »wenn man wie ich unzählige Tote gesehen hat, weiß man, daß der Organismus eines jungen Menschen nach dem Ableben ebenso schnell verfällt wie der eines älteren. Der Tod macht keinen Unterschied. Nur das Leben macht ihn – scheinbar.«

Madame Pierret sagt »Ach ja, meinen Sie?«, murmelt dann einen Abschiedsgruß und verläßt eilig Karens Grundstück.

Als das Tor ins Schloß gefallen ist, wendet sich Karen an ihren Gast. Vorsichtig sagt sie: »Das hat sie sicher falsch aufgefaßt. Warst du nicht ein bißchen zu schroff?«

Louise will sich noch Kaffee einschenken. Doch die Kanne ist leer.

»Wieso? Mir geht dieses ewige Gerede vom Tod in jungen Jahren und wie grausam das ist auf die Nerven. Wahrscheinlich ist Raymond schneller gestorben als viele andere. Selbst wenn er an der Unfallstelle verblutet sein sollte, war er wahrscheinlich bewußtlos und hat nichts gespürt. Es wird immer so ein Gewese um den Tod eines jungen Menschen gemacht. Der Tod an sich ist schrecklich, ob für jung oder alt. Das weißt du doch selbst. Denk mal an Steven. War sein Tod für dich leichter erträglich, weil er schon Mitte Vierzig war?«

»Natürlich nicht. Aber Raymond hatte überhaupt keine Chance, irgend etwas im Leben auszuprobieren. Ich finde es schrecklich, daß er plötzlich nicht mehr da ist, einfach verschwunden, als hätte es ihn nie gegeben. Gestern nachmittag habe ich noch gehört, wie er oben in seinem Zimmer Musik spielte.«

Louise nickt, scheint jedoch mit ihren Gedanken weit weg zu sein. Sie kannte Raymond kaum. Wenn man wie sie oben auf dem Hügel wohnt, sieht man die anderen Dorfbewohner nur selten. Man nimmt sie wahr, wenn man zum Bäcker geht, der jeden Tag ins Dorf kommt, wenn man den Abfall zu den Mülltonnen trägt oder die Post aus dem Briefkasten holt. Ansonsten sind es fremde Leben, die einen hier in Montcastin umgeben, so wie ihr Leben auch fremd für die anderen ist. Die einzige Gemeinsamkeit besteht darin, in demselben idyllischen Dorf zu wohnen, in dem die menschlichen Beziehungen mit Sicherheit nicht so harmonisch sind, wie es auf den ersten Blick den Anschein hat.

Karen schreckt Louise aus ihren Gedanken auf.

»Wenn du nachher vom Einkaufen zurück bist, sollten wir Michel und Violette kondolieren. Für die Eltern ist es bestimmt schrecklich, ihren einzigen Sohn zu verlieren.«

»Ja, das mag schon sein. Besonders wenn man ihn der Tochter gegenüber so vorgezogen hat, wie das hier der Fall war. Da mußte man ja blind sein, um das nicht zu bemerken.«

Karen legt ihre Hand auf Louises Arm.

»Sei nicht so hart in deinem Urteil, Louise. Es ist ihr Kind, das ihnen genommen wurde. Ganz gleich, was sich sonst noch in dieser Familie abspielt.«

...

Als der Bäcker an diesem Tag hupend die steile Dorfstraße nach Montcastin hochfährt, ist es kurz vor elf. Normalerweise kommt er früher. Um halb acht verstaut er in der Bäckerei in St. Sylvestre, die er zusammen mit seinem Bruder betreibt, die

Backwaren. Dann fährt er mit dem Lieferwagen die Tour nach Norden, um dort die kleinen Dörfer und Weiler zu versorgen. Gegen halb zehn kehrt er nach St. Sylvestre zurück und holt neue Brote, *Croissants* und *Pains au chocolat* in der Bäckerei ab. Nach dem Mas du Vieux Pont unten im Tal ist Montcastin das nächste Dorf, das er beliefert.

Doch heute hat ein Zwischenfall die Zeiten durcheinandergebracht. Seine Schwägerin war hinter der Ladentheke zusammengebrochen. Bis der Krankenwagen aus Nîmes kam, verging eine knappe Stunde. In dieser Zeit brannte eine komplette Ofenladung *Flûtes* an, und die frisch gerollten *Croissants* wurden gar nicht erst in den Ofen geschoben.

Der Bäcker wendet den Lieferwagen, zieht die Handbremse, stellt den Motor ab und steigt aus. Er öffnet die Hecktür und wartet.

Madame Pierret ist die erste, die kommt.

»Sie sind ja heute spät dran!«

Der Bäcker holt ein *Baguette* und ein *Pain de campagne* aus dem Korb, Madame Pierrets übliche Tagesration. Für eine Einzelperson ist das üppig, aber die alte Frau weicht die Brotreste in Milch ein und füttert damit die Dorfkatzen.

»Joséphine wurde ins Krankenhaus gebracht. Verdacht auf Schlaganfall.« Bedenklich wiegt der Bäcker seinen Kopf hin und her und streicht sich mit Daumen und Zeigefinger über seine Moustache.

»Du lieber Himmel!« sagt Madame Pierret und beugt sich vertraulich zu ihm. »Und wir haben einen tragischen Todesfall. Raymond Lapalut ist am Steuer seines Wagens eingeschlafen und tödlich verunglückt.«

»Schrecklich! Er war doch noch so jung!« Der Bäcker gibt Madame Pierret das Wechselgeld.

»Ja eben! Freitag ist die Beerdigung. Wiedersehen, Gil. Denken Sie morgen an meine *Tarte aux pommes*?«

Der Bäcker nickt. Madame Pierret hat ihre Brote genommen und will gerade gehen, da sieht sie, daß Violette, gekleidet mit einer gelben Bluse und einer blauen Hose, die Dorfstraße hinunterkommt und auf den Bäckerwagen zusteuert. Sie trägt Riemchen-Sandaletten mit Absatz, aus denen ihre dicken Füße wie Würste herausquellen.

Gleichzeitig läßt Karen ihr blaues Hoftor ins Schloß fallen und stößt beinahe mit Léons Frau Paola zusammen, die die Terrassenstufen ihres Hauses hinunterrennt, um ebenfalls zum Bäckerwagen zu eilen.

Auf Violettes aufgedunsenem Gesicht liegt ein breites Lächeln, als sie den Bäcker, Madame Pierret und die hinzustoßenden beiden anderen Frauen begrüßt.

Madame Pierret bleibt mit ihren Broten wie angewurzelt stehen und tauscht einen schnellen Blick mit den anderen Anwesenden.

»Eine Flûte und zwei Baguettes«, sagt Violette und lächelt wieder mit ihrem dunkelrot geschminkten Mund in die Runde.

Niemand sagt ein Wort, bis Karen einen Schritt vortritt und Violette behutsam am Arm berührt.

»Mein aufrichtiges Beileid, Violette. Ich kann mir vorstellen, wie schwer das für Sie und Ihre Familie ist.«

Violette sieht sie erstaunt an.

»Wieso schwer? Wie meinen Sie das?« Violette lacht laut auf und reicht dem Bäcker einen Zwanzigfrancschein. Der sucht verlegen das Wechselgeld aus der Kasse und vermeidet so den Blickkontakt mit Violette.

Karen blickt hilflos zu Madame Pierret. Diese glaubt, die Situation in den Griff zu bekommen. Sie legt ihre Brote in den Lieferwagen zurück, geht auf Violette zu und sagt mit verständnisvoller Stimme:

»Komm, Violette, ich bringe dich ins Haus. Du stehst unter Schock. Du mußt dich ausruhen. Am besten legst ...«

Mit einer heftigen Bewegung schüttelt Violette Madame Pierrets Hand ab. Auf ihrem Gesicht ist das Lächeln erstorben, es hat einer verzerrten, haßerfüllten Fratze Platz gemacht.

»Ich brauche Ihre Hilfe nicht, Madame Pierret. Und falls Sie es wissen wollen: Ich hab mich lange nicht so gut gefühlt wie heute!« Violette macht auf dem Absatz kehrt, stöckelt die Dorfstraße hoch zu ihrem Haus und schwenkt die Brote in der Luft, als hätte sie Grund zu triumphieren.

»Mein Gott, das ist ja entsetzlich«, flüstert Madame Pierret und starrt Violette nach.

Paola macht eine wegwerfende Handbewegung.

»Das hat man oft bei Trauerfällen. Die Leute sind so gelähmt, daß sie in ein konträres Verhalten verfallen. Bei meiner Tante in Bologna war das ähnlich, als mein Onkel gestorben ist. Die hat sich am Sonntag morgen nackt auf die Piazza gesetzt und einen Kirchenchoral gesungen.«

Madame Pierret schüttelt energisch den Kopf.

»Das hier ist etwas anderes.«

»Wie meinen Sie das?« fragt Karen. Sie nimmt das *Pain de campagne*, das der Bäcker ihr hinhält, und reicht ihm das abgezählte Geld. »Eine andere Erklärung, als daß sie unter Schock steht, gibt es doch nicht.«

Madame Pierret schüttelt immer noch den Kopf und seufzt.

»Was es ist, weiß ich nicht. Aber der Schock allein kann es nicht sein. Welche Mutter verhält sich denn so angesichts des Todes ihres Jungen?! Meine Güte, ist das eine Tragik...«

Sie nimmt ihre Brote und geht rasch auf ihren Hauseingang zu.

Wenig später verläßt der Bäcker das Dorf, um zum nächsten Weiler zu fahren. Dort wird er die Nachricht von dem sonderbaren Verhalten einer Mutter, die ihren Sohn verloren hat, wie eine Trophäe vor sich hertragen.

...

Als Madame Pierret sich endlich aus ihrem geblümten Samtfauteuil erhebt, ist es bereits zwölf Uhr dreißig. Die Brote vom Bäckerwagen liegen auf dem Wohnzimmertisch. Die Wanduhr, die ihr verstorbener Mann Charles vor beinahe drei Jahrzehnten auf der *Fête Votive* in St. Sylvestre bei einer Tombola gewonnen hat, schlägt einmal. Ein scheppernder Ton, der asynchron klingt.

Heute ist ihr linker Arm wieder besonders geschwollen. Im Sommer ist es unerträglich. Seit ihr vor zwanzig Jahren nach der Brustamputation auch die Lymphknoten unter dem Arm entfernt wurden, ist er ständig unförmig und dick. Aber das ist das kleinere Übel, denn sie gehört zu den wenigen Menschen, die den Krebs besiegen konnten. Madame Pierret hält den Arm eine Weile senkrecht nach oben, damit das Blut sich besser verteilt.

Immer wieder muß sie an das eigenartige Verhalten von Violette denken und findet keine Erklärung. Sie kennt Violette seit ihrem sechzehnten Lebensjahr. Als Säugling war sie von ihren Eltern, von denen niemand etwas wußte, neben einer Mülltonne im Hafenviertel von Marseille ausgesetzt worden. Sie wuchs in Waisenhäusern auf, Adoptiveltern oder eine Pflegefamilie fanden sich nicht. Als Klassenkameradin ihrer Tochter Marie-Claire war sie oft bei den Pierrets zu Gast. Damals lernte sie auch Michel, ihren späteren Mann, auf einem Geburtstagsfest von Marie-Claire kennen.

Jetzt verliert sie ihren Sohn durch einen tragischen Unfall und läuft grell geschminkt und in bunter Kleidung, die man bei ihr seit Jahren nicht mehr gesehen hat, durchs Dorf. Es hat den Anschein, als ob sie erleichtert sei...

Madame Pierret hat im Lauf ihres Lebens viele Menschen in Trauer gesehen. Einigen hat der Tod eine längst überfällige Entscheidung abgenommen, bei anderen führte er in eine tiefe Depression, die nie überwunden wurde. Sie selbst erinnert sich an den Tod ihres Mannes vor achtzehn Jahren. Es war ein schwarzes Jahr, ein Jahr des Unglücks. Innerhalb weniger Monate starben damals ihre Mutter, ihre Schwiegermutter und Charles, den sie 1947 in ihrer Heimatstadt Anduze kennenlernte. Er befand sich gerade für die Sozialisten im kommunalen Wahlkampf und wetterte in einer glühenden Rede gegen die Zentralregierung in Paris. Damals scheiterte er, weil niemand die Sozialisten ernst nahm. Erst viel später zog er als Bürgermeister ins Rathaus von St. Sylvestre ein, als erster und einziger Bürgermeister, den Montcastin je gestellt hat.

Charles, ihre große Liebe. Sie beide waren füreinander bestimmt. Er war kein Freund glühender Liebesschwüre und romantischer Redensarten, aber ein treuer Ehemann und fürsorglicher Vater. Stolz blickte sie zu ihm hoch. Mit seinen ein Meter neunzig war er ein stattlicher Kerl, *Bel homme*, wie man in dieser Gegend sagt. Früher hatten sie noch Getreidefelder und Vieh. Wein wurde angebaut, und Charles machte die beste *Cartagène* in der ganzen Gegend. Eines Tages, als er Ende August die Weizenfelder pflügte, brach er tot auf dem Traktor zusammen.

Sie hatte damals sofort begriffen, daß etwas Endgültiges geschehen war, auch wenn sie es mit dem Herzen nicht glauben konnte. Jeden Tag wurde sie aufs neue erbarmungslos damit konfrontiert, daß er nicht mehr da war und nie wiederkommen würde. Abends lag sie allein im Bett; Charles' Platz am Kopfende des großen Bauerntisches blieb leer; sein tiefes Lachen war verschwunden, obwohl es jahrelang in ihren Ohren nachklang wie eine verwehte, unwirkliche Melodie. Nichts war mehr, wie es war. Eine große Leere zog ins Haus ein. Noch heute erinnert sich Madame Pierret an seinen festen, sicheren Schritt, wenn er abends aus der Scheune kam und an der Eingangstür rief: »Jeanne, hast du die Cartagène kalt gestellt?« Doch es ist wie eine Erinnerung aus einem fernen, vergangenen Leben.

So ist es, wenn man einen geliebten Menschen verliert. Der Schmerz hört nie auf. Er wird im Lauf der Jahre schwächer, hat aber für alle Zeiten einen Platz im Herzen. Einen Raum, den man zwar immer seltener betritt, um dessen Existenz man jedoch weiß und der zum Leben dazugehört, zum vergangenen wie zum gegenwärtigen.

Trauer hat mit Liebe zu tun. Aber wie kann eine Mutter ihr Kind *nicht* lieben? Hat Violette ihren Sohn Raymond nicht geliebt?

Sie findet keine Antwort auf diese Frage. Seufzend nimmt sie die Brote vom Tisch, geht in die Küche und sucht aus dem Küchenschrank eine Büchse *Pot au feu*. Seit Charles tot ist und seit die Kinder aus dem Haus sind, ernährt sie sich von der praktischen Büchsen- und Tiefkühlkost. Nur einmal im Jahr werkelt sie in ihrer Küche wie in alten Zeiten: zu Weihnachten, wenn die Töchter, Schwiegersöhne und Enkelkinder sich zum großen Festessen in ihrem Haus versammeln. Dann schiebt sie den mit Maronen und Thymian gefüllten Truthahn in den Backofen und serviert zum Nachtisch ihre selbstgemachte *Bûche*, eine süße Sünde aus Pistazienbuttercreme und Schokolade, die sie selbst wegen ihres erhöhten Cholesterinspiegels gar nicht mehr essen darf.

Nach dem Mittagessen wird sie ihre älteste Tochter Marie-Claire anrufen, die auf dem Hügel gegenüber Montcastin wohnt, halbtags in einem Kinderheim in Nîmes als Erzieherin arbeitet und gegen vierzehn Uhr nach Hause kommt. Vielleicht hat sie eine Erklärung für Violettes merkwürdiges und schockierendes Verhalten.

...

Als Inspektor Alain Roche kurz vor eins das Büro seiner vorgesetzten Kommissarin betritt, um ihr die heutige Ausgabe des *Midi Libre* zu überreichen, ist er in Eile. Es ist Essenszeit. Alain lebt nach festen Gewohnheiten, und sein Stammbistro befindet sich gleich um die Ecke des Polizeipräsidiums. Jeden Tag ißt er hier zu Mittag. Da gibt es Deftigkeiten, die er liebt: gebratene Blutwurst, sautierte Hühnermägen, glacierte Schweinsfüße. Mit der Wirtin ist er per du, und wenn er mit seiner Frau etwas zu feiern hat, läßt er sich hier seinen Stammtisch reservieren.

Alain ist ein Mann mit Disziplin und Prinzipien und einem bis ins Detail geplanten Tagesablauf, der sich allerdings nur dann einhalten läßt, wenn er nicht durch außergewöhnliche berufliche Vorkommnisse durcheinandergewirbelt wird.

Bei ihrem Dienstantritt wurde Florence eine Planstelle für einen Inspektor bewilligt. Einer der Bewerber war Alain Roche. Da sie bereits im Zusammenhang mit den beiden Mordfällen

Terboven und Simon Erfahrungen mit ihm sammeln konnte, bekam er den Vorzug vor einer jungen Inspektorin aus Toulouse, die grell, flippig, geschwätzig und konkurrent wirkte.

»Steht was Besonderes drin?« fragt Florence und nimmt die Zeitung.

»Lesen Sie selbst. Seite drei. Mal wieder typisch. Eine Neverending-Story.« Alain hat bereits die Klinke in der Hand. »Mahlzeit! Ich bin in einer Stunde zurück.«

Florence wirft ihm einen flüchtigen Blick nach und nimmt die Zeitung. Auf Seite drei steht ein Artikel mit der Überschrift: *»François Berrière kämpft um sein Berufungsverfahren.«* Der Berichterstatter schreibt, daß Berrières Anwälte vor dem Kassationsgericht in Paris erneut Formfehler aus der Hauptverhandlung vor dem Geschworenengericht in Montpellier ins Feld führen. Insbesondere kritisieren sie, daß eine »ausländische« Kommissarin die Ermittlungen geführt habe. *»Eine Deutsche, die auch die französische Staatsbürgerschaft besitzt, eine gewisse Florence Labelle, inzwischen Chefin der PJ in Nîmes«*, erläutert der Schreiber.

Florence faltet die Zeitung zusammen, schüttelt den Kopf und lächelt. Dieses Argument hat in der Hauptverhandlung schon keine Rolle gespielt, und es ist unwahrscheinlich, daß die Richter in Paris anders urteilen.

Sie wirft einen Blick auf die Uhr und kann sich nicht entscheiden, ob sie Hunger hat oder nicht. Der Nachmittag ist mit Terminen vollgepackt: Training auf dem Schießstand, ein Schulungsvortrag vor Polizeianwärtern und ein Lokaltermin in der Trabantenstadt ZUP Nord, wo vor zwei Wochen ein kleines Mädchen vergewaltigt wurde. Der Täter, ein sechzehnjähriger Marokkaner, war rasch überführt worden und hatte ein volles Geständnis abgelegt. Einer der seltenen Routinefälle mit glattem Ausgang. Der Rest ist Sache des Ermittlungsrichters, der *Chambre d'Accusation* und des Geschworenengerichts. Am Spätnachmittag wird der Tathergang rekonstruiert. Ein Vorgang, der Florence in all ihren Berufsjahren nie unberührt gelassen hat. Besonders bei Sexualdelikten muß sie sich zusammennehmen, wenn die Täter entweder gleichmütig und emotionslos oder wichtigtuerisch und eitel jedes Detail ihrer Tat schildern. Dann geht von den Örtlichkeiten, in denen die Verbrechen begangen wurden, eine Beklemmung aus, die Florence tagelang nicht los wird.

Das Telefon klingelt. Am anderen Ende der Leitung meldet sich Dr. Brochet, der Gerichtsmediziner.

»*Commissaire,* ich habe hier was für Sie. Einen Verkehrstoten...«

Florence unterbricht ihn.

»Der achtzehnjährige Junge von letzter Nacht? Der Unfall bei St. Hyppolyte?«

»Genau. Die Staatsanwaltschaft hatte eine Autopsie angeordnet, weil er am Steuer eingeschlafen sein soll.«

»Und, haben Sie etwas gefunden, was die PJ interessieren könnte?«

»Allerdings. Er hatte ein Schlafmittel geschluckt. Ein Barbiturat der Kategorie C, ›Gardenal‹. Das Interessante daran ist die langsame Wirkung, die erst nach acht bis zehn Stunden eintritt.«

Florence kratzt sich am Hinterkopf und überlegt.

»Wenn der Unfall heute nacht um zwei geschah, dann muß er das Mittel gegen achtzehn Uhr zu sich genommen haben.«

»Richtig.«

»Und dann setzt er sich spät in der Nacht noch ans Steuer? Dann kann er sich über die Wirkung des Mittels doch gar nicht im klaren gewesen sein.«

»Es ist Ihre Aufgabe, das herauszufinden.«

»Wann schicken Sie mir den vollständigen Bericht?«

»Am Spätnachmittag. Ich faxe ihn durch.«

»Wer ist der Ermittlungsrichter?«

»Arlette Colombier.«

»Gut. Ich rufe sie gleich an. Vielen Dank. Wiederhören, Doktor.«

Florence legt den Hörer auf und lehnt sich in ihrem Schreibtischsessel zurück. Theoretisch gesehen gibt es viele Möglichkeiten: Der junge Mann kann Selbstmordabsichten gehabt haben. Oder er hat das Barbiturat unwissentlich zu sich genommen. Was bedeuten würde...

Erneut greift Florence zum Telefonhörer und wählt die Nummer des Gerichtsmedizinischen Instituts.

»Doktor? Hier nochmals Kommissarin Labelle. Sagen Sie, dieses Barbiturat, wie wird das verabreicht – in Tablettenform?«

»Nein, es sind Ampullen mit jeweils 0,20 Gramm. Schon fünf bis sechs reichen aus, um nach acht Stunden einzuschlafen.«

»Und wann wäre die Dosierung tödlich?«

»Nach fünfzehn bis zwanzig Ampullen.«

»Können Sie sagen, welche Dosierung der Tote genommen hat?«

»Nein. Ich konnte bis jetzt lediglich nachweisen, *daß* er ›Gardenal‹ genommen hat.«

»Sie wissen also nicht, ob es eine tödliche Dosis war?«

»Nein. Dazu brauche ich ein bis zwei Tage.«

»In Ampullenform, das heißt flüssig. Hat das Mittel einen auffälligen Geruch oder Geschmack?«

»Beides ist äußerst schwach. In verdünntem Zustand ist das Mittel nicht herauszuschmecken, gleichwohl bleibt seine volle Wirkung erhalten.«

»Nochmals vielen Dank, Doktor.«

In Florences Gehirn beginnt es zu arbeiten, und ihr Puls schlägt zunehmend schneller. Wieder spürt sie jenen Jagdinstinkt in sich, den sie dem Erbgut ihres Großvaters mütterlicherseits zuschreibt, einem passionierten Jäger und Verfasser eines Standardwerkes über die Wildschweinjagd. Ein unklarer Todesfall, der allerlei Vermutungen zuläßt: das ist ihr Terrain, und sie bewegt sich darauf mit der traumwandlerischen Sicherheit einer Frau, die ihren Job beherrscht.

Der Nachmittag wird sich anders gestalten als geplant. Vor allem muß sie warten, bis Alain vom Mittagessen zurückkommt, damit sie ihn mit Routinearbeiten eindecken kann, wie sie in solchen Fällen üblich sind.

Florence greift zum Telefonhörer und wählt die Nummer des *Tribunal de Grande Instance.* Sie läßt sich mit Ermittlungsrichterin Colombier verbinden und bespricht mit ihr die weitere Vorgehensweise.

6

Nach dem Mittagessen geht Aurélie in ihr Zimmer und stellt den CD-Player auf »repeat«. Immer und immer wieder hört sie den Song »*Dis-lui toi que je t'aime*« von Vanessa Paradis. Die Tränen laufen ihr übers Gesicht, und zeitweilig fällt ihr Blick auf ihren linken Arm mit den blauen Flecken und der leichten Schürfwunde, die sie sich bei dem Unfall zugezogen hat. Ihr Hals schmerzt. Ein Nackentrauma, hatte der Arzt diagnostiziert.

Der Unfall...

Die Scheinwerfer durchpflügen die Nacht, tauchen die Alleebäume sekundenlang in grelles Licht, bevor sie wie ein Haufen Mikadostäbe in die Dunkelheit zurückfallen.

Sie ist müde auf der Rückfahrt. Das Konzert war toll gewesen, Raymond hatte erstklassige Plätze in der zehnten Reihe besorgt. Jetzt ist sie müde. Ihr Kopf fällt immer wieder nach vorn, und die Fahrgeräusche des gleichmäßig dahingleitenden Autos wiegen sie in einen Halbschlaf, der ab und an kurz unterbrochen wird.

Raymonds Hand liegt auf ihrem Knie. Auf der Hinfahrt hatte er sie abgeholt. Ihre Eltern wollten heute später aus dem Geschäft zurückkommen, und sie hatte Raymond mit in ihr Zimmer genommen. Es sollte heute das erste Mal sein, und es war das erste Mal. Raymond stellte sich zuerst unbeholfen und linkisch an. Aber als sie dann nackt vor ihm stand, nahm er sie in seine braungebrannten starken Arme und warf sie aufs Bett. Dann ging alles sehr schnell...

In der Nacht, im Auto, geht auch alles sehr schnell. Sie ist wieder einmal eingenickt, und als sie die Augen öffnet, sieht sie, daß Raymonds Oberkörper über das Lenkrad gefallen ist. Gleichzeitig spürt sie, daß der Wagen mit hoher Geschwindigkeit durch die Nacht rast. Raymonds Fuß muß schwer auf dem Gaspedal liegen. Dann die Kreuzung und das plötzlich auftauchende Fahrzeug. Sie will ins Steuer greifen, doch Raymond bedeckt es mit seinem Körper. Danach der Knall, das Krachen, das Schreien der anderen und ihr eigener Schrei... und Raymond, der keinen Laut von sich gibt. Eine blutige Masse im zertrümmerten Auto ist von ihm übriggeblieben.

An den Rest erinnert sie sich nicht mehr. Irgendwann hörte sie die Unfallsirene, Menschen redeten wie von weit her auf sie ein, jemand half ihr in einen Wagen. Fremde Stimmen überlagerten sich: »... Anscheinend nicht verletzt...« »... Steht unter Schock...« »... Angehörige benachrichtigen...« »... Nichts mehr zu machen...« Man sagte ihr, daß sie aus dem Wagen geschleudert worden und wie durch ein Wunder unverletzt im Straßengraben gelandet sei. Zwei Gendarmen brachten sie nach Hause, wo sie gegen fünf Uhr früh ankam. Ihre Mutter blieb den ganzen nächsten Vormittag bei ihr, weil sie immer noch unter Schock stand. Nach dem Mittagessen fuhr sie dann ins Geschäft.

Raymond.

Aurélie sieht sein Gesicht vor sich, als er über ihr auf dem Bett lag, sie hört sein Stöhnen, spürt seine kräftigen Hände auf ihren Brüsten. Sie hatte Angst, weil er sie ohne Präservativ liebte, aber sie wollten beide nicht länger warten...

Irgend jemand hatte ihr auf der Nachhausefahrt gesagt, daß er sofort tot gewesen sei.

Aurélie nimmt Raymonds Fotografie, die in einem Silberrahmen auf ihrem Schreibtisch steht. Das Bild wurde in diesem Sommer aufgenommen, am Strand von Palavas. Raymond trägt eine gestreifte Badehose und lacht in die Kamera.

Sie stellt das Foto zurück und spürt, wie ihr erneut Tränen in die Augen schießen. Wieso war sie verschont geblieben? Wie kann der eine Mensch sterben und der andere nicht, obwohl beide im selben Auto sitzen?

Es klingelt an der Haustür. Aurélie rührt sich nicht. Als es erneut klingelt, schiebt sie die Gardine beiseite und späht durch den Vorgarten zum Eingangsgatter des Reihenhauses. Dort steht eine etwa vierzigjährige Frau mit braungelockten, halblangen Haaren, in Jeans und Hemdbluse, die offenbar die Bewegung der Gardine bemerkt hat. Sie winkt zum Haus und ruft: »Polizei! Ist jemand zu Hause?«

Wenig später hat Florence Aurélies Zimmer betreten.

Auf dem Bett mit der bunten Flickendecke liegen einige Stofftiere. An den Wänden ein Poster von den »Backstreet Boys« und eine Weltkarte, auf der Frankreich als goldener Fleck heraussticht. Der Schreibtisch ist mit Aufklebern dekoriert: gegen AIDS, für Kondome, für Greenpeace, gegen Gewalt, für Ausländer, gegen den Front National, für den Gebrauch von Fremdwörtern in der französischen Sprache ...

Vor ihr eine schmale, zerbrechliche Gestalt. Aurélies lange schwarze Haare fallen in fettigen Strähnen über Schulter und Rücken. Ihr Gesicht ist voller hektischer roter Flecke, und in ihren braunen Augen steht noch der Schrecken der letzten Nacht.

»Es tut mir leid, daß Ihr Freund ums Leben kam«, sagt Florence. »Aber Sie müssen verstehen, daß ich Ihnen ein paar Fragen stellen muß. Sie haben bei der Gendarmerie zu Protokoll gegeben, daß Raymond Lapalut am Steuer eingeschlafen sei. Stimmt das?«

Aurélie nickt, holt mit zitternden Händen ein Papiertaschentuch aus der Packung und schneuzt sich die Nase.

»Dann erzählen Sie mal. Erzählen Sie mir alles, was gestern abend passiert ist.«

Stockend beginnt Aurélie.

...

Nach dem Mittagessen nimmt Inspektor Alain Roche stets einen zweiten Espresso zu sich, um wach zu bleiben und den langen Büronachmittag zu überstehen. Das schwere Essen im Bistro *A la Gare* zu verdauen, braucht seine Zeit, und starker Kaffee kann da helfen.

Den Kaffee konnte er heute besonders gut brauchen. Denn kaum war Alain zurück im Präsidium, überfiel ihn seine Chefin mit einem unklaren Todesfall, bei dem der Verdacht auf Mord in Betracht käme. Er solle sich um den Bericht der Gendarmerie kümmern und über sämtliche Unfallbeteiligten Recherchen anstellen. Immerhin war außer dem am Steuer eingeschlafenen jungen Mann noch ein älteres Ehepaar getötet worden: Fahrer und Beifahrerin des auf der Vorfahrtsstraße kreuzenden Wagens.

Jetzt befindet sich Alain in einem Dienstwagen der Polizei auf dem Weg zur Unfallstelle in der Nähe von St. Hyppolyte.

Die Mittagshitze liegt brütend über dem Land, und Alain hat die Fenster heruntergekurbelt. Überall werden Melonen geerntet. Kolonnen von Erntearbeitern ziehen gebückt über die Felder und füllen große Körbe mit den reifen grüngelben Früchten. Sie werden auf Traktoranhänger geladen oder direkt in kleine Lieferwagen. Wahnsinn, bei dieser Hitze im Freien zu schuften.

Alles wegen dieser blöden Sommerzeit, denkt Alain. Auch so eine unsinnige Erfindung. Früher hielten die Bauern in den heißen Mittagsstunden ihre Siesta, weil es in der Glutsonne auf den Feldern nicht auszuhalten war. Jetzt sind die Stunden verschoben, und um drei Uhr nachmittags muß die Arbeit natürlich weitergehen, obwohl es nach dem tatsächlichen Sonnenstand erst vierzehn Uhr ist.

Die Unfallstelle befindet sich südlich von St. Hyppolyte auf der D 25. Etwa ein Kilometer vor dem Ortseingang kreuzt die D 999, eine Vorfahrtsstraße. Laut Unfallbericht der Gendarmerie fuhr Raymond Lapaluts Wagen etwa mit Tempo 110 auf die Vorfahrtsstraße zu und raste direkt in den von links kreuzenden Opel Kombi von Joseph Ribeyre, der mit seiner Frau von der Hochzeitsfeier seiner Nichte in Sauve kam.

Wenig später passierte ein Pärchen die Unfallstelle. Sie sahen eine junge Frau, die völlig verwirrt auf der D 999 entlanglief, gleichzeitig entdeckten sie den brennenden Wagen des Ehepaares Ribeyre und den völlig zertrümmerten R 5 von Raymond Lapalut. Über sein Handy holte der Mann Hilfe. Polizei, Krankenwagen, Notarzt und Feuerwehr waren zwanzig Minuten später am Unfallort.

Alain steht mitten auf der Kreuzung, und der Schweiß rinnt ihm in Strömen übers Gesicht. Weit und breit ist kein Auto zu sehen, es ist eine gottverlassene Gegend. Es gehört schon einiges dazu, hier nachts einen Unfall zu bauen. Alain wirft einen letzten Blick auf die D 25, die in der Fahrtrichtung, aus der Raymond Lapalut in jener Nacht kam, schnurgerade verläuft. Wenn jemand auf dieser Strecke am Steuer einschläft und das Lenkrad stur geradeaus hält, kommt der Wagen erst dann zum Halten, wenn ein Hindernis auftaucht: eine Kurve, ein entgegenkommendes Auto oder ein Wagen, der kreuzt.

Alain steigt in seinen Dienst-Renault und stellt das Kaltluftgebläse auf volle Touren. Es nützt nicht viel. Er blättert nochmals im Unfallbericht der Gendarmerie und prägt sich die Adresse der Werkstatt ein, in die die beiden Unfallwagen noch in der Nacht abgeschleppt worden sind: *Paul Lassalle, Reparaturen aller Art, Verschrottung. Rue du Four in St. Hyppolyte.*

Dann startet er den Wagen und fährt los.

...

Nach dem Mittagessen griff Violette in den letzten Jahren gewöhnlich nach einer Flasche Alkohol. Gleichzeitig schluckte sie wahllos eines ihrer zahlreichen Schlaf- und Beruhigungsmittel. Danach dauerte es nicht mehr lange, bis sie mit Mühe und viel Glück ihr Schlafzimmer erreichte und für viele Stunden wegdriftete.

Heute sitzt sie am Küchentisch, umgeben von der immer gleichbleibenden Dämmerung dieses Raumes, und hat den Kopf in ihre Hände gestützt. Ihre Augen sind weit geöffnet und völlig regungslos. Wie die dunklen Flügel eines großen Vogels breitet sich der Wunsch nach dem Tod in ihr aus. Einfach die Augen schließen, für immer. Die Sommergeräusche draußen vor dem Fenster ausknipsen, die Leere aus ihrer Seele herausschneiden. Nur noch das Nichts spüren, auch wenn das etwas ist, das man wahrscheinlich gar nicht spüren kann. Das Nichts. Alles steht still, alles ist so, als wäre es nie gewesen. Als hätte ihr Leben nie stattgefunden. Als gäbe es keine Erinnerung an ihre Kindheit, die neben einer Marseiller Mülltonne begonnen hat und in Kinderheimen ihre Fortsetzung fand. So etwas wie Unbeschwertheit hat sie selten im Leben empfunden. Erst später, als Erwachsene, gab es Augenblicke, in denen sie glücklich war. Zum Beispiel nach der Geburt ihres ersten Kindes Raymond. Sie hatte den Jungen gewollt und von Anfang an geliebt. Raymond würde kein Findel- und Waisenkind sein wie sie. Er würde ein ordentliches Zuhause haben. Eltern, die ihn liebten, ihm eine Zukunft ermöglichten.

Wie Abfall neben einer Mülltonne am Hafen... Ist es Nacht? Früher Morgen? Eine Frau dreht sich ein paarmal hastig um und prüft, ob sie beobachtet wird. Dann öffnet sie ihre Einkaufstasche, nimmt ein Bündel heraus und legt es rasch ab. Mit eiligen Schritten verläßt sie den Ort des Geschehens. Nicht einen Blick wirft sie zurück auf das in ein schmuddeliges Handtuch gewickelte kleine Wesen, das stumm und bewegungslos daliegt... Ihr ganzes Leben lang hat Violette dieses Bild verfolgt. Die Konturen sind scharf, deutlich zeichnet sich der fleischige Rücken der Frau gegen den Himmel ab. Die Beine stecken in ausgetretenen Espadrilles, das dunkle Haar ist zu einem Knoten geschlungen. Nie hat sie sich umgedreht in all den Jahren und ihr Gesicht gezeigt...

Violettes rotgeschminkter Mund ist verschmiert, die Haare hängen wirr ins Gesicht. In ihrer bunten Kleidung fühlt sie sich plötzlich fremd und lächerlich. Sie erinnert sich an die Jahre, als Raymond noch klein war. Schemen aus einer Zeit, die es entweder nie gegeben hat oder die schon lange zurückliegt. Gedanken wie Wolkenfetzen.

Die schwarzen Vogelschwingen des Todes. Warum ist Sterben so schwer? Warum gelingt es anderen so leicht?

Als draußen das Geräusch eines vorfahrenden Wagens zu hören ist, schreckt sie hoch. Das können nur Michel, Sarah und Thérèse sein, die aus Uzès zurückkommen.

Violette geht hinüber ins Wohnzimmer, wirft sich in einen der Sessel und schaltet den Fernsehapparat an.Das schrille Lachen einer kalifornischen Strandschönheit in einem Motorboot überlagert für einen Moment ihre Todesgedanken.

...

Nach dem Mittagessen halten Léon Delcourt und seine Frau Paola normalerweise eine ausgiebige Siesta. Die Kinder werden ins Bett gepackt, und für Léon ist das immer eine willkommene Gelegenheit zu einem schnellen Beischlaf.

Heute sind die beiden Mädchen bei einer befreundeten Familie in St. Sylvestre. Léon liegt bereits ausgezogen im Bett und wartet auf Paola, die sich noch im Badezimmer zu schaffen macht.

Er läßt seine Augen im Raum umherschweifen. Die dunkel gebeizten Deckenbalken, der geschmackvolle, ziegelfarbene Steinfußboden – all das ist das Resultat jahrelanger Arbeit. Ein Mann muß im Leben ein Haus gebaut haben. Das hat er getan. Das Dach gedeckt, Wasser und Elektrik verlegt, Zwischenwände gezogen, das Mauerwerk verputzt und gestrichen, Türen und Fenster eingesetzt. Paola behauptet immer, er hätte goldene Hände und das sei sein einziges Kapital. Für jemanden, der mit Mühe den Hauptschulabschluß geschafft, keine Lehre beendet hat und sich mit allerlei Gelegenheitsarbeiten über Wasser hielt, ist das gar nicht so schlecht. Irgendwie ist er immer durchgekommen im Leben, und die krummen Dinger, die er vor Jahren mit einer Clique von Freunden in der Pariser Banlieue gedreht hat, sind nie aufgeflogen. Als er Paola kennenlernte, wußte er, daß er zugreifen mußte. Sie stammte aus einer wohlhabenden Florentiner Anwaltsfamilie und hatte aus unerklärlichen Gründen nicht den Weg ihrer beiden Schwestern eingeschlagen, die mit abgeschlossenem Studium in angesehenen und gutbezahlten Berufen standen, standesgemäß verheiratet waren und ihre Kinder in hochherrschaftlichen Palazzi großzogen. Ähnlich wie Léon hatte Paola vieles angefangen und nichts zu Ende gebracht. Und da sich gleich und gleich gern zueinander gesellen, verliebte Paola sich in Léon, den charmanten Taugenichts, der ihr voller Begeisterung von seinen Plänen erzählte, irgendwo in der Provence ein altes Haus aufzubauen, eine Familie zu gründen und das Leben in der Beschaulichkeit der Natur zu genießen.

Wenn zwei Menschen eine Partnerschaft eingehen, ist das immer ein Zweckbündnis. Die Liebe ist zweitrangig und schiebt sich nur am Anfang in den Vordergrund. Bei Léon und Paola war das nicht anders. Als sie heirateten, brachte Paola die finanzielle Basis mit in die Beziehung ein, einen Teil ihres vorzeitig ausbezahlten Erbes. Dadurch wurde Léon mit einem Schlag unabhängig von irgendwelchen kärglichen Klempner-, Maurer- oder Gärtnerarbeiten, die man ihm hin und wieder anbot. Als Gegenleistung baute er das Haus auf, kümmerte sich größtenteils um den Haushalt, kaufte ein und versorgte die Kinder. Paola konnte auf diese Weise ein bequemes und faules Leben führen, frei von täglichem Alltagskram. Sie spielte gern die große Dame, schlief morgens lange, fuhr zum Shopping nach Avignon und Marseille, kleidete sich extravagant, was in der Einöde von Montcastin völlig deplaziert wirkte. Im großen und ganzen führte sie ein Leben wie in einem der zahlreichen billigen Romane, die sie zuhauf nachmittags auf der Terrasse sitzend verschlang.

Das ging die ersten Jahre gut. Doch seit das Haus fertig ist, kann Léon Paolas üppigem und allein von ihr verwalteten Vermögen kein Äquivalent mehr entgegensetzen. Er spürt seine Abhängigkeit und fühlt sich mehr und mehr in die Rolle des vertrottelten Hausmannes gedrängt, zumal Paola alle zwei, drei Monate für mehrere Wochen zu ihrer reichen Verwandtschaft nach Italien reist. Wie er es auch dreht und wendet, Léon bleibt ein armer Schlucker. Paola teilt ihm monatlich einen gewissen Betrag zu, mit dem er seinen Bedarf an Zigaretten, Benzin, die Motorsportzeitung und andere Dinge mehr bestreiten kann. Er ist abhängig, und er langweilt sich. Auf dem Land ist das Leben eintönig, wenn man nicht beschäftigt ist. Die einzige Abwechslung sind Sex und der Gedanke an Sex. Doch was das angeht, hält Paola ihn schon seit geraumer Zeit auf Sparflamme.

Léon hört, daß die Badezimmertür geöffnet wird. Gleich darauf kommt Paola ins Schlafzimmer. Sie gähnt ostentativ, steigt ins Bett, dreht Léon den Rücken zu und zieht sich das Laken so eng um den Körper, daß der Annäherungsversuch, den ihr Mann mit Sicherheit machen würde, von vornherein abgeblockt wird.

Statt dessen räuspert sich Paola.

»Willst du dir nicht irgendwas suchen? Ich meine, damit du beschäftigt bist.«

Léon lacht. Es klingt künstlich. »Wieso, willst du mich aus dem Haus haben?«

»Ach, Unsinn. Ich möchte nur nicht, daß du dich den ganzen Tag langweilst.«

»Ich langweile mich nicht.« Seine Stimme wird aggressiv.

»Na gut, ich hatte den Eindruck, daß du irgendwie unzufrieden bist.«

Léon antwortet nicht, sondern wechselt das Thema.

»Weißt du, wann die Beerdigung ist?«

Paola zuckt mit den Schultern, gähnt erneut und sagt:

»Keine Ahnung. Nachdem Violette sich vorhin beim Bäcker so komisch verhalten hat, muß man ja mit allem rechnen.«

»Wie meinst du das?«

»Na ja, vielleicht ist die Beerdigung in aller Stille. Vielleicht wollen sie niemanden dabeihaben. Wir müssen uns ja nicht aufdrängen.«

»Meinst du, sie machen keine Trauerfeier? Das kann ich mir nicht vorstellen. Alle im Dorf mochten Raymond.«

Paola wälzt sich müde auf den Rücken.

»Ist doch auch egal. Wir werden ja sehen. Ich muß jetzt schlafen. Diese Hitze macht mich völlig fertig.«

Als kurze Zeit später Paolas leise, regelmäßige Atemzüge zu hören sind, ist Léon mit seinen Gedanken längst abgeschweift. Vorsichtig steht er auf und schleicht sich unbekleidet in den Keller. Dort befinden sich sein Werkzeug, die Werk- und Drechselbank sowie allerlei Farbtöpfe, Insektensprays, Gummistiefel, Leitern und tausend andere Dinge, die man in einem Haus im Süden braucht.

Es dauert nicht lange, dann hat Léon gefunden, was er sucht.

7

Cathérine wirft einen letzten Blick in den sonnendurchfluteten, weitläufigen Raum, der einmal der Salon werden soll. Die Natursteinmauern weisen tiefe Risse auf, der Estrich des Fußbodens muß vollkommen erneuert werden. Einige Fenster fehlen, und die Parefeuille-Decke mit den wuchtigen Eichenbalken ist halb zerfallen. In diesem Haus sind umfangreiche Bauarbeiten vorzunehmen, und der von ihr entworfene Marmorfußboden wird erst ganz zum Schluß verlegt.

Sie folgt dem Grafen Guy de Pousset, der den Raum verlassen hat und im Innenhof auf sie wartet. Cathérine kennt ihn seit Jahrzehnten. Seine Schwester Annabelle war früher ihre Managerin, als sie noch im Showgeschäft tätig war. Vor einigen Monaten hatte Guy das Anwesen Muguet in der Nähe von Carpentras ersteigert, ein verfallenes Château, das Millionen an Restaurierungskosten verschlingen würde. Doch Guy braucht sich darum keine Sorgen zu machen. Erstens besitzt die Familie Pousset erhebliche Aktienanteile an einem der wichtigsten französischen Autokonzerne, und zweitens hat er in die amerikanische Du-Pont-Familie eingeheiratet.

Cathérine erinnert sich, daß Florence ihr erzählte, sie habe in ihrer Kindheit einmal mit ihren Großeltern die Schloßruine Muguet besichtigt. Unwillkürlich muß sie lächeln. Eine seltsame Vorstellung, daß ihre Geliebte als kleines Mädchen durch dieses Gemäuer gelaufen ist, voller Neugierde, voller Fragen … Und mehr als drei Jahrzehnte später haben sich ihre Wege auf eigenartige Weise gekreuzt. Schicksalhaft sozusagen. Als Florence sich dann für die Kommissarstelle in Nîmes bewarb, hat Cathérine ihrerseits ein wenig nachgeholfen. Ein kurzes Telefonat mit Jacques Limousin, dem persönlichen Referenten ihres Onkels, des Präsidenten der Republik, und der Stein war ins Rollen gebracht. Limousin setzte sich diskret mit dem Innenminister in Verbindung, dieser wiederum mit dem Justizminister – und eine Ausnahmeregelung für Florence Labelle, Kriminalbeamtin mit zwei Staatsbürgerschaften, konnte auf schnelle und unbürokratische Weise geschaffen werden. Ohne Cathérines Intervention wäre die Übernahme einer deutschen Kommissarin in den französischen Polizeidienst wahrscheinlich nur unter großen Komplikationen und vor allem nicht so schnell über die Bühne gegangen – wenn überhaupt. Natürlich hat sich Cathérine gehütet, Florence gegenüber je ein Wort darüber verlauten zu lassen. Dezent hatte sie im Hintergrund die Fäden gezogen. Schließlich macht in Frankreich niemand Karriere, ohne über die richtigen Verbindungen zu verfügen.

»Hast du noch Zeit für einen Apéritif?« Guy reißt sie aus ihren Gedanken. Die Hände in den Hosentaschen, steht er in der Mitte des Innenhofes. Seine dunkelblonden Haare fallen widerspenstig nach hinten. Mit seinem jungenhaften Lächeln und der schlaksigen Figur wirkt er jünger als Ende Vierzig.

»Laß uns ins Dorf fahren, in diese herrliche alte Kneipe. Ich möchte mit dir anstoßen, Cathérine. Auf deinen wunderbaren Entwurf und auf die alten Zeiten. Weißt du noch, wie ich damals bei deinem ersten Konzert im *Olympia* diesen Verehrer aus deiner Garderobe rausgeworfen habe?«

Guy lacht, und Cathérine nickt.

»Allerdings. Annabelle hat ja beinahe einen Herzinfarkt bekommen, als sie hörte, daß das *der* Musikkritiker des *Figaro* war.«

Mein Gott, wie lange ist das her? denkt Cathérine. Fünfundzwanzig, dreißig Jahre? Damals war ihr Leben hektisch. Konzerte, Plattenaufnahmen, Interviews, Fototermine. Die Sucht nach Erfolg. Rastlosigkeit, Einsamkeit. Ihr öffentliches, veröffentlichtes Leben. Wie weit das alles zurückliegt! Erinnerungen, undeutliche Schemen wie in einem blinden Spiegel und dennoch Teil ihres Lebens.

»Okay, laß uns fahren.« Cathérine lenkt ihre Schritte durch das große eisenbeschlagene Holztor. »Ein Apéro, und dann bringe ich dich zum Flughafen. Ich habe Florence versprochen, heute abend Lammkoteletts zu grillen.«

»Wann lernt man sie denn endlich mal kennen?« fragt Guy neugierig.

»Irgendwann bestimmt. Spätestens, wenn du mit Jennifer ins Château eingezogen bist.«

»Annabelle hat mir schon von ihr vorgeschwärmt!«

»Weißt du, Guy«, sagt Cathérine ein wenig kurz angebunden, »ich rede nicht gern über mein Privatleben. Das solltest du eigentlich wissen. Vielleicht ergibt es sich, daß du Florence kennenlernst. Aber ich werde sie meinen Freunden nicht wie ein Zirkuspferd vorführen.«

»Schon gut, Cathérine. Ich wollte dir nicht zu nahe treten. Apropos Pferd: Wie kommst du denn mit Rossignol zurecht?«

»Inzwischen ganz gut.« Guy kennt Rossignol. Er hat den Kauf des Pferdes vermittelt, denn eine seiner zahlreichen Geschäftsbeteiligungen erstreckt sich auf das Gestüt, in dem die Stute zur Welt kam.

Schweigend fahren sie die Serpentinen hinunter zum Dorf, das einige Kilometer vom Schloß entfernt liegt. Im Rückspiegel sieht Cathérine Château Muguet auf seinem schroffen Felsen liegen. Eine Trutzburg gegen Feinde, zerfallen im Lauf der Jahrhunderte. Bald wird sie zu neuem Leben erwachen.

...

Die Sonne steht bereits tief am Horizont, als Alain Roches Dienstwagen sich auf dem Weg nach Montcastin befindet. Alain hat die Sonnenblende heruntergeklappt, doch das nützt nicht viel.

Florence mustert ihn kurz von der Seite und verkneift sich ein Lächeln. Mit seiner dunklen Ray-Ban-Sonnenbrille, dem grauen Lacostehemd und den unvermeidlichen beigen Gabardinehosen sieht Alain wie ein billiger Mafioso aus der Marseiller Unterwelt aus.

Als ahne Alain ihre Gedanken, grinst er Florence an und sagt: »Na, *Patron*, wieder irgendwas an meinem Outfit auszusetzen?«

»Nein, nein, keineswegs. Im Gegenteil! Grau steht Ihnen gut, aber mit etwas mehr Farbe im Gesicht sähe es noch besser aus.«

»Tja, ich arbeite eben zuviel. Meine Frau sagt auch immer...«

Florence unterbricht ihn.

»Ach, Unsinn, Alain. Sie und ich schieben doch im Moment eine ruhige Kugel.«

»Das kann sich jede Sekunde ändern! Wir stecken doch schon mitten in den Ermittlungen zu einem Mordfall, wenn ich mich nicht irre. Soll ich nun weiter berichten oder nicht?«

»Ja sicher. Sie fanden also im Wrack des R 5 von Raymond Lapalut eine Thermosflasche.«

»Sie war völlig zerbeult, aber noch dicht.«

»Das sagten Sie bereits. Und? Haben Sie die Flasche geöffnet, um zu sehen, was und wieviel noch drin war?«

»Selbstverständlich, *Patron*! Da war Kaffee drin, und sie war halbleer. Oder halbvoll, ganz wie Sie wollen. Es heißt ja, man würde auf den Charakter eines Menschen schließen können, je nachdem, ob er ›halbvoll‹ oder ›halbleer‹ sagt. Ich sage immer ›halbleer‹.«

Auf der schmalen Straße kommt ihnen eine Ziegenherde entgegen. Alain bremst den Wagen ab.

»Die Flasche hab ich gleich ins Labor gebracht. Morgen früh bekommen wir das Resultat.«

Der Ziegenhirt, ein alter Mann mit gebeugtem Rücken und einem fleckigen Leinenbeutel am Gürtel, hebt zum Gruß seine gichtsteife Hand. Alain hat das Fenster heruntergekurbelt und den Wagen zum Stehen gebracht. Die Herde trottet dicht am Auto vorbei, und ein scharfer, intensiver Geruch zieht ins Wageninnere. Der Hund des Ziegenhirts, eine struppige, undefinierbare Rasse, bellt und versucht, am Wagen hochzuspringen.

Der Alte stößt einige unverständliche Laute aus und schlägt mit seinem Stock nach ihm.

»Schönen Tag noch!« ruft Alain ihm nach, als die Ziegen vorbeigetrottet sind, und gibt wieder Gas.

Florence dreht sich noch einmal nach der Herde um und bemerkt dann:

»Diese Aurélie, seine Freundin, hat mir den ganzen gestrigen Abend geschildert. In Kurzform war der Ablauf etwa folgendermaßen: Gegen achtzehn Uhr fünfzehn ist der Junge bei ihr in Uzès angekommen. Sie war allein zu Hause, und die beiden haben sich, na ja, wie soll ich sagen... Sie wissen schon.«

Alain grinst. »Ich kann es mir denken.«

»Gut. Gegen neunzehn Uhr verließen die beiden Aurélies Haus, um nach Montpellier zu fahren. Das Konzert, zu dem Raymond seine Freundin eingeladen hatte, sollte um einundzwanzig Uhr beginnen. Es begann dann später, erst nach halb zehn. Nach dem Konzert, etwa gegen dreiundzwanzig Uhr, gingen die beiden noch in eine Disko namens ›Flush‹. Das müßte ja leicht zu überprüfen sein, Alain.«

Alain nickt. Aufgaben dieser Art fallen in seine Zuständigkeit.

»In der Disko tranken sie Cola mit Rum und Aurélie noch ein Mineralwasser. Die Rückfahrt erfolgte kurz nach eins. Um wach zu bleiben und die kommende zweistündige Fahrt zu überstehen, hat Raymond einige Becher Kaffee aus der Thermoskanne getrunken.«

»Hat er denn vorher bei dem Mädchen irgendwas zu sich genommen?«

»Aurélie behauptet nein.«

»Da dieses Schlafmittel langfristig wirken soll, kann der Becher Kaffee auf der Rückfahrt nicht den Ausschlag gegeben haben.«

»Richtig. Ebenso wie die Getränke in der Disko, falls ihm da irgend jemand etwas hineingeschüttet haben sollte. Er muß das Mittel in der Zeit zwischen siebzehn und neunzehn Uhr zu sich genommen haben. Großzügig gerechnet.«

»Das Mädchen scheidet meines Erachtens aus. Wieso sollte

sie ihm ein Schlafmittel geben und dann selbst im Auto sitzen, wenn es wirkt?«

»Raymond hat Aurélie übrigens auch von dem Kaffee angeboten.«

»Und?«

»Sie sagte, sie habe nur einen Schluck getrunken, weil er ihr zu stark war.«

»Dennoch müßte sie ... warten Sie mal, *Patron* ...« Alain zählt die Stunden an seinen Fingern ab. »Sie müßte am nächsten Tag gegen acht Uhr morgens müde geworden sein.«

»Das ist nicht mehr nachzuprüfen, da ihre Mutter ihr nach ihrer Heimkehr in der Nacht ein Valium verabreicht hat. Aurélie ist am nächsten Tag erst gegen zehn Uhr aufgewacht.«

»Ich weiß nicht, *Patron,* aber irgendwie tippe ich trotzdem auf die Thermosflasche. Ich hab das Gefühl, das Mittel ist da drin gewesen.«

»Falls nicht, tappen wir völlig im dunkeln. Denn was Raymond sonst noch vor seinem Treffen mit Aurélie getrunken hat, wird schwer zu rekonstruieren sein.«

Es ist einen Moment still im Wagen. Sie durchqueren La Rondelle, ein verschlafenes Nest wie alle Dörfer hier in der Gegend. Im Schatten eines zerfallenen Hauses am Ortseingang sitzen drei alte Männer auf Korbstühlen bei einem Plausch. Sie starren dem Wagen nach, der in der Mitte des Dorfes nach rechts abbiegt, dem Hinweisschild *Montcastin 2 km* folgend.

Von fern schon ist das Dorf auf seinem Hügel zu sehen, ein malerischer Anblick im Licht der sich dem Horizont zuneigenden Sonne. Florence schickt ihre Gedanken voraus. Welches Elternhaus mag Raymond Lapalut haben? Welche Umstände haben dazu geführt, daß ein Achtzehnjähriger durch die Wirkung eines Barbiturates am Steuer einschläft und damit eine Katastrophe auslöst? Wenn Mord vorliegt, und dafür spricht rein theoretisch gesehen einiges, dann werden sich eine Menge Fragen auftun. War die Dosierung des Mittels tödlich? Sollte sie tödlich sein, oder sollte sie lediglich bewirken, daß Raymond am Steuer einschlief? Letzteres würde bedeuten, daß der Täter genau über Raymonds Pläne Bescheid gewußt haben muß. Der Personenkreis wäre von vornherein eingeschränkt. In jedem Fall würde es sich um einen Giftmord handeln. Eine solche Tat ist heimtückisch und deutet auf Vorsatz hin.

Florence ist optimistisch. Die Wahl des Giftes verweist auf einen Täter, der entweder medizinisch-pharmazeutische Kenntnisse hat oder zumindest leicht in Besitz des Mittels gelangen konnte.

Sie wirft einen schnellen Blick auf die Uhr.

Gleich halb acht. Florence denkt voller Sehnsucht daran, daß Cathérine heute abend auf Les Oliviers Lammkoteletts grillen wollte. Daraus wird nun nichts. Florence hatte ihr vorhin am Telefon gesagt, daß es spät werden könnte und sie dann in ihre Wohnung nach Nîmes fahren würde.

In ihrem Magen macht sich ein nagendes Hungergefühl breit. Voller Schrecken fällt ihr ein, daß sie seit dem Frühstück auf Les Oliviers außer einer Packung Kekse nichts gegessen hat.

...

Karen setzt die Schutzbrille auf, schnallt den Helm fest und schlüpft in die Spezialschuhe mit den Kunststoffplatten, die den Klickpedalen ihres Rennrads angepaßt sind. Unbeholfen stakst sie zum Tor, schiebt das Rad hinaus und schließt ab. Vorsichtig fährt sie durchs Dorf den Hügel hinunter. An der Wegbiegung zur Landstraße kommt ihr ein dunkelblauer Renault entgegen. Am Steuer sitzt ein Mann mit Sonnenbrille, den Arm lässig ins offene Fenster gelehnt. Neben ihm eine Frau mit halblangen, braungewellten Haaren und intelligenten grauen Augen. Mit dem geübten Blick der Krimiautorin schätzt Karen, daß dies Polizeibeamte sein müssen.

Der Wagen hält. Karen bremst ihr Fahrrad und steigt mit dem rechten Fuß aus dem Klickpedal. Florence beugt sich durch das geöffnete Fenster.

»Wir möchten zu Familie Lapalut. Können Sie uns sagen, wo das ist?«

»Fahren Sie zur Dorfmitte und dann links hoch. Das letzte Haus, Sie können es nicht verpassen.«

Florence nickt und sieht sie intensiv an.

»Sie sind nicht von hier?«

»Wie kommen Sie darauf?«

»Ich höre, daß Sie einen leichten Akzent haben.«

»Ich bin Engländerin, wohne aber schon sehr lange in Montcastin.«

Florence nickt.

»Wir kommen wegen des Unfalls von Raymond Lapalut.«

»Sie sind von der Polizei.«

Es klingt feststellend, doch Florence reagiert nicht darauf.

»Haben Sie ihn gekannt?«

»Ja sicher. Ich hab ihn schon gekannt, als er noch ein kleiner Junge war.«

»Na gut, dann werden wir mal seine Eltern aufsuchen. Vielleicht kommen wir auch auf Sie zu, falls wir noch Fragen haben.«

»Was für Fragen denn? Stimmt irgend etwas nicht?«

Florence wirft einen Blick auf Karens rotes, chromglänzendes Fahrrad. Plötzlich stutzt sie. Sie deutet mit der Hand durchs geöffnete Fenster auf das große Zahnblatt.

»Sagen Sie – weit werden Sie damit nicht kommen.«

»Wie bitte?«

»Sehen Sie mal, da sind ja sämtliche Schrauben locker.«

Karen bückt sich. Tatsächlich. Die fünf Inbusschrauben sind herausgedreht, eine von ihnen sitzt bereits schief im Gewinde und muß jeden Augenblick herausfallen.

»Du lieber Gott, das verstehe ich nicht…«

Karen rückt das Zahnblatt hin und her und schüttelt den Kopf.

Florence räuspert sich.

»Wenn das Ding herunterfällt, kann das einen bösen Sturz geben.«

»Allerdings«, antwortet Karen geistesabwesend und schüttelt erneut den Kopf.

»Haben Sie denn nicht gemerkt, daß die Schrauben gelockert sind?«

»Nein...«

»Also dann, schönen Abend noch.« Florence gibt Alain ein Zeichen, den Weg fortzusetzen. Der Wagen fährt langsam an Karen vorbei die Dorfstraße hoch.

»Unmöglich, die Schrauben können doch nicht alle von allein...«, murmelt Karen, steigt vom Rad, wendet es, um es ins Dorf zurückzuschieben. Dann fällt ihr etwas ein. »Danke!« ruft sie dem Wagen nach, doch der ist schon um die Ecke gebogen und verschwunden.

Als Karen wenig später ihr Hoftor aufschließt, bemerkt sie nicht, daß sie vom Fenster des Nebenhauses aus beobachtet wird.

Léon Delcourt sieht, wie Karen das Fahrrad in den Hof schiebt. Er schlägt mit der Faust an den Fensterrahmen. Sein Kopf läuft rot an.

»Scheiße, so eine verdammte Scheiße! Wieso kommt sie zurück?!«

»Wer kommt zurück?« Léon zuckt zusammen und dreht sich um. Paola steht an der Tür. »Mit wem redest du denn da?«

»Mit niemandem.«

Paola blickt ihrem Mann irritiert nach, als er an ihr vorbeidrängt und hinunter in die Küche geht.

...

Das Licht der untergehenden Sonne ist immer rötlicher geworden und wirft einen schmalen, lanzenartigen Strahl auf den Eichentisch im Wohnzimmer der Familie Lapalut.

»Ich wiederhole nochmals meine Frage: Von Ihnen hat also niemand den Kaffee gekocht und in die Thermosflasche gefüllt, die Raymond dann mit nach Montpellier nahm?«

Florence läßt ihre Blicke über die Anwesenden schweifen. Ihr gegenüber am Tisch sitzt Michel Lapalut, Raymonds Vater. Ein Mann, der sich flott und jugendlich gibt mit seinem Pferdeschwanz und den ausgewaschenen Jeans, dessen Falten im Gesicht jedoch sein Alter verraten. Etwa fünfundvierzig, schätzt Florence. Seine Augen zucken nervös und sind gerötet. Als wäre er auf dem Sprung, umklammern seine Hände die Tischkante. Heftig schüttelt er den Kopf.

»Nein, das sagten wir doch schon.« Er wendet sich an seine Frau und stößt sie mit dem Ellbogen an. »Oder hast du ihm den Kaffee gekocht und es nur vergessen?« Aus der Brusttasche seines Polohemdes fingert er eine Packung Zigaretten und zündet sich eine an.

Violette reagiert nicht. Ihr Blick ist auf die Tischplatte geheftet, als ginge von dort eine magische Kraft aus. Sarah bringt ihr ein Glas Wasser. Violette trinkt einen Schluck.

Florence beugt sich vor.

»Madame Lapalut? Haben Sie Ihrem Sohn die Thermosflasche gefüllt?«

»Was?!« Violette schreckt hoch und setzt sich kerzengerade hin. »Nein, ich war das nicht. Ich hab doch gar nicht gewußt, daß er am Abend wegwollte.«

Florence wendet sich an Raymonds Schwester, ein ernstes blondes Mädchen mit Brille und einem intelligenten Gesichtsausdruck. Sie sitzt im Sessel, der neben dem Kamin steht.

»Haben Sie das gewußt?«

Sarah nickt und sagt dann zögernd:

»Ja, das wußte ich. Und ich wäre gern mitgefahren. Aber dann wäre ich ja vielleicht jetzt auch...« Sie beendet den Satz nicht.

»Haben Sie ihm den Kaffee gekocht?«

»Nein.« Sarah fängt an zu weinen.

Michel zieht nervös an seiner Zigarette.

»Wieso ist das eigentlich so wichtig?«

Alain verläßt seinen Standort am Fenster und setzt sich zu den anderen an den Tisch. Langsam und bedächtig läßt er die Worte fallen.

»Weil dem Kaffee möglicherweise ein Schlafmittel beigemischt war, durch dessen Wirkung Raymond am Steuer eingeschlafen ist.«

Michel sieht ihn entgeistert an, drückt seine Zigarette aus, springt auf, lacht hysterisch los und zeigt mit der Hand auf Violette.

»Na bitte, ich wußte es! Ich wußte, daß irgend etwas nicht stimmt.«

»Was wußten Sie?« fragt Florence scharf.

Doch Michel geht nicht auf die Frage ein.

»Deshalb bist du plötzlich so aufgekratzt«, zischt er seiner Frau zu. Dann wendet er sich an Florence. »Sehen Sie sie doch an! Als sie heute früh erfuhr, daß er den Unfall hatte, zog sie sich bunte Kleider an. So ist sie durchs Dorf gegangen. Was meinen Sie, wie schockiert die Leute waren!«

»Wieso hat sie erst heute früh davon erfahren?« Florence mustert Michel durchdringend. »Waren Sie nicht beide letzte Nacht bei der Gendarmerie in St. Hyppolyte?«

»Nein, ich war mit meiner Mutter und meiner Tochter dort. Meine Frau schlief.«

Florence zieht ungläubig ihre Stirn in Falten.

»Sie haben sie nicht geweckt, obwohl ihr Sohn tödlich verunglückt war?«

Mit einer schnellen Handbewegung streicht sich Michel einige Strähnen aus dem Gesicht, die sich aus seinem Pferdeschwanz gelöst haben. Er läßt sich auf einen Stuhl fallen.

»Das kann ich jetzt schlecht erklären. Meine Frau schlief, weil sie was genommen hatte.«

»Ein Schlafmittel?« Florence steht auf, geht um den Tisch herum und stellt sich hinter Michel. Der spürt die Anwesenheit der Kommissarin wie eine Gefahr im Nacken und duckt sich unwillkürlich nach vorn.

»Wahrscheinlich hatte sie alles mögliche geschluckt.«

Plötzlich dreht sich Violette zu Florence.

»Sie brauchen mich gar nicht zu fragen, was ich genommen habe. Heute morgen habe ich alles weggeschüttet. Alle Flaschen, alle Tabletten. Ich brauche das Zeug nicht mehr.«

Florence tauscht einen schnellen Blick mit Alain.

»Und wieso brauchen Sie das Zeug auf einmal nicht mehr?«

Violette verzieht böse ihren Mund.

»Wenn Sie wissen wollen, warum Raymond ums Leben kam, fragen Sie meinen Mann. Der kann Ihnen genauestens darüber Auskunft geben.«

Michel springt auf, geht mit erhobenen Fäusten auf Violette zu, läßt sie jedoch sofort sinken.

»Bist du wahnsinnig? Was erzählst du denn da?!«

Violette sieht ihren Mann triumphierend an. »Weil er es nicht mehr ausgehalten hat, deshalb ist er gegen den Baum gefahren!«

»Er ist nicht gegen einen Baum gefahren, sondern mit einem anderen Wagen zusammengeprallt«, erwidert Alain. Doch Violette geht gar nicht darauf ein. Sie fixiert Michel weiterhin.

»Ich hab dir doch gesagt, daß ich die Wahrheit erzählen werde.«

Florence sieht, daß Sarah auf dem Sessel zusammengesunken ist. Ihre Schultern heben sich bebend. Sie geht zu ihr und legt ihr beruhigend die Hand auf den Arm. Zu Violette gewandt sagt sie:

»Welche Wahrheit, Madame Lapalut?«

»Hören Sie nicht auf sie.« Michel ist mit zwei Schritten bei Florence und sieht sie beschwörend an. »Meine Frau ist Alkoholikerin. Ich wollte Ihnen das eigentlich nicht sagen, aber angesichts der Ungeheuerlichkeiten, die sie hier von sich gibt, habe ich keine andere Wahl. Sie ist tabletten- und alkoholabhängig.«

Florence schiebt Michel beiseite, geht zu Violette an den Tisch und setzt sich neben sie.

»Das interessiert uns eigentlich nur insoweit, als wir gern wüßten, ob Sie ein Schlafmittel nehmen, das ›Gardenal‹ heißt.«

Violette versteckt ihr Gesicht in beiden Händen. Florence hört ihren rasselnden Atem, der seltsam verzerrt klingt. Nach einer Weile nimmt Violette die Hände wieder herunter. Sie haben Druckstellen auf den Wangen hinterlassen. Sie blickt durchs Fenster in die Weite des Horizonts und sagt leise:

»Nein, ich glaube nicht.«

»Wieso lügst du?« Michels Stimme ist laut und ungehalten. »Natürlich hatte sie ein solches Mittel. Ich hab es selbst gesehen!«

»Als Tabletten?« fragt Alain beiläufig.

»Nein, das waren Ampullen.«

Violette schüttelt erneut den Kopf.

»Ich kann mich nicht erinnern.« Sie wirft ihrem Mann einen verächtlichen Blick zu. »Das behauptest du doch nur, damit du mir wieder eins auswischen kannst.«

Sie steht auf. Ihr Gesicht ist plötzlich aschfahl und eingefallen. Sie blickt Florence direkt in die Augen.

»Morgen würde ich mich gern mit Ihnen allein unterhalten. Ohne meinen Mann. Jetzt bin ich entsetzlich müde. Außerdem ist mir übel. Mein Kreislauf... Das war alles zuviel heute. Es tut mir leid, aber ich muß mich hinlegen.«

»Moment mal, Madame Lapalut«, sagt Alain scharf. »Wir sind noch nicht fertig. Sie können nicht...«

Doch Florence schneidet ihm mit einer Handbewegung das Wort ab. Sie begreift, daß diese Frau am Ende ist und weitere Fragen im Moment nichts bringen. Außerdem fehlt der Polizei bisher jegliches Beweismittel. Die Sache mit der Thermoskanne ist vorläufig nur Spekulation, und ohne eindeutige Verdachtsmomente kann Florence niemanden vernehmen.

Als die Tür ins Schloß gefallen ist und Violettes Schritte im Nebenraum verklungen sind, wendet sich Michel an Sarah.

»Geh bitte und sieh nach, ob sie zurechtkommt.«

Sarah erhebt sich, schnieft, wischt sich mit dem Handrücken über Augen und Nase, setzt sich die vom Weinen verschmierte Brille wieder auf und verläßt das Zimmer.

Das Mädchen sieht vollkommen fertig und kraftlos aus, denkt Florence. Kein Wunder, wenn man den Streit seiner Eltern so hautnah miterlebt. Das war heute sicher nicht die erste Auseinandersetzung dieser Art. In diesem Haus hat sich der Haß als zäher und unausrottbarer Parasit eingenistet.

Michel zündet sich erneut eine Zigarette an, inhaliert ein paar Züge und schnippt die Asche in den Aschenbecher.

Nach einer Weile bricht Florence das Schweigen.

»Monsieur Lapalut, Sie sagten eben, Ihre Frau hätte das Schlafmittel ›Gardenal‹ genommen. Wo bewahrt sie es denn auf?«

»In einer der Küchenschubladen.«

»Dürfen wir da mal einen Blick hineinwerfen?«

Michel zögert kurz.

»Wenn Sie wollen, bitte.«

Alain und Florence folgen ihm in die Küche. Michel öffnet die beiden Schubladen in der Anrichte. In der einen liegt das Besteck, in der anderen herrscht ein Durcheinander von leeren Tablettenröhrchen, Beipackzetteln und mehreren Packungen Aspirin. Ampullen oder ein Medikament mit dem Aufdruck »Gardenal« sind nicht dabei.

Nachdem Alain die Schublade routiniert durchsucht hat, wendet er sich an Michel.

»Wann werden denn hier die Mülltonnen geleert?«

Michel scheint seine Frage nicht sofort zu begreifen. Doch dann sagt er schnell:

»Immer dienstags früh. Sie kommen so gegen sieben.«

»Also waren sie heute morgen da, *Patron*.« Alain sieht Florence vielsagend an. Diese wendet sich an Michel.

»Wer verschreibt Ihrer Frau denn die ganzen Medikamente?«

»Dr. Millet in Uzès.«

Alain notiert sich den Namen.

»Aha.« Florence wendet sich zum Gehen. »›Gardenal‹ auch?«

»Ich denke, ja. Dr. Millet ist unser Hausarzt.«

»Tja, das wäre dann vorläufig erst mal alles.« Florence verläßt die Küche, und Alain folgt ihr. »Der Rest Kaffee aus der Thermoskanne wird gerade im Labor untersucht. Sollte sich herausstellen, daß das Schlafmittel darin war, das im Körper Ihres Sohnes nachgewiesen wurde, wird es für Sie und Ihre Frau ziemlich unangenehm. Einer in dieser Familie muß ihm ja schließlich den Kaffee gekocht haben. Oder käme da noch eine andere Person in Betracht? Was ist mit Ihrer Mutter?«

»Die hat ihm den Kaffee bestimmt nicht gekocht«, sagt Michel. »Wahrscheinlich hat mein Sohn ihn sich selbst aufgebrüht.«

»Wo wohnt Ihre Mutter? Auch hier im Dorf?«

»Im vorletzten Haus auf der anderen Seite. Aber im Moment ist sie nicht da.«

»Wann kommt sie denn wieder?«

»Das kann spät werden.«

»Wissen Sie, wo sie ist?«

Erneut flackern Michels Augen, und er vermeidet den direkten Blickkontakt mit Florence.

»Nein.«

Florence glaubt ihm nicht.

»Nun, dann auf Wiedersehen, Monsieur Lapalut.«

Florence hat den Eindruck, als atme Michel erleichtert auf. Schnell sagt er:

»Können wir die Beerdigung für Freitag einplanen? Ich meine…«

Florence unterbricht ihn:

»Die Leiche wird spätestens übermorgen freigegeben. Dann können Sie alles Nötige veranlassen.«

»Danke.«

Im Hinausgehen nimmt Alain vorsichtig das Wasserglas vom Tisch, auf dem Sarahs und Violettes Fingerabdrücke sind, und wickelt es in sein Taschentuch.

»Erlauben Sie?« sagt er dann und steckt Michels angebrochene Zigarettenpackung in einen kleinen Plastikbeutel, den er griffbereit in seiner Hosentasche hat.

Als die beiden hinausgehen, sieht Michel ihnen nachdenklich hinterher und wischt sich den Schweiß von der Stirn.

…

Die Dämmerung hat sich wie dunkler Samt über das Land gelegt. Im Westen zeichnen sich die Berge als scharfe Linie gegen den noch immer schwach hellen Himmel ab. In einzelnen Häusern des Dorfes brennt Licht, und die Straßenbeleuchtung ist eingeschaltet.

Florence und Alain gehen zu ihrem Wagen, den sie hinter den

Briefkästen geparkt hatten, außerhalb der Sichtweite des Lapalut-Hauses. Florence lehnt sich an den staubigen Kühler. Er ist noch warm von der Hitze des Tages und riecht nach Benzin. Sie sieht Alain fragend an.

»Was sagen Sie?«

Alain hat die Sonnenbrille in den Halsausschnitt seines Lacostehemdes eingehakt und reibt sich die Augen. Dann kratzt er sich am Kopf.

»Dasselbe wie Sie, *Patron*. Der Fisch stinkt schon meilenweit, und zwar vom Kopf her. In dem Haus sind Leichen im Keller, vermutlich mehrere. Bildlich gesprochen, meine ich.«

Florence nickt und legt den Zeigefinger an ihre Unterlippe. Sie überlegt.

»Wenn man bedenkt, daß der Junge noch nicht einmal vierundzwanzig Stunden tot ist, aber während des ganzen Gesprächs kaum ein Wort über ihn fiel, ist das schon eigenartig. Trauern die überhaupt um ihn?«

»Vielleicht die Schwester. Die Eltern sind viel zu sehr mit ihrer Clinchbeziehung beschäftigt.«

Florence sieht auf die Uhr.

»Ich versuche jetzt doch noch mal das Labor zu erreichen. Vielleicht ist da ja noch jemand.«

Alain wiegt skeptisch den Kopf. Florence holt aus der Handtasche Adreßbuch und Handy und wählt eine Nummer. Nach dem zwölften Klingelzeichen gibt sie schließlich auf.

»Schade. Die Analyse des Kaffees würde uns wirklich weiterhelfen.«

»Machen Sie sich keine allzu großen Hoffnungen, *Patron*. Die Eltern scheinen mir zu ausgebufft zu sein, als daß sie ihrem Sohn ein so seltenes und auffälliges Schlafmittel in den Kaffee schütten würden.«

»Wer weiß?« Florence richtet sich auf und schlägt den Staub von ihrer Hose. »Ich hoffe, daß Sie unrecht haben, Alain, weil wir sonst absolut im dunkeln tappen.«

In dem Moment schlendert eine Gestalt durch die Dämmerung gemächlich auf sie zu. Florence sieht einen Müllbeutel aufblitzen, der wahrscheinlich in den Container neben den Briefkästen geworfen werden soll. Jetzt wird das Gesicht vom Licht der Straßenlaterne erhellt, und Florence stößt einen unterdrückten, ungläubigen Schrei aus.

»Louise?! Louise Martin!!! Das gibt es doch nicht!«

Louise ist stehengeblieben, stutzt einen Moment und bricht dann in ein Lachen aus.

»Florence Labelle. Ich habe zwar noch nie an Zufälle geglaubt, aber dies hier scheint wohl einer zu sein.«

Louise stellt den Müllbeutel ab, und die beiden Frauen umarmen sich freundschaftlich.

»Alain, das ist Doktor Louise Martin, Frankreichs, wenn nicht Europas berühmteste Gerichtsmedizinerin.«

Louise winkt ab.

»Na, nun übertreib mal nicht.«

»Louise, das ist Inspektor Roche, mein Mitarbeiter.«

Louise streckt Alain die Hand entgegen.

Florence kann es immer noch nicht fassen.

»Was machst du denn in diesem Dorf?«

»Ich wohne hier. Mein Haus steht oben auf dem Hügel.« Dabei dreht sie sich um und zeigt in die Dunkelheit. »Ich hab dir doch mal erzählt, daß ich seit vielen Jahren ein Häuschen in der Provence mein eigen nenne.«

»Aber daß das ausgerechnet hier ist...«

Louise beugt sich vertraulich vor und dämpft ihre Stimme.

»Und was machst *du* in Montcastin? Was Dienstliches?«

»Ja. Aber das muß ich dir ausführlicher erzählen. Und möglichst nicht hier.«

»Kommt doch auf ein Glas Wein zu mir rauf. Ein solches Wiedersehen muß gefeiert werden.«

Alain sieht Florence zögernd an und blickt auf die Uhr.

»Ich weiß nicht. Meine Frau wartet mit dem Essen...«

Louise wirft ihren Müllbeutel schwungvoll in den Container, greift entschlossen Florences Arm, um sie mit sich zu ziehen.

»Dann rufen Sie Ihre Frau eben an und sagen ihr, daß Sie etwas später kommen.«

»Na los, Alain, auf ein Viertelstündchen!«

Alain gibt sich einen Ruck und schlägt die Autotür zu.

»Also gut. Aber ich muß erst einmal zu Hause anrufen.«

Die drei machen sich auf den kurzen Weg zu Louises Haus. Unterwegs erzählt Florence ihrem Assistenten in wenigen Worten, wie sie und Louise sich kennengelernt hatten: bei einem der Vorbereitungslehrgänge, die Florence in Paris absolvieren mußte, bevor sie ihren Posten hier im Süden antrat. Da referierte Louise über die gerichtsmedizinischen Aspekte bei den Opfern des berüchtigten Metromörders, der vor fünf Jahren Frauen in einsamen U-Bahnstationen überfallen und bestialisch umgebracht hatte.

8

Das monotone Gurren der Stadttauben weckt Florence aus einem dumpfen Traum: Sie befand sich mit Cathérine in einem großen, fremden Haus, in dem sie beide gefangen waren. Außer ihnen gab es keine anderen Menschen. Sie irrten durch die Zimmer und Korridore, um einen Weg nach draußen zu suchen. Überall dunkelten Rolläden die Räume ab, und gekreuzte Gitterstäbe waren innen an den Fenstern angebracht. In einem geräumigen Badezimmer, das mit seiner frei stehenden Kupferwanne und den altertümlichen Wasserhähnen aus einer anderen Zeit stammen mußte, fanden sie ein Fenster, das sie öffnen konnten. Der Raum lag zu ebener Erde, und Florence stieg als erste hinaus. ›Draußen‹ umgab sie eine merkwürdige Landschaft; eine pflanzenlose Einöde, von großen und kleinen Kanälen durchzogen, die zugefroren waren. Alles war von hohen Mauern eingegrenzt, die sich bis an den Horizont erstreckten. »Wir müssen weiterfliehen!« sagte Cathérine. Als sie den ersten Kanal überquerten, klammerte sie sich an Florence. Das Eis war brüchig, und es knackte gefährlich. »Laß mich los«, rief Florence. »Zu zweit sind wir zu schwer für das Eis. Wir müssen das Gewicht verteilen!« Mühsam schafften sie es schließlich, den Kanal zu überqueren. Sie kamen an eine der Mauern, entdeckten eine niedrige Stelle, über die sie klettern konnten. Cathérine lachte und umarmte Florence. »Endlich sind wir gerettet und frei«, sagte sie. Und als sei Florence leicht wie eine Feder, hob sie sie über die Mauer.

Florence tastet im Dunkeln nach dem Schalter der Nachttischlampe. Der Wecker zeigt kurz nach fünf. Sie liegt in ihrer Wohnung in Nîmes im Bett.

Letzte Nacht war es später geworden, als ursprünglich gedacht. Zu spät, um noch nach Les Oliviers zu fahren, zumal am nächsten Morgen eine Menge Arbeit auf sie warten würde und sie frühzeitig im Polizeipräsidium sein wollte. Das Gespräch mit Louise hatte in mancher Hinsicht Aufschluß gegeben. Louise besitzt eine Fähigkeit, die wenigen Menschen zu eigen ist: Sie versteht es, in knappen Worten die Lebensumstände von Personen, ihre psychologischen Hintergründe sowie die möglichen Beweggründe ihres Handelns treffend zu analysieren. Sie verläßt sich dabei auf ihre berufsbedingte scharfe und detaillierte Beobachtungsgabe und ihre lange Lebenserfahrung. Auf diese Weise skizzierte sie nicht nur ein Kurzporträt von allen Mitgliedern der Familie Lapalut, sondern auch von den anderen Dorfbewohnern. Louise berichtete von dem Vorfall am Bäckerwagen, den Karen ihr geschildert hatte. In der Tat verhielt sich die Mutter des Toten eigenartig, geradezu auffällig. Hat sie ihrem Sohn das Schlafmittel in den Kaffee geschüttet? Welches Motiv sollte sie haben? Sie will allein mit Florence reden, ohne ihren Mann. Was weiß sie?

»Seit Jahren hat sich diese Frau zurückgezogen und in ihrem Haus vergraben. Dafür muß es doch einen Grund geben«, hatte Louise gesagt. »Außerdem wurde in dieser Familie mit zweierlei Maß gemessen. Der Sohn wurde vom Vater in auffälliger Weise bevorzugt. Die Tochter hat diese Zurücksetzung mit brillanten schulischen Leistungen kompensiert, wodurch sich ihr Status in der Familie allerdings nicht verbesserte.«

»Aber würde sie deswegen ihren Bruder umbringen?« hatte Alain angemerkt und erneut heftig geniest, weil er allergisch gegen Katzen ist und Jeanne d'Arc sich vielleicht gerade aus diesem Grund besonders zu ihm hingezogen fühlte und ständig um seine Beine strich.

Louise hatte ihren Gästen noch etwas zu essen angeboten, verschiedene Käsesorten, Baguette und eingelegte Oliven. Alain versuchte, seine Frau zu erreichen, aber zu Hause meldete sich niemand. Ohne sich weiter darüber Gedanken zu machen (Marie-France war vielleicht noch ins Kino gegangen), sprach er daraufhin kräftig dem nach Johannisbeeren duftenden Burgunder aus Nuits-St.-Georges zu, den Louise ihnen kredenzt hatte und der den Geschmack des vollreifen Roquefort besonders zur Geltung brachte.

Florence streckt sich und schaltet die Nachttischlampe wieder aus. Durch die Ritzen des geschlossenen Fensterladens hält das frühe Tageslicht zögerlich Einzug, während das Gurren der Tauben plötzlich verstummt ist. Sie schließt die Augen, und die Räume und Örtlichkeiten ihres Traumes ziehen noch einmal vorbei, unscharfe Bilder eines verblaßten Films, über dessen Botschaft sie sich nicht im klaren ist. Später, im Lauf des Tages, würde sie über den Traum nachdenken. Wenn sie ihn dann nicht längst vergessen hat.

...

In der großen Platane vor Alain Roches Reihenhaus versammeln sich allabendlich in der Dämmerung Tausende von Finken. Sobald sie im Frühjahr aus ihren Winterquartieren in Afrika zurückkehren, bevölkern sie den Baum, hocken lärmend und zwitschernd unter den schützenden Blättern, schlafen dort und schwärmen wie auf ein geheimes Kommando mit dem ersten Tageslicht aus. Dann erhebt sich eine dunkle, flirrende Wolke aus den Zweigen, gleitet wie ein sanft hin- und herwogendes Segel gen Himmel, um erst in der Abenddämmerung zurückzukehren. Wenn man seinen Wagen unter der Platane parkt, ist er am nächsten Morgen über und über mit frischem Vogelkot beschmutzt.

Als die Finken aufwachen und zu lärmen beginnen, hebt Alain den Kopf und lauscht, als höre er zum ersten Mal dieses Gezwitscher. Bald darauf verliert sich das Vogelgeschrei in der Ferne.

Er sitzt im Wohnzimmer auf der Couch, die sie vor zwei Jahren bei IKEA gekauft hatten. Das graue Lacostehemd ist zerknittert, die Haare stumpf und fettig. Mit der Hand fährt er sich über die Bartstoppeln; es klingt, als ob er über Sandpapier streicht. Seine Augen jucken und brennen immer noch aufgrund der Katzenallergie. Es wird Tage dauern, bis der Anfall vorbei ist.

Auf dem zur Couch passenden Kiefernholztisch stehen eine halbleere Flasche Whisky und ein Glas. Er erinnert sich daran, wie er gestern mit der Kommissarin das Problem »halbvoll« oder »halbleer« erörtert hat, und schüttelt resigniert den Kopf. Er weiß nicht, wieviel er getrunken hat. War die Flasche voll, als er anfing? Wann war das? Er muß kurz nach Mitternacht nach Hause gekommen sein. In keinem der Zimmer brannte Licht, nicht einmal die Außenbeleuchtung über dem Hauseingang war eingeschaltet. Es war so dunkel, daß die Platane mit den auf ihr nächtigenden Vögeln mit dem Schwarz des Himmels verschmolz.

Leise war er ins Haus gegangen, um Marie-France nicht zu wecken. Er tappte durch das dunkle Wohnzimmer ins Bad, zog sich aus und schlich barfuß ins Schlafzimmer.

Die gestreifte Tagesdecke lag akkurat geglättet über dem Bett. Es war unberührt.

Er rief den Namen seiner Frau und verließ das Schlafzimmer. Eine Unruhe erfaßte ihn, und er fühlte, wie sein Herz schneller schlug. Mein Gott, wo war Marie-France bloß? Es wird doch nicht irgend etwas passiert sein? Erneut rief er nach ihr, betrat das Wohnzimmer und knipste das Licht an. Da sah er den Zettel, der auf dem Tisch lag, die herausgerissene Seite aus einem linierten Heft.

Alain streicht ein paar Haaarsträhnen aus dem Gesicht und nimmt erneut den Zettel in die Hand, der von Whiskyflecken und den Abdrücken seiner verschwitzten Finger verschmiert ist. Ohne ihn zum wiederholten Mal zu lesen, läßt er ihn aus seinen kraftlosen Fingern auf den Boden gleiten.

Er spürt, wie der Impuls, einfach loszuheulen, seine Brust zusammenkrampft. Er kann das alles nicht fassen. Die ganze Nacht hat er versucht, eine Erklärung zu finden. Es ist ihm keine eingefallen. Das Ereignis ist auf ihn hereingestürzt wie ein plötzlicher Sturm, der aus heiterem Himmel und ohne Vorwarnung auf die Küste zurollt und eine Schneise aus Tod und Vernichtung schlägt. Etwas, wogegen man nichts machen kann, an dem man keine Schuld trägt. Das man nicht hätte verhindern können, weil man nicht gewußt hat, daß es einen so wuchtig und unerwartet treffen könnte.

Als Alain vom Sofa aufsteht, zittern ihm die Knie, und es dreht sich alles in seinem Kopf. Er löscht das Licht der Stehlampe, weil das Tageslicht bereits ins Zimmer fällt. Gedankenverloren stellt er sich ans Fenster und betrachtet die Platane, deren dichte Krone sich nach oben reckt, dem blaßblauen Himmel eines schönen Sommertages entgegen.

Dann geht er in die Küche, um sich einen Kaffee aufzubrühen. Er würde in Ruhe überlegen, wie er auf eine derartige Situation reagieren soll. In aller Gelassenheit die Dinge von sämtlichen Seiten betrachten. Auch wenn das, was ihm geschehen ist, als höhere Gewalt eingestuft werden muß, wird er nicht kampflos aufgeben.

…

Ein Bussard durchschneidet die Luft mit seinen Schwingen, schraubt sich in kreisenden Bewegungen höher und höher und bewegt sich gleichzeitig fast unmerklich in südliche Richtung.

Violette hat den Kopf in den Nacken gelegt und starrt dem Vogel nach. Jetzt verschwindet er hinter den Baumwipfeln der Hügel.

Der kleine Pfad, der durch Unterholz und Hänge mit verlassenen Lavendelfeldern führt, liegt noch im Schatten.

Violette fröstelt und zieht das gehäkelte schwarze Baumwolltuch enger um ihre Schultern. Sie trägt die blauen Hosen vom Vortag, dazu ein riesiges weißes T-Shirt und schwarze Stoffschuhe. Achtlos stolpert sie über Steine und Geröll, ihre Kleidung verhakt sich an Brombeerranken und wilden Rosenzweigen.

Eben, als sie durchs Dorf ging, war kein menschlicher Laut zu hören. Die Sommervögel gingen lärmend ihrer morgendlichen Futtersuche nach, und eine der Dorfkatzen lag in Lauerstellung auf der Wiese hinter Madame Pierrets Garten.

Zu Hause hatte niemand gehört, daß sie wegging. Im Anwesen ihrer Schwiegermutter waren die Fensterläden verschlossen, aber Thérèse schlief ohnehin immer lange. Sie war erst spät in der Nacht zurückgekommen. Gegen elf klingelte das Telefon, und Michel lief kurz darauf zum Haus seiner Mutter. Dort blieb er etwa eine Dreiviertelstunde. Als er zurückkam, war er schlecht gelaunt. Was hatte Thérèse ihm erzählt? Wo war sie gewesen? Violette spürte den Haß in sich aufsteigen, der sie unvorsichtig werden ließ. Als Michel im Badezimmer verschwand, hatte sie Thérèse angerufen und ihr die Wahrheit durch den Telefonhörer zugeschrien. Am anderen Ende der Leitung war Totenstille. Thérèse mußte bis auf den Grund ihres Herzens getroffen worden sein. Sie hatte danach den Hörer einfach aufgelegt, und Violette war triumphierend und zugleich voller Ekel zu Bett gegangen.

Sie hatte eine schlechte Nacht hinter sich. Wieder und wieder fügte sie alles zusammen, es ergab immer dasselbe Bild. Wie sie es auch drehte und wendete, alles war schlüssig. Es konnte nur so gewesen sein. Je mehr sie in der Nacht darüber nachdachte, desto näher fühlte sie sich am Abgrund. Wie sollte es nach alldem noch weitergehen? Wie sollte sie mit allem fertig werden?

Hinzu kam ihr körperlicher Zustand, der erbärmlich war. Ihre Gliedmaßen zitterten, Anfälle von Schüttelfrost wechselten mit fieberartigen Schüben. Sie gierte nach einem Glas Gin,

Whisky, Rotwein, Pernod, Martini, Wodka oder Kräuterschnaps. Nach irgend etwas, das ihre Nerven beruhigen könnte. Doch es war nichts mehr im Haus. Schweißbedeckt und schwer atmend verbrachte sie die Stunden bis zum frühen Morgen. Danach würde alles anders werden. Aktiv den Tag beginnen, dem Unvermeidlichen ins Auge sehen!

Wer im Dorf käme schon auf die Idee, morgens um sechs zu einem Spaziergang aufzubrechen?

Erneut schickt Violette ihren Blick zum Himmel. Der Bussard ist zurückgekommen, oder ist es ein anderer? Er schwebt in das immer heller werdende Tageslicht, als wolle er sie auf ihrem Gang begleiten.

Die schwarzen Vogelschwingen des Todes. Die Schatten, die sie auswerfen, werden immer größer. Sterben ist so einfach, daß einem schwindelig wird, wenn man darüber nachdenkt.

Violette setzt ihren Weg fort. Sie wird den vollen Tag abwarten und sich noch einmal alles durch den Kopf gehen lassen. In der Zwischenzeit würde sie nicht umhin können, sich die Frage nach dem Sinn und der Nützlichkeit ihres Daseins zu stellen. Wie auch immer die Antwort ausfallen mag – dem Sog des unsichtbaren dunklen Lochs, in das sie schon seit ihrer Geburt unaufhaltsam hineingezogen wird, vermag sie sich nicht zu entwinden.

...

»Wie finden Sie ihn?« Pierre Desgranges, Chef der Départementpolizei, beugt sich ein wenig nach vorn, steckt seinen Zeigefinger durch den Käfig und berührt das Gefieder. »Diese Farben! Erstaunlich, was die Natur zustande bringt. Er kann schon ›Merci, Monsieur‹ und ›Vous êtes belle, Madame‹ sagen. Na los, Pipo, sag: ›Vous êtes belle, Madame.‹«

»Vous êtes belle, Madame«, krächzt der Papagei und schlägt aufgeregt mit seinen smaragdgrünen Flügeln. Seit zwei Tagen verschönert er das Büro des Polizeichefs, ein Geschenk seiner Partei zum Auftakt des Wahlkampfes.

Florence lächelt, aber ihre Begeisterung hält sich in Grenzen.

»Stört es Sie nicht, das ständige Gekrächze und das Geplapper?«

»Ach was, im Gegenteil! Ich entspanne mich dabei. Als kleiner Junge bekam ich zuerst einen Kanarienvogel, später einen Hamster und danach einen Hund. Einen Papagei hatte ich noch nie. Interessante Tiere. Haben Sie ein Haustier?«

»Nein, und ich will mir auch keines anschaffen«, antwortet Florence und versucht, das Gespräch wieder auf die dienstliche Ebene zu bringen. »Wie gesagt, Monsieur, es handelt sich bei dem Fall Lapalut meiner Ansicht nach um einen besonders ausgeklügelten Mordanschlag. Das Labor hat mich heute morgen angerufen. Die Analyse des Thermosflascheninhalts deckt sich mit dem Ergebnis der Autopsie. Das Schlafmittel ›Gardenal‹ wurde im Kaffee nachgewiesen, den der Tote auf die Fahrt nach Montpellier mitgenommen hatte.«

Pierre Desgranges wirft dem Papagei noch einen liebevollen Blick zu, dann setzt er sich hinter seinen Schreibtisch, stützt die Ellbogen auf und preßt seine Fingerkuppen aneinander.

»Sieht ganz so aus, als sei der Täter in der Familie zu suchen. Stellt sich nur die Frage nach dem Motiv. Haben Sie schon eine Theorie?«

Florence blickt in die großen braunen Augen ihres Vorgesetzten, die sie kühl und prüfend ansehen. Sie schüttelt den Kopf.

»Wir fangen ja gerade erst an. Aller Wahrscheinlichkeit nach hat er die Thermosflasche von zu Hause mitgenommen. Auf der Kanne konnten lediglich die Fingerabdrücke des Toten nachgewiesen werden. Raymond Lapalut muß bereits am frühen Abend von dem Kaffee getrunken haben, und die Frage ist, wo. Noch zu Hause? Auf dem Weg zu seiner Freundin? Das Verhalten der Eltern ist sehr auffällig. Die Mutter will mit mir allein reden, war aber gestern dazu nicht in der Lage. Nach den Anspielungen, die sie machte, scheint sie irgend etwas zu wissen. Ich habe schon den ganzen Morgen versucht, sie telefonisch zu erreichen. Aber da ist niemand zu Hause.«

Desgranges nickt zerstreut und wirft einen Blick auf seine Armbanduhr. Dann rückt er sich die Krawatte zurecht, die passenderweise mit bunten Vögeln bedruckt ist. Florence spürt an seiner ganzen Körperhaltung, wie er schlagartig das Interesse verliert und innerlich aus dem Gespräch aussteigt.

»Sie werden schon die richtigen Antworten finden, *Commissaire.*« Er steht auf. »Entschuldigen Sie mich jetzt, aber ich muß zu einem auswärtigen Termin. Solange die in Paris sich Zeit lassen mit der Ernennung des neuen Präfekten, habe ich die ganze Vertretungsarbeit am Hals.«

Florence erhebt sich ebenfalls. Jeder im Umfeld von Pierre Desgranges weiß, daß er sich seit Monaten mit allen Kräften bemüht, seine politische Karriere in die richtigen Bahnen zu lenken. Seit der Präfekt im letzten Jahr verhaftet wurde, führt er vertretungsweise dessen Geschäfte und macht sich, so gut er kann, unentbehrlich. Durch die Wahlen in zwei Wochen erhofft er sich den Vorsitz im neuen *Conseil Général* und dann, wer weiß, die Ernennung zum neuen Präfekten. Gleich wird er Florence wie üblich bitten, Cathérine Volet herzlich von ihm zu grüßen. Sicher spekuliert er darauf, daß sie irgendwann ein gutes Wort bei ihrem Onkel, dem Staatspräsidenten, für ihn einlegen könnte. Das wäre natürlich eine Protektion allerersten Ranges.

Der Polizeichef reicht Florence die Hand.

»Mit Inspektor Roche haben Sie einen tüchtigen Mitarbeiter. Also, viel Glück!«

»Inspektor Roche hat sich heute dienstuntauglich gemeldet. Seine Frau hat ihn letzte Nacht verlassen.«

»Was? Der arme Kerl. Ich wußte gar nicht, daß er verheiratet ist. Aber muß man deswegen gleich zu Hause bleiben?!«

»Ich nehme an, daß er sich ziemlich betrunken hat. Da ist es mir schon lieber, er schläft erst einmal seinen Rausch aus.«

»Da gebe ich Ihnen recht.« Desgranges öffnet die Tür seines Büros. »Ich gehe davon aus, daß Sie Madame Colombier regelmäßig über Ihre Ermittlungen unterrichten.«

»Natürlich, Monsieur.«

»Sie ist meines Erachtens einer der fähigsten Ermittlungsrichter im Département.«

»Ich weiß.« Persönlich ist Arlette Colombier Florence zwar nicht gerade sympathisch. Mit ihrer hohen, typisch weiblichen Stimme, dem grellen Make-up und der überschlanken, stets miniberockten Gestalt wirkt sie wie eine brünette Ausgabe der amerikanischen Barbie-Puppe. Aber fachlich ist sie ein As. Kompetent, scharfsinnig und knallhart, wenn es sein muß. Eigentlich eine Intellektuelle, aber das würde man auf den ersten Blick eben nicht vermuten. Auf jeden Fall ist Florence froh, daß sie den Fall ermittelt. Wenn es hart auf hart gehen würde, hätte sie in Arlette Colombier die richtige Partnerin.

Desgranges reicht ihr die Hand und lächelt.

»Und bitte grüßen Sie Cathérine Volet von mir, wenn Sie sie sehen.«

Florence verkneift sich ein Grinsen.

»Ja, das mache ich gern, Monsieur. Ich sehe sie bestimmt in den nächsten Tagen.«

Sie verläßt das Büro und begibt sich in ihr Dienstzimmer im zweiten Stock

Ob Desgranges ahnt, welcher Art ihre Beziehung zu Cathérine Volet ist? Sollte dies der Fall sein, geht er äußerst diskret damit um. Keine Anspielungen, keine Zweideutigkeiten. Kein Wunder, denn Desgranges ist in allem, was er tut und sagt, auf seinen Vorteil bedacht. Menschen, ob im privaten oder beruflichen Umfeld, werden nach ihrer Nützlichkeit ausgewählt. Vielleicht war auch für ihre Berufung hier in Nîmes von ausschlaggebender Bedeutung, daß sie mit Cathérine Volet befreundet ist, wie auch immer Desgranges diese Freundschaft einschätzen mag.

Florence läßt sich auf ihren Schreibtischsessel fallen und greift zum Telefonhörer, um erneut die Nummer der Familie Lapalut in Montcastin zu wählen. Diesmal meldet sich Michel, der Vater des Toten. Sie teilt ihm mit, daß die Leiche seines Sohnes freigegeben ist. Als Florence nach Violette fragt, sagt er ihr, daß sie nicht im Haus sei und er auch nicht wisse, wohin sie gegangen sei. Florence bittet um ihren Rückruf, sobald sie wiederkommt. Als sie das Gespräch beendet, hat sie das Gefühl, daß sie belogen wird.

...

Michel hat den Hörer aufgelegt und denkt angestrengt nach. Er mag diese Kommissarin nicht. Mehr und mehr wird er sich gegen ihre unbequemen Fragen wappnen müssen.

Einer Ahnung folgend, geht er in den ersten Stock, ins Schlafzimmer seiner Frau. Die Unordnung dort und der Geruch nach Schweiß, Erbrochenem und stickiger Luft stoßen ihn ab. Dennoch öffnet er Violettes Kleiderschrank und durchwühlt ihn. Kurz darauf findet er etwas. Einen dicken, großen Umschlag. Er wirft einen Blick hinein.

»Verdammt!« sagt er laut und preßt die Lippen aufeinander.

Er verläßt das Haus, geht zum Keller und vergewissert sich, daß die Tür abgeschlossen ist. Komisch, als er vorgestern abend aus Uzès zurückkam, war die Tür nicht verschlossen. Er muß es vergessen haben. Das könnte die Erklärung sein...

Kurz darauf wirft er einen Blick auf den Mauervorsprung über dem Eingang des Nebentraktes seines Hauses. Er stutzt einen Moment, bevor er begreift, was sich verändert hat: Das Schwalbennest, das sich seit Jahren an dieser geschützten Stelle befindet, ist zerstört. Jahr für Jahr kommt dasselbe Schwalbenpärchen zum Brüten und zum Großziehen der Jungen hierher. Schwalben unter dem Dach bringen Glück, so sagt der Volksmund. Michel lächelt bitter. Glück liegt schon lange nicht mehr auf diesem Haus. Als er zu Boden sieht, liegt dort ein Teil des Nestes. Möglicherweise hat sich eine Blindschleiche zum Nest hochgeschlängelt und es ausgeraubt und verwüstet; denn für die Dorfkatzen ist die Mauer unzugänglich.

Er betritt das ehemalige Haus seines Vaters und begibt sich nach oben in die Kinderzimmer.

»Violette?« ruft er laut, bleibt einen Moment zögernd vor Raymonds geschlossener Zimmertür stehen und öffnet sie dann mit einem Ruck. Das Zimmer ist leer; Michel atmet den schwachen Duft von Raymonds Eau de toilette, und in einem Anflug von Panik schließt er rasch die Tür.

Sarahs Zimmertür steht einen Spalt offen. Auch hier keine Spur von Violette. Sarah war bereits früh am Morgen mit dem Bus nach Uzès gefahren, um ihren Ferienjob im Supermarkt wiederaufzunehmen. »Da bin ich wenigstens abgelenkt«, hatte sie zu ihrem Vater gesagt. »Hier im Haus halte ich es einfach nicht aus. Außerdem brauche ich dringend das Geld für die CD-Anlage, die ich mir kaufen will.«

Als Michel am Morgen in die Küche kam, war Violette nicht da. Zuerst dachte er, daß sie noch schliefe, und er entschloß sich, sie zu wecken. Schließlich waren da noch ein paar Dinge zu besprechen, bevor die Polizei möglicherweise wieder auftauchen würde. Doch ihr Schlafzimmer war leer, das Bett unordentlich und zerwühlt. Auch Sarah hatte ihre Mutter an diesem Morgen noch nicht gesehen. Das wiederholte Läuten des Telefons hatte Michel ignoriert. Vermutlich die Polizei oder irgendwelche Kondolenzanrufe.

Michel verläßt das Haus und schlendert die Dorfstraße hinunter. Erneut ruft er laut nach Violette. An den Briefkästen steigt Léon Delcourt gerade in seinen verbeulten Kombi. Der Motor springt nicht an, und Michel beugt sich durch die offene Wagentür zu Léon.

»Salut, Léon.«

»Salut.« Léon sieht, daß Michels Augen rot umrändert sind.

»Hast du Violette gesehen?«

Léon schüttelt den Kopf. Dann läßt er seinen Blick an Michel vorbeigleiten und murmelt:

»Das mit Raymond tut mir leid. Mein Beileid, Michel.«

»Danke.« Michel legt kurz und freundschaftlich seine Hand auf Léons Arm; die Anteilnahme tut ihm gut. Dann schlägt er den Weg zum Haus seiner Mutter ein, während es Léon endlich gelingt, den Wagen zu starten. Gleich darauf verläßt er das Dorf.

»Bei mir ist sie nicht gewesen.« Thérèse sieht ihren Sohn mit großen Augen an. »Ich glaube, das würde sie auch nicht wagen, nach allem, was passiert ist.« Vorsichtig schiebt sie mit den Fingern kleine Fleischbällchen durch die Gitterstäbe des Vogelbauers, das vor dem Küchenfenster steht. Thérèse liebt den Gesang von Nachtigallen, deshalb hat sie sich vor zwei Monaten auf dem Vogelmarkt in Apt ein Nachtigallenpärchen besorgt. Sie spitzt ihre Lippen, stößt einige schnalzende Locktöne aus, läßt das restliche Futter auf den Boden des Käfigs fallen und dreht sich zu Michel. Der lehnt am Türrahmen, die Hände in den Hosentaschen.

»Machst du dir etwa Sorgen?« fragt seine Mutter und sieht ihn ungläubig an. »Sie wird spazierengegangen sein. Besser, als daß sie wieder betrunken im Bett liegt.«

»Es ist trotzdem komisch, daß sie nirgends zu finden ist. Sie geht nie spazieren.«

»Dann hat sie sich heute eben mal anders entschlossen.«

»Sie sprach in letzter Zeit einige Male von Selbstmord.«

»Violette?! Das kann ich mir vorstellen. Grund genug hätte sie ja.«

»Ständig redete sie davon, daß es eine Erlösung sein müßte zu sterben und daß sie sich nach Erlösung sehnt. Das ist schon einige Wochen her, und sie war ziemlich betrunken.«

»Das mußt du nicht so ernst nehmen. Wir wissen ja, was sie sonst noch alles erzählt, wenn der Pegel stimmt. Nur schade, daß unser Plan nicht so klappt, wie wir uns das vorgestellt haben. Wie ich dir gestern schon sagte, hat der Klinikchef mir keine großen Hoffnungen gemacht. Du müßtest deine Frau entmündigen lassen, wenn sie sich nicht freiwillig in eine Behandlung begibt, und da hättest du wahrscheinlich ganz schlechte Karten.«

Michel nickt zerstreut.

»Diese Kommissarin hat vorhin angerufen.« Er fährt sich mit der Hand durch die Haare, die heute sorgfältig gebürstet über die Schultern fallen und nicht zu einem Pferdeschwanz gebunden sind. »Raymonds Leiche ist zur Bestattung freigegeben.«

»Na, Gott sei Dank. Dann kann ja Freitag die Beerdigung stattfinden. Sorg dafür, daß die Todesanzeige in den Dörfern ans schwarze Brett angeschlagen wird.« Thérèse zögert einen Moment, bevor sie fortfährt: »Hat die Polizei noch mal diese Thermoskanne erwähnt?«

»Nein.«

»Hast du nicht danach gefragt?«

»Doch. Aber die Kommissarin sagte, sie wüßte es noch nicht.«

»Deiner Frau würde ich zutrauen, den Kaffee vergiftet zu haben.«

»Ja, ja, ich auch«, murmelt Michel geistesabwesend. »Ich fahre jetzt nach Uzès, wegen der Traueranzeigen.« Seine Mutter gibt ihm wortlos ihren Autoschlüssel. Michel verläßt die Küche.

»Trotz allem wollen wir die Pietät wahren«, ruft Thérèse ihm nach. »Konflikte soll man nicht an einem Toten auslassen. Raymond hat Anspruch auf ein ordentliches Begräbnis!«

Sie hört, wie die Haustür ins Schloß fällt und Michels Schritte sich entfernen.

Violette ist nichts weiter als eine Last, denkt sie. Eine Belastung für alle.

Dann wendet sie sich wieder den Nachtigallen zu, die stumm und regungslos, doch mit flinken Augen im Käfig sitzen. Erneut schnalzt sie mit den Lippen und nimmt ein dunkelblaues Baumwolltuch vom Küchentisch, um das Vogelbauer gegen das intensiver werdende Tageslicht abzudecken.

9

Über einen Feldweg, der von der Teerstraße abbiegt und in einem großen Bogen durch die Wälder führt, erreicht man Montcastin von der Nordseite her. Wenige hundert Meter hinter dem Ortsausgang kreuzt der Pfad, der vom Dorf aus zur Schlucht führt, den Feldweg.

Léon Delcourt fährt mit Tempo vierzig auf der Teerstraße, blickt einige Male in den Rückspiegel und biegt dann in den Feldweg ein. Er pfeift ein Lied, eine alte Rockballade von Johnny Halliday. Gekonnt variiert er die Töne, extemporiert, und wenn ihn jemand hören könnte, würde er von der Art zu pfeifen auf Léons Gemütszustand schließen können.

Er fühlt sich in Superform. Niemand konnte ihn sehen, als er von der Straße abbog. Seiner Frau Paola hatte er gesagt, daß er nach Uzès ins Baugeschäft fährt, um einige Sachen für seine Werkstatt zu besorgen. Schrauben, Sandpapier, neue Bohrer für die Bohrmaschine. In den nächsten zwei Stunden würde ihn niemand vermissen. Es bleibt ihm genug Zeit, seinen Plan auszuführen. Einen Plan, der ihn euphorisch stimmt und ihn für so manches entschädigen soll.

Nach ungefähr dreihundert Metern auf dem holprigen, durch Wurzelwerk und Gesteinsbrocken schwer befahrbaren Weg biegt Léon nach rechts auf eine kleine Lichtung ab. Unter dem dichten Laubdach einer knorrigen Steineiche will er den Wagen parken. Ein gutes Versteck, zumal um diese Jahreszeit weder Holzfäller noch Jäger unterwegs sind.

Noch einmal pfeift Léon mit einem letzten Tremolo den Refrain des Liedes, dann bremst er den Wagen ab, schaltet den Motor aus, und sein Gepfeife verstummt. Er nimmt eine Plastiktüte vom Beifahrersitz, steigt aus und vergewissert sich nach allen Seiten, daß niemand ihn beobachtet. Leise schlägt er die Fahrertür zu. Den Wagen schließt er nicht ab. Selbst wenn ihn jemand entdecken sollte, was unwahrscheinlich ist, hätte sicherlich niemand Interesse daran, diese alte Kiste zu stehlen.

Léon braucht zwanzig Minuten, um das Dorf zu Fuß von der Rückseite her zu erreichen. Als erstes sieht er auf dem Hügel das Haus der Pariser Ärztin. Die Alte war vor einer halben Stunde in Begleitung der Engländerin weggefahren.

Auf der Terrasse seines eigenen Hauses liegt Paola im Liegestuhl und telefoniert mit dem drahtlosen Apparat. Die Tür zum Salon ist geöffnet, und die Stereoanlage spielt einen Schlager von Eros Ramazotti, dessen heisere Stimme durchs ganze Dorf tönt. Die beiden Töchter Giulia und Nicole jagen tobend über die Terrasse, und ihre Mutter ermahnt sie resolut: »*Basta, finito!* Seht ihr nicht, daß ich telefoniere?« Die Mädchen sausen durch die offene Tür in den Salon, wo ihr Gekreische mit den letzten Tönen des Ramazotti-Liedes eine unschöne Liaison eingeht.

Léon hört das gurrende Lachen seiner Frau, die den Telefonhörer fest ans Ohr gepreßt hält. Ein Lächeln liegt auf ihrem Gesicht, das Lächeln einer Verliebten.

»*Vero?*« sagt sie und lacht erneut. Dann steht sie auf, dreht Léon den Rücken zu und geht langsam ins Haus.

Léon fühlt einen Stich in seinem Herzen, und sein Puls schlägt schneller. Wie Schuppen fällt es ihm von den Augen. Paolas Weigerung, mit ihm zu schlafen. Ihre zunehmende Unzufriedenheit. Die schlechte Laune. Das alles hat einen Grund, und zwar einen triftigen... Doch schnell drängt er das aufkommende Gefühl von Eifersucht beiseite und besinnt sich auf das, was er sich vorgenommen hatte. Für alles andere wird später Zeit sein.

Ein Wagen kommt hupend ins Dorf gefahren. Es ist der Bäcker. Paola springt aus dem Haus und läuft auf die Straße. Dann sieht Léon, wie Thérèse zum Bäckerwagen eilt, kurz darauf Madame Pierret.

Er pirscht sich näher heran. Von der Dorfstraße trennen ihn jetzt vielleicht noch hundert Meter. Dennoch ist er, im Unterholz am Hang hockend, perfekt getarnt.

Sobald der Bäckerwagen das Dorf verlassen hat und seine Frau, Madame Pierret und Thérèse mit ihren Brotrationen wieder in ihren Häusern verschwunden sind, schleicht Léon weiter, um sich ans Werk zu machen.

...

Die Musik im Restaurant *Roi de Navarre* läuft dezent im Hintergrund. Ein klassisches Stück, eine Klaviersonate von Chopin oder Liszt.

Während der Kellner die Vorspeisenteller abräumt, zündet sich Cathérine Volet eine Zigarette an. In der für sie typischen Art stößt sie den ersten Rauch mit einer schnellen Bewegung steil in die Luft. Sie trägt eine dunkelblaue Seidenbluse, weiße Jeans, und ihr Parfum riecht nach Sommer und Meer. Im Halbdunkel des Raumes ist nicht zu erkennen, ob Cathérines Augen grün oder blau sind. Jedenfalls sind sie irritierend und geheimnisvoll. Immer wieder bringt Cathérines Nähe Florence aus der Fassung, läßt sie Zeit und Raum vergessen. Als Cathérine jetzt die Hand auf ihren Arm legt, spürt Florence ein plötzliches Ziehen in der Brust.

»Schön, daß du wenigstens Zeit gefunden hast, mit mir zu Mittag zu essen«, sagt Cathérine. Es klingt nicht vorwurfsvoll, eher ein wenig spöttisch. Sie trinkt einen Schluck von ihrem Wein, einem weißen Châteauneuf. »Das wichtigste ist doch, daß du dich wohl fühlst bei dem, was du machst. Und jetzt bist du ja wieder in deinem Element. Ein mysteriöser Mordfall, und es packt dich mit Haut und Haaren.«

»Anders geht das nicht in meinem Beruf. Entweder hundertprozentig oder gar nicht.«

»Das finde ich ja gerade so faszinierend an dir, daß du besessen von etwas sein kannst. Ich war das früher auch in meinem Beruf. Jetzt genieße ich die Gelassenheit, die ich mir als Designerin von Fußböden leisten kann.«

»In meinem Job geht es hin und wieder um Leben und Tod. Gelassen kann ich erst sein, wenn ich pensioniert bin. Und auch dann kann man schlecht loslassen, das sehe ich an Louise. Aber damit du dich nicht vernachlässigt fühlst, verspreche ich dir, heute abend nach Les Oliviers zu kommen, wenn nicht etwas ganz Furchtbares dazwischenkommt.«

»Gut, ich nehme dich beim Wort. Die Lammkoteletts habe ich eingefroren, aber es ist ja eine Kleinigkeit, sie wieder aufzutauen.«

Der Kellner serviert den Hauptgang, *Filet de Perche* mit jungen Gemüsen und einem Koriander-Pesto.

Nachdem Cathérine ihre Zigarette ausgedrückt und den ersten Bissen gekostet hat, nickt sie anerkennend.

»Hervorragend. Es geht nichts über einen Süßwasserfisch, und besonders Barsche zergehen einem auf der Zunge. Übrigens – Guy de Pousset hat mein Entwurf zugesagt. Er war von den Farben begeistert. Nächste Woche beginnt der Zuschnitt der Platten. Heute morgen hat mich ein Freund von ihm angerufen. Marcel Mestre, ein bekannter Strafverteidiger aus Paris.«

»Aha, weswegen denn?«

»Weil er sich ein Schlößchen im Languedoc gekauft hat.«

»Ich verstehe. Du sollst für ihn einen Fußboden entwerfen.«

»Du hast es erraten. Aber diesen Auftrag nehme ich nicht an.«

»Und weshalb nicht?«

»Marcel Mestre hat vor einigen Jahren einen Pétain-Kollaborateur verteidigt, der für die berüchtigte Razzia in Lyon verantwortlich war. Dort wurden im Frühjahr 1943 die Angehörigen von Résistance-Kämpfern verhaftet und erschossen. Frauen, Kinder und Alte. Eine Vergeltungsaktion.«

»Das ist zwar ein schreckliches Verbrechen, aber in einem Rechtsstaat haben auch Faschisten, Mörder und Kinderschänder Anspruch auf ein ordentliches Verfahren und einen Verteidiger.«

»Da hast du recht. Dennoch – ich beurteile so etwas emotional. Unter Pétain sind zwei Mitglieder unserer Familie als Widerstandskämpfer hingerichtet worden. Mestres Verteidigungsstrategie seinerzeit war die Diskriminierung der Résistance. Ich entwerfe keine Fußböden für Menschen, die solche Ansichten vertreten. Selbst wenn sie glauben, einzig und allein im Interesse ihrer Mandanten zu handeln.«

Florence trinkt einen Schluck Wein.

»Das ist natürlich etwas anderes, da kann ich dich gut verstehen. Beneidenswert, daß du dir die Menschen aussuchen kannst, mit denen und für die du arbeitest. Leider kann ich nicht so wählerisch sein.«

Cathérine wechselt das Thema.

»Dieser Mordfall, an dem du arbeitest, was ist denn das für eine Geschichte?«

Florence erzählt in knappen Worten die Fakten sowie den Stand der Ermittlungen.

Cathérine hört aufmerksam zu, ohne ihr köstliches Fischgericht zu vernachlässigen, und bemerkt dann:

»Angenommen, der Junge hat die Thermoskanne tatsächlich von zu Hause mitgenommen, und jemand aus seiner Familie hat ihm nicht nur den Kaffee gekocht, sondern auch das Schlafmittel hineingeschüttet...«

Florence unterbricht sie:

»Wer den Kaffee gekocht hat, muß nicht zwangsläufig auch das Schlafmittel hinzugefügt haben. Im Prinzip können das zwei verschiedene Personen gewesen sein.«

»Gut, da gebe ich dir recht. Ich meine folgendes: Wenn so etwas innerhalb der Familie passiert, fällt mir nur eines als Motiv ein – Eifersucht.«

»Oder Haß. Rache wäre auch möglich. Es gibt eine Menge Motive.« Florence nimmt einen Bissen von ihrem Fisch und trinkt einen Schluck Wein. »So einfach ist das alles nicht. Leider kann ich nicht spekulieren, sondern muß nach handfesten Beweisen suchen. Im sogenannten Schutzraum der Familie ist das schwierig, weil alle zusammenhalten.«

»Ich denke, die Eltern haben sich quasi gegenseitig beschuldigt?«

»Das könnte man so interpretieren. Es kann aber auch sein, daß sie auf diese Weise etwas ganz anderes austragen. Im übrigen sind die klassischen Motive von Vätern und Müttern, die ihre Kinder umbringen, ziemlich bekannt und geschlechtsspezifisch unterschiedlich. Mütter töten ihre Kinder, wenn sie ungewollt sind, wenn sie der Partnerschaft im Weg stehen, wenn sie mit der Kinderaufzucht chronisch überfordert sind. Väter haben andere Motive. Durch den Mord an ihren Kindern rächen sie sich oft an der Ehefrau, wollen diese damit strafen. Oder sie töten ihre Kinder, oftmals wenn sie noch klein sind, weil sie sich durch das Geschrei gestört fühlen.«

Cathérine nickt zustimmend.

»Ja, das leuchtet mir ein. Allerdings dürften derartige Motive in diesem Fall nicht zutreffen. Der Junge war immerhin schon achtzehn. Da ist man erwachsen, man darf wählen, man ist wehrfähig, geschlechtsreif...«

Florence hält im Essen inne und läßt langsam Messer und Gabel auf den Teller sinken.

»Richtig!« sagt sie lauter als beabsichtigt und dämpft abrupt ihre Stimme. »Und das bringt mich auf eine Idee...«

...

Im Fahrradgeschäft Dufour in Nîmes ist man spezialisiert auf Rennräder aller Preisklassen und Fabrikate. Da Rennradfahren in Frankreich als Breitensportart gilt, erfreut sich das Geschäft regen Zulaufs aus der näheren und weiteren Umgebung. Die fachgerechte Verkaufsberatung, der schnelle und kompetente Reparatur- und Wartungsservice sorgen schon seit Jahrzehnten dafür, daß Gaston Dufour und Söhne in ihrer Branche eine Monopolstellung innehaben.

Selbstverständlich sind die Kunden fast ausschließlich Männer. Männer aller Altersklassen und aus allen sozialen Schichten. Rennräder sind auf Männer zugeschnitten. Kleine Rahmengrößen gibt es selten, und sie werden hauptsächlich an Junioren verkauft. Verirrt sich dennoch eine Frau in diese geheiligte Sportdomäne, erfährt sie die gleiche zuvorkommende Behandlung und denselben Kundenservice wie die Männer.

Karen gehört zu Dufours Stammkunden. Vor drei Jahren hat sie hier ihr neues hochklassiges Pinarello-Rad gekauft, und die beiden Vorläufermodelle stammen ebenfalls aus diesem Laden. Man schätzt sie als sachkundig und sportlich. Zudem war Dufour beeindruckt und geschmeichelt, als Karen ihm ihre drei ins Französische übersetzten Romane mit einer persönlichen

Widmung überreicht hatte. Wenn sie ohne Voranmeldung ihr Rad zur Inspektion bringt, ist stets ein Termin für sie frei. Spätestens nach zwei Stunden kann sie ihr kostbares Stück wieder abholen. In der Zwischenzeit erledigt sie in Nîmes ihre Einkäufe, stöbert in den Buchhandlungen herum, besucht eine Ausstellung im Musée d'Art Contemporain oder geht in eine frühe Kinovorstellung.

Als Karen am späten Vormittag in Begleitung Louises ihr Pinarello in den Fahrradladen schiebt, dudelt aus dem Transistorradio in der Werkstatt laute Musik, die hin und wieder von der reißerischen Stimme des Moderators von Radio France Nîmes unterbrochen wird.

Der Laden ist leer, und Gaston Dufour begrüßt Karen mit Handschlag. Sein Gesicht, obwohl voller Runzeln und Falten, hat sich dennoch etwas Jungenhaftes bewahrt. Er grinst und wirft einen prüfenden Blick auf das Fahrrad.

»Na, irgend etwas nicht in Ordnung? Sie waren doch erst vor ein paar Wochen hier.«

Karen zeigt auf das große Zahnblatt und die gelockerten Schrauben.

»Das hab ich gestern zufällig entdeckt, als mich jemand darauf aufmerksam gemacht hat.«

Dufour beugt sich nach unten und berührt mit seinen Fingern die Inbusschrauben. Er stößt einen kurzen, spitzen Pfiff aus.

»Oh, là, là, da hat aber jemand ganze Arbeit geleistet.«

Karen blickt vielsagend zu Louise, die das Geschehen aufmerksam beobachtet.

»Was meinen Sie denn damit, Monsieur Dufour?«

Dufour verzieht skeptisch seinen Mund, überprüft nochmals die Schrauben und schüttelt dann den Kopf.

»Unmöglich, daß die sich von allein gelöst haben. Eine Schraube kann sich mal lockern, obwohl das selten ist und wir das Rad ja auch erst vor ein paar Wochen überholt haben. Aber alle fünf auf einmal? Und alle auf dieselbe Weise? Nein, nein. Da hat jemand daran herummanipuliert.«

»Sie meinen, jemand hat vorsätzlich und mit Absicht die Schrauben gelockert?« fragt Louise stirnrunzelnd.

»Genau das meine ich, Madame. Ich halte es für völlig ausgeschlossen, daß diese Schrauben sich durch die Fahrt lösen konnten. Selbst auf der schlimmsten Schotterstraße, auf der man ja mit diesen schmalen Reifen ohnehin nicht fahren könnte, würde das nicht passieren.«

»Das würde ja bedeuten, daß jemand bewußt in Kauf genommen hat, daß dadurch ein schwerer Sturz erfolgen könnte.«

»Das könnte man so sagen. Wohlgemerkt – beweisen kann ich das natürlich nicht, aber es spricht alles dafür.«

»Gut, Monsieur Dufour.« Karen bemüht sich, ihre Stimme nüchtern und sachlich klingen zu lassen. »Können Sie mir die Schrauben wieder festziehen, und kann ich darauf warten?«

»Aber natürlich. Wir checken auch noch mal die Gänge, und in zehn Minuten können Sie Ihr Rad wieder mitnehmen. Jean-Marie?«

Jean-Marie, der Monteur, schlendert aus der Werkstatt in den Laden, die Hände in den Taschen seines Blaumannes vergraben. Dufour übergibt ihm das Rad, erklärt, was zu machen ist, und wendet sich wieder an Karen.

»Darf ich Ihnen einen Kaffee anbieten?«

Louise und Karen setzen sich auf die beiden Korbstühle, die im Laden stehen. Aus der Werkstatt ertönt jetzt der Bolero von Ravel. Der Empfang aus dem Transistorradio ist verzerrt, die Melodie scheppert nach, und der Monteur pfeift mit.

Zwischen Karen und Louise fällt kein Wort. Beide machen sich ihre eigenen Gedanken, wer wohl an dem Rad herummanipuliert haben könnte. Unabhängig voneinander fällt ihr Verdacht auf eine Person.

...

Als Florence den Wagen unter der Platane vor Alain Roches Haus parkt, schaltet sie mitten im Refrain des Beatles-Songs *»All you need is love«* das Autoradio ab. Sie steigt aus, und die drückende Hitze des frühen Nachmittags schlägt ihr wie eine Faust entgegen.

Hoffentlich schläft er nicht, denkt sie, und hoffentlich ist er einigermaßen nüchtern.

Nach dem fünften Klingelzeichen hört sie im Hausflur schleppende Schritte. Als Alain die Tür öffnet, starrt er seine Vorgesetzte an, als sei sie eine Fremde. Florence sieht zwar, daß seine Augen glasig sind, aber er hält sich besser auf den Beinen, als sie vermutet hat. Er ist unrasiert, sein Körper und seine zerknitterte Kleidung riechen nach Alkohol und Männerschweiß.

Florence schiebt ihn resolut beiseite und betritt den Hausflur.

»*Patron*?« Alains Stimme klingt blechern und wie von weit her. Erst jetzt scheint er sich der Situation bewußt zu sein, daß die Kommissarin ihn privat aufsucht und ihn in dieser wenig schmeichelhaften Lage antrifft.

»Tut mir leid, daß ich, wie soll ich sagen …«

Florence unterbricht ihn.

»Sagen Sie gar nichts. Ich wollte mal nach dem Rechten sehen, Alain, und fragen, ob ich irgendwie helfen kann.«

Alain schüttelt den Kopf, schnieft und geht langsam ins Wohnzimmer. Auf dem Kiefernholztisch stehen eine leere Whiskyflasche und eine fast leere Ginflasche.

»Da kann niemand helfen. Sie ist einfach verschwunden, ich weiß nicht mal, wohin.«

Er läßt sich auf die Couch fallen und greift nach der Ginflasche, um sein Glas neu zu füllen. Florence nimmt ihm die Flasche aus der Hand, stellt sie zurück auf den Tisch und setzt sich in einen der Sessel ihm gegenüber.

»So. Nun erzählen Sie mal ganz von vorn. Wer ist denn der Kerl, mit dem sie abgehauen ist?«

»Keine Ahnung, *Patron*. Hier, lesen Sie das.« Er schiebt Florence den Zettel herüber, den Marie-France ihm hinterlassen hat.

»Du wirst dich wundern, daß ich weggehe, ohne Dir alles zu erklären. Aber da gibt es nichts zu erklären. Ich liebe Dich nicht mehr,

und deshalb ist es besser, wenn ich ehrlich bin und die Konsequenzen ziehe. Ich habe einen Mann gefunden, mit dem das Leben nicht in so eintönigen Bahnen verläuft wie mit Dir. Mach's gut, ich reiche die Scheidung ein. Ich hoffe, daß die finanziellen Dinge zwischen uns geregelt werden wie zwischen erwachsenen Menschen. Ich werde nicht zurückkommen, was auch immer geschieht. Marie-France.«

Florence legt den Brief auf den Tisch, atmet tief durch und lehnt sich zurück. Sie versucht sich Alains Leben vorzustellen in diesem kleinen, spießigen Reihenhaus am Stadtrand von Nîmes. Die Regelmäßigkeit eines Ehealltags, Zukunftspläne für die nächsten Jahre, festgefahrene Perspektiven. Alains Frau Marie-France, die ihr Blumengeschäft in der Stadt hat, Alain in seinem Job eines mittleren Beamten. Tag für Tag der gleiche Ablauf. Das Leben verplant, bis jegliche Spannung genommen ist. Alles ist vorhersehbar, Überraschungen sind nicht erwünscht, weil sie angst machen und die Pläne durchkreuzen. Und dann einer der Partner, der das Konzept über den Haufen wirft und ausbricht. Wie kann sie Alain klarmachen, daß die Reaktion seiner Frau nur verständlich ist vor dem Hintergrund dieser langweiligen Zukunftsplanung? Er würde es sowieso nicht verstehen, weil er sich keiner Schuld bewußt ist. Hier haben zwei Menschen, die offensichtlich nicht zueinander passen, versucht, eine gemeinsame Zukunft aufzubauen, und sind gescheitert.

»Soll ich Ihnen mal was sagen, Alain? Seien Sie froh, daß sie gegangen ist.«

Alain schluckt und reibt sich mit den Fingern die übermüdeten Augen.

»Das meine ich ernst«, fährt Florence fort. »Wie lange waren Sie verheiratet?«

»Vier Jahre«, sagt Alain leise.

»Ja, eben. Wenn eine Frau nach vier Jahren Ehe verschwindet und lediglich einen solchen Brief als Erklärung hinterläßt, ist das schon sehr bezeichnend. Ich würde sagen, daß es mit ihrer Liebe nicht weit her gewesen sein kann. »

»Wir hatten nie Streit, alles lief unheimlich harmonisch.«

Florence nickt.

»Ja, aber das ist nicht unbedingt ein Zeichen dafür, daß eine Verbindung auch wirklich glücklich ist. Streiten ist oft wichtig für eine Beziehung, weil dann Unzufriedenheiten und Kritik am Partner ausgetragen werden können.«

»Es ist ihr wahrscheinlich zu langweilig mit mir geworden.« Alain schluckt erneut.

Florence legt ihre Hand auf seinen Arm.

»Das Leben geht weiter, Alain. Vielleicht kommt sie ja zurück, und dann müssen Sie sich überlegen, wie Sie reagieren. Sie sollten sich natürlich auch fragen, welche Fehler *Sie* gemacht haben.«

»Sie kommt bestimmt nicht zurück. Ich kenne sie. Wenn sie sich einmal etwas in den Kopf gesetzt hat, zieht sie es auch durch.«

»Das wird man alles sehen. Im Moment sind Ihnen die Hände gebunden. Mir geht es darum, daß Sie nicht in ein riesengroßes Loch fallen. Und deshalb schlage ich vor, Sie gehen jetzt ins Bad, nehmen eine kalte Dusche, machen sich frisch. Und dann kommen Sie mit mir nach Montcastin. Dort spitzen sich die Dinge nämlich zu, und ich brauche Sie. Wir haben eine mysteriöse Mordgeschichte aufzuklären, und keiner von uns beiden kann jetzt aus privaten Gründen ausfallen.«

Alain reagiert nicht. Er hat den Kopf in beide Hände vergraben und sitzt in sich zusammengesunken auf der Couch. Hat er ihr überhaupt zugehört? Als Florence seine reglose Gestalt betrachtet, fällt ihr plötzlich auf, daß er eine starke Ähnlichkeit mit Blaschke hat, ihrem früheren Mitarbeiter in Berlin. Heinz Blaschke wurde zwei Jahre vor der Wende aus der Volkspolizei der DDR unehrenhaft entlassen, weil sein Sohn Republikflucht begangen hatte. Im Winter 89/90 bewarb er sich bei der Westberliner Kripo, einer der wenigen ehemaligen Vopos ohne peinliche Kaderakte. Komisch, daß sie das nicht früher bemerkt hat! Beide, Blaschke und Alain, haben die gleichen fettigen Haare, die gleichen wäßrigen Augen und die gleiche schlaffe Körperhaltung. Sie erinnert sich an Blaschkes Plattenbauwohnung im

Ostteil Berlins. Nach der Wende kauften er und seine Frau auch solche Möbel aus Kiefernholz, wie sie hier bei Alain stehen. Blaschke ist zwar beinahe fünfzehn Jahre älter als Alain, doch das verstärkt eher den Eindruck: Im Lauf der Jahre wird Alain ihm noch ähnlicher werden. Wenn man das Temperament eines Menschen anhand einer Farbskala bestimmen müßte, so würde man beiden die Farbe Grau oder Beige zuordnen. Etwas Unauffälliges, Langweiliges, Durchschnittliches. Doch Florence weiß, daß das Äußerlichkeiten sind. Denn sie hält Alain für einen guten Polizeibeamten, genauso wie sie Blaschkes effektive und loyale Arbeit immer geschätzt hat, obwohl er ihr mit seinen zynischen und häufig frauenfeindlichen Sprüchen oft genug auf die Nerven gegangen ist.

Ein kleines Lächeln huscht über ihr Gesicht. Was für eine Bedeutung mag das wohl haben, daß sie sich hier im Süden, eineinhalbtausend Kilometer von Berlin entfernt, exakt den gleichen Typ Mitarbeiter ausgesucht hat? Eine mögliche Antwort ist schnell gefunden. Wahrscheinlich sind Männer wie Blaschke und Alain in ihrer Arbeitsweise und ihrer Persönlichkeit die richtige Ergänzung für jemanden wie sie. Menschen mit unterschiedlichem Temperament sind ideale Partner im Beruf.

Als ahne Alain ihre Gedanken, lehnt er sich jetzt zurück und starrt Florence aus seinen glanzlosen Augen an. Plötzlich wirkt er geradezu erleichtert und versucht ein zaghaftes Lächeln, bevor er ruckhaft aufsteht und im Bad verschwindet.

Eine Viertelstunde später sitzt er frisch rasiert neben seiner Chefin im Wagen. In sauber gebügeltem, gelb-braun-gestreiftem kurzärmeligem Leinenhemd, beigen Jeans und eingehüllt in eine Wolke *Eau de toilette Mont St. Michel*, ein billiger Kaufhausduft. Seine verquollenen Augen hat er hinter einer Sonnenbrille getarnt.

Florence fährt in scharfem Tempo Richtung Uzès. Sachlich und konzentriert erörtert sie mit Alain die Fakten des Falles.

»Der Kaffeetest war positiv und die Dosis des Schlafmittels so, daß sie nicht tödlich gewesen wäre. Also hat der Mörder darauf spekuliert, daß das Mittel lediglich einschläfernd wirken würde. Der Täter muß also genau gewußt haben, wie die Planung des Jungen für diesen Abend ausgesehen hat, wann er zurückkommen wollte und demnach am Steuer seines Wagens sitzen würde. Das schaltet meines Erachtens die Möglichkeit aus, daß jemand außerhalb seines engsten Umfeldes für die Tat in Betracht kommt. Der Mörder ist im Kreis der Familie zu suchen. Außerdem habe ich bei Violette Lapaluts Arzt angerufen, diesem Dr. Millet. Er sagte mir, daß er ihr zwar alles mögliche an Schlafmitteln und Beruhigungspillen verschrieben hat, aber niemals ›Gardenal‹.«

Alain räuspert sich. »Das heißt also, daß Michel Lapalut gelogen hat, als er behauptete, seine Frau habe ›Gardenal‹ genommen.« Seine Stimme klingt noch schleppend, und seine Gedankengänge sind aufgrund des reichlichen Alkoholkonsums langsamer als sonst. Trotz seines Katers bemüht er sich angestrengt, dem Gespräch logisch zu folgen.

»Nicht unbedingt. Fest steht lediglich, daß Dr. Millet ihr das Mittel nicht verschrieben hat. Sie kann es sich auch anderswo besorgt haben.«

»Oder *er* hat es besorgt, um es seinem Sohn in den Kaffee zu schütten. Woher wußte er denn, daß dieses Schlafmittel in Ampullenform verabreicht wird?«

»Da haben Sie recht, Alain. Das kann er nur wissen, weil er das Mittel kennt.«

»Ja eben, *Patron*. Und deshalb glaube ich, daß er seinen Sohn vergiftet hat.«

»Die Frage ist, weshalb. Wenn wir die Struktur dieser Familie analysieren, stoßen wir auf das Motiv. Jeder in der Familie ist verdächtig. Natürlich auch Michel Lapaluts Mutter. Im übrigen habe ich bezüglich des Motivs bereits eine Idee.«

»Aha. Und die wäre?«

»Warten Sie's ab. Ich bin mir nicht ganz sicher, aber es könnte die Richtung sein.«

»Wieso machen Sie es so spannend, *Patron*?«

»Weil das bisher noch reine Spekulation ist. Gedulden Sie sich einfach noch ein bißchen.«

Alain nickt.

»Und wenn es doch seine Freundin war, die ihm das Gift in den Kaffee geschüttet hat? Vielleicht hat sie ihm ja auch den Kaffee gekocht.«

»Das glaube ich nicht. Erstens wäre sie dann nicht mit ihm nach Montpellier gefahren, das haben Sie gestern selbst sehr richtig erkannt. Zweitens haben die Lapaluts ja die Thermoskanne aufgrund unserer Beschreibung identifiziert. Der Vater sagte doch gestern, er habe die Kanne in der Plastiktüte gesehen, die Raymond mitgenommen hat. Alle Spuren führen also in die Familie.«

»Ich verstehe, *Patron*. Wenn der Vater der Täter wäre, hätte er nicht die Thermoskanne identifiziert und damit den Verdacht automatisch auf sich gelenkt.«

»Richtig. Er ist entweder tatsächlich unschuldig oder besonders raffiniert. Außerdem habe ich das Gefühl, daß er lügt. Angeblich ist seine Frau heute sehr früh aus dem Haus gegangen. Sie hat mich bis jetzt nicht zurückgerufen. Deswegen wird es höchste Zeit, daß wir mal nach dem Rechten sehen.«

Florence drosselt das Tempo, als sie durch Uzès fahren. Im Westen, über den Cevennen, zieht eine dunkle Wolkenwand auf.

»Da braut sich was zusammen«, sagt Florence und deutet auf den Himmel. »Kein Wunder bei der Schwüle.«

Alain nickt, räuspert sich erneut, trinkt einen Schluck aus der Wasserflasche, die er von zu Hause mitgenommen hat, und wischt sich den Schweiß von der Stirn.

»Ja, eine Abkühlung wäre gut. Ob ich noch ein Aspirin nehme? Die zwei Tabletten haben nicht viel geholfen.«

Florence nickt ihm aufmunternd zu. Alain holt aus seiner Hosentasche ein Röhrchen mit Aspirintabletten und schluckt zwei davon. Dann lehnt er sich zurück, schließt die Augen, und die beiden fahren schweigend Richtung Montcastin.

Nach einer Weile schaltet Alain das Autoradio an. Jacques Brel singt *»Ne me quitte pas«*, und Alain drückt rasch den Ausschaltknopf. Im Wagen ist es wieder still. Alain blickt aus dem

Fenster nach draußen, wo die Sommerlandschaft vorübereilt und die schwarzen Wolken über den Bergen sich immer mehr aufeinandertürmen.

10

Bewegungslos sitzen Nicole und Giulia auf der obersten Stufe der Treppe, die von der Eingangshalle zu ihrem Kinderzimmer in den ersten Stock führt. Giulia, die Jüngere von beiden, hat ihren Kopf an die Schulter der Schwester gepreßt. Tränen laufen ihr über die Wangen. Mit ihren zersausten kurzgeschnittenen schwarzen Locken und den zusammengezogenen Schultern sieht sie aus wie ein Vogeljunges, das man aus dem Nest gestoßen hat.

Nicole, mit ihren sieben Jahren drei Jahre älter als Giulia, legt ihren Arm um die Schulter der Schwester und lauscht nach unten. Die Stimmen hinter der geschlossenen Wohnzimmertür werden lauter.

»Das hast du doch gewußt, als wir dieses Haus gekauft haben und hierhergezogen sind!«

»Was hab ich gewußt?« Paolas Stimme klingt schrill und schneidend. »Daß ich mich auf einen Typen einlasse, der den ganzen Tag zu Hause rumsitzt? Im übrigen habe *ich* dieses Haus gekauft, vergiß das nicht.«

»Aber meine Arbeitskraft steckt drin!«

»Du hättest doch sonst mit deiner Zeit gar nichts anzufangen gewußt.«

»Wer liegt denn den ganzen Tag auf der faulen Haut und tut nichts? Madame ist es hier wohl nicht gut genug, was?!«

»Wenn du es genau wissen willst, ich langweile mich zu Tode. Du langweilst mich, und zwar schon lange. Dieses ganze schreckliche Dorf, die spießigen Leute, diese Einöde. Ich brauche die Stadt, *basta*.«

»Dann wärst du doch in Florenz geblieben. Ich hab dich nicht gezwungen, hierherzuziehen.«

»Nein, und es kann mich auch niemand zwingen, hier zu bleiben.«

Mit einem Ruck wird die Wohnzimmertür aufgestoßen, und die beiden Mädchen pressen sich noch enger gegen die Stufe. Sie können ihre Mutter nicht sehen. Mit klackenden Schritten durchquert sie die Halle und geht in die Küche, um ihre Handtasche zu holen, die auf einem der Stühle liegt.

Léon ist ihr gefolgt.

»Deswegen warst du also in den letzten Monaten so oft in Italien, ich verstehe! Ich will wissen, was zwischen diesem Kerl und dir gewesen ist.«

»Jemandem wie Aldo kannst du nicht das Wasser reichen.« Paola wirft diese Bemerkung hin wie die Trumpfkarte eines ohnehin gewonnenen Spiels. »Er ist das genaue Gegenteil von dir. Rücksichtsvoll, kultiviert... Einer, der weiß, was eine Frau braucht.«

Paola sieht Léon verächtlich an und will an ihm vorbei zurück ins Wohnzimmer.

»Ich wollte es dir schon vor ein paar Tagen sagen. Ich lasse mich scheiden. Ich gehe zurück nach Florenz. Die Kinder nehme ich mit.«

»So, du gehst zurück nach Florenz.« Léon hat einen leisen, gefährlichen Unterton in seiner Stimme.

»Ja, genau. Ich lasse dir zehntausend Francs auf dem Konto, damit du die nächsten Wochen überstehst. Dann mußt du dir was suchen.«

Léon reagiert nicht. Langsam kommt er auf sie zu.

»Um dich mit diesem Aldo zusammenzutun, und unsere Kinder nimmst du mit...« Plötzlich brüllt er los: »Nicht mit mir, du... du mieses Stück!«

»Was sagst du da zu mir?« Paola weicht einen Schritt zurück zur Wand.

»Was anderes bist du doch nicht. Fängst in aller Seelenruhe hinter meinem Rücken ein Verhältnis an! Im übrigen sind die

Kinder in Frankreich geboren und nach dem Gesetz französische Staatsbürger!«

Paola sieht die Wut in Léons Augen und spürt, wie die Angst in ihr hochsteigt. Ein Wahnsinniger, sie hat immer gewußt, daß er irgendwie durchgeknallt sein muß. Seine merkwürdige Angewohnheit, mitten in der Nacht aufzustehen und das Haus zu verlassen. Neulich hatte sie zufällig bemerkt, wie er über die Mauer der Engländerin gestiegen war und sich minutenlang in ihrem Hof aufgehalten hatte. Paola konnte das vom Badezimmerfenster aus beobachten. Sein unbändiger Haß auf diese Frau, den er bei jeder Gelegenheit zum Ausdruck bringt. Dabei hatte er sich vor zwei Jahren selbst in eine problematische Situation hineinmanövriert. Bei der Neuverlegung seiner Abwasserrohre hatte er die Straße aufgeschlagen, irrtümlicherweise die Kanalisationsrohre der Engländerin beschädigt und die Sache vertuscht. Nachdem die Straße wieder zugeschüttet war, kamen drei Tage später die Fäkalien bei der Engländerin durch die Toilette hoch. Durchs ganze Dorf hatte es damals gestunken. Natürlich kam alles heraus, doch Léon leugnete hartnäckig, daß er diesen Vorfall durch unsachgemäße Handwerksarbeit verursacht hatte. Seitdem war das Nachbarschaftsverhältnis gestört. Dabei fand Paola Karen durchaus sympathisch. Sie hatte jedes ihrer Bücher im englischen Original gelesen.

Damals hatte sie sich aus allem herausgehalten und Léon die Angelegenheit »regeln« lassen. Das war ein Fehler, so wie diese ganze Ehe ein Fehler ist. Wieso hatte sie nicht auf ihre Schwester Maria gehört, die seinerzeit in knappen Worten ein treffendes Psychogramm ihres zukünftigen Schwagers skizzierte? Da war er zum ersten Mal mit ihr in Florenz, und sie wollte ihn ihrer Familie vorstellen. Nie wird sie den starren Gesichtsausdruck ihres Vaters vergessen, der einer der angesehensten Anwälte der Stadt war, das erstaunte Kopfschütteln ihres Schwagers Luigi, des *Conte*, und die Warnung Marias, die Hände von diesem Mann zu lassen. Aber damals war sie verliebt in Léon. Zwar war er nicht ihr erster Mann, aber mit ihm hatte Sexualität zum ersten Mal Spaß gemacht. Er konnte zärtlich und leidenschaftlich sein und erfüllte ihr diffuses Bedürfnis nach romantischer Liebe; nach einer Liebe, die gegen alle Widerstände, vor allem die der Familie, durchgesetzt werden mußte.

Léon reißt sie abrupt aus ihren Erinnerungsfetzen, packt ihren Kopf, biegt ihn gegen die Wand und flüstert dicht an ihrem Ohr:

»Eher bringe ich die beiden um, als daß ich sie dir und diesem Dreckskerl Aldo überlasse, verstehst du?«

Mit einem Ruck befreit sich Paola aus seinem Griff und hastet die Treppe zum ersten Stock hoch. Dort bleibt sie wie erstarrt stehen.

»Nicole, Giulia, was macht ihr denn hier? Wie lange sitzt ihr schon auf der Treppe?« ruft sie auf italienisch.

Unten wird die Wohnzimmertür zugeschlagen. Paola beugt sich zu ihren Töchtern und nimmt sie in die Arme. Sie hat Mühe, ihre Tränen zurückzuhalten. »Kommt, ihr beiden, ich packe euch ein paar Sachen zusammen. Beeilt euch! Wir fahren nach Florenz.«

»Und Papa?« Nicole sieht ihre Mutter traurig an. »Bleibt der hier?«

»Das erkläre ich euch alles später. Ihr seid noch zu klein dazu. Ihr fahrt mit *Mamma*. Kleine Mädchen gehören zu ihrer *Mamma, basta*.«

Sie zerrt ihre Kinder von der Treppe, geht rasch mit ihnen ins Kinderzimmer und sucht wahllos einige Spielsachen zusammen, T-Shirts, Shorts, Röckchen, Unterwäsche. Sie stopft alles in die Rucksäcke der Kinder, schließt die Reißverschlüsse und versucht ein Lächeln.

»*Alora*. Und jetzt packe ich meine Sachen. Wollt ihr mir dabei helfen?«

Giulia sieht ihre Schwester unschlüssig an. Diese nickt vehement, nimmt Giulias Hand, und die beiden trotten hinter Paola ins elterliche Schlafzimmer. In der Ferne ist das erste Donnergrollen zu hören.

»Ich hab Angst«, flüstert Giulia ihrer Schwester zu und fängt wieder an zu weinen. Paola, die aus ihrem Kleiderschrank Blusen, Röcke, Jeans und Schuhe in eine dunkelrote lederne Reisetasche wirft, dreht sich um.

»Kein Grund zum Weinen, mein Schatz! Oder habt ihr etwa Angst vor dem Gewitter?«

Sie wartet die Antwort gar nicht ab, sondern wendet sich wieder ihrer Packerei zu. Hat sie alles? Geld, Scheckbuch und Kreditkarten sind in ihrer Handtasche, die sie wohlweislich mit nach oben gebracht hat, man weiß ja nie. Der Autoschlüssel steckt in der Tasche ihrer schwarzen Jeans. Und das Gewitter? Sie wirft einen flüchtigen Blick aus dem Schlafzimmerfenster. Wie ein Stück dunkle Folie scheint der Himmel an den Scheiben zu kleben. Ach was, das Gewitter! Überall ist sie sicherer als in diesem Haus. Léon ist unberechenbar, so viel ist klar. Wer weiß, wozu er fähig ist. Es gibt nur eines: so schnell wie möglich entfliehen. Die Kinder ins Auto packen, und dann auf Nimmerwiedersehen, Montcastin.

Wie hatte sie nur je auf die Idee kommen können, sich in dieses gottverlassene Nest verschlagen zu lassen?

...

Eine plötzliche Windbö kommt auf und wirbelt den Staub der Straße hoch, vermischt mit trockenen, durch die sengende Sonne der letzten Wochen zu früh von den Bäumen gefallenen Blättern. Der Himmel ist blauschwarz. Langsam fährt Florence die kurvige Dorfstraße nach Montcastin hoch und parkt vor den Briefkästen.

»Wir müssen uns beeilen, Alain, es geht gleich los. Ich habe nämlich keinen Schirm im Auto.« Sie wirft einen kurzen Blick auf ihren Assistenten. »Wollen Sie nicht endlich Ihre Sonnenbrille abnehmen?«

Alain schüttelt den Kopf.

»Was ich sehen muß, sehe ich, *Patron*. Machen Sie sich deswegen keine Sorgen. Ich fühle mich wohler so.«

Sie verlassen den Wagen und machen sich eilig auf den Weg zu Michel Lapaluts Haus.

Als sie die Dorfstraße entlanggehen, kommt aus einem der Häuser eine schlanke, dunkelhaarige Frau gestürzt. Sie hält eine Reisetasche sowie zwei Kinderrucksäcke in den Händen und prallt beinahe mit Florence zusammen.

»Oh, pardon«, sagt Florence. »Sie scheinen es ja sehr eilig zu haben.«

»Allerdings«, antwortet die Frau hastig, dreht sich um und ruft: »Na, kommt schon, ihr beiden, das Gewitter geht gleich los!«

Sie öffnet die Autotür eines dunkelgrünen Alfa Romeo, der vor dem Haus parkt, wirft die Gepäckstücke auf den Vordersitz und macht eine der hinteren Türen auf.

Aus dem Haus kommen zwei kleine Mädchen angerannt, klettern auf die Kindersitze im Fond des Wagens und recken ihre Hälse noch einmal nach hinten. Sie sehen, daß ihr Vater vor der Tür steht, sein Gesicht ist ausdruckslos. Als der Wagen gestartet wird, die Frau ihn wendet und dann mit knirschenden Reifen die Dorfstraße hinunterfährt, ruft der Mann ihnen nach: »Du brauchst gar nicht wiederzukommen, nie mehr!«

Doch das Auto ist bereits um die Ecke gebogen. Mit einem kräftigen Fluch auf den Lippen geht Léon ins Haus zurück, ohne Florence und Alain zu beachten, die auf der Dorfstraße stehengeblieben sind.

Florence lächelt und stößt Alain freundschaftlich mit dem Ellbogen an.

»Sehen Sie, Alain, so was passiert überall. Sie sind nicht der einzige.«

Alain versucht ein schiefes Lächeln.

»Was meinen Sie, *Patron* – hat sie ihn verlassen, oder hat er sie rausgeschmissen?«

»Kleine kriminalistische Frage: Welchen Eindruck hatten Sie denn von den beiden?«

»Sie schien ziemlich entschlossen zu sein, er hingegen eher sauer.«

»So sehe ich das auch. Ihre Frage wäre also damit beantwortet.«

Sie beschleunigen ihre Schritte, und Alain steckt die Sonnenbrille in die Brusttasche seines Hemdes. Seine Augen sind zu rotumränderten Schlitzen zusammengezogen.

In Michel Lapaluts Haus ist alles still. Florence klingelt, und auch nach mehrfachem Läuten öffnet niemand.

»Monsieur Lapalut?« ruft Alain und versucht, durch die Glasscheiben der Eingangstür zu spähen. »Offenbar niemand zu Hause. Was machen wir jetzt?«

»Kommen Sie.« Florence geht die Eingangsstufen hinunter auf die Straße. Alain folgt ihr zögernd. »Wir gehen zur Mutter beziehungsweise Schwiegermutter. Vielleicht ist er dort.«

Wenig später öffnet Florence das Gattertor zu Thérèse Lapaluts Haus und klingelt an der Tür. Die ersten Regentropfen fallen, groß wie Fünffrancstücke. Aus dem Tal schwillt das Geräusch des Windes zu einem tiefen Heulton an, und Blitze jagen den Himmel entlang, gefolgt von schweren Donnerschlägen.

Für Sekundenbruchteile sieht Florence ein Bild aus ihrer Kindheit: Im Spätsommer war sie mit ihrem Großvater Chastanier auf einer Wanderung am Mont Ventoux. In den Tälern leuchteten die blühenden Lavendelfelder bis an den Horizont. Der Großvater trug einen Rucksack, und bei steilen Passagen reichte er ihr seine warme, schwielige Hand. Eine Vertrautheit ging davon aus und das Gefühl absoluter Geborgenheit. Plötzlich zog ein Gewitter auf. Es blieb keine Zeit für den Abstieg, und eine Hütte oder ein *Bori*, ein steinerner Schäferunterschlupf, war nicht in Sicht. Wolkenbruchartiger Regen prasselte auf die beiden nieder, der Wind durchpeitschte die Ginsterbüsche und das Heidekraut an den Steilhängen. Blitz und Donner waren so nah, daß es nur eine Frage der Zeit sein konnte, bis die beiden Wanderer niedergestreckt würden. Der Großvater suchte die Gegend mit seinen klaren hellbraunen Augen nach einem sicheren Plätzchen ab, einem Felsvorsprung, irgend etwas. Und wie durch ein Wunder entdeckte er eine Höhle. Keuchend brachten sie sich in Sicherheit, bis auf die Haut durchnäßt. Eine von Steinen gesäumte alte Feuerstelle ließ darauf schließen, daß hier ein Schäfer genächtigt oder ein Jäger vor einem Regenguß Schutz gesucht hatte. Draußen tobte ein schweres Unwetter. Die Donnerschläge wurden von den Felshängen als tausendfaches Echo zurückgeworfen, und der Regen bildete einen dichten Perlenvorhang vor dem Eingang der Höhle, der im Wind hin- und herzuwehen schien. Dann öffnete der Großvater die Thermosflasche und goß heißen, süßen Milchkaffee in den Becher. Es war das erste Mal, daß Florence Kaffee trank. Sie war zehn Jahre alt, und das wunderbare Gefühl, dem Tod noch einmal entronnen zu sein, nahm von ihr Besitz.

Thérèse Lapalut öffnet jetzt die Haustür. An ihrem Blick, den sie sofort wieder unter Kontrolle hat, sieht Florence, daß sie weiß, wer die beiden Besucher sind. Dennoch sagt sie:

»Ja bitte, Sie wünschen?«

»Polizei.« Alain zieht seinen Dienstausweis aus der Gesäßtasche und hält ihn Thérèse unter die Nase. »Ist Ihr Sohn bei Ihnen, Madame Lapalut?«

»Nein. Er müßte eigentlich zu Hause sein.«

»Da ist er aber nicht.« Florence sieht Thérèse scharf an. »Und Ihre Schwiegertochter?«

»Ist die auch nicht zu Hause?« fragt Thérèse erstaunt.

»Anscheinend nicht. Dürfen wir einen Moment hereinkommen?« fragt Florence. Thérése tritt wortlos zur Seite, um die beiden eintreten zu lassen.

...

Als Louise mit Karen am frühen Nachmittag aus Nîmes zurückkehrte, war von Jeanne d'Arc nichts zu sehen. Das Thunfisch-Trockenfutter, das sie ihr hingestellt hatte, stand unberührt da. Die Katze war verschwunden, und auch als Louise nach ihr rief, tat sich nichts.

»Sie wird irgendwo im Unterholz auf Streifzügen sein«, sagte Karen. »Wenn sie Hunger hat, taucht sie schon wieder auf.«

Jeanne d'Arc kennt Gewitter, und normalerweise kommt sie beim ersten, noch ganz entfernten Donnergrollen angeflitzt.

Doch heute ist es anders. Schon seit einer halben Stunde regnet es wie aus Kübeln, und keine Spur von der Katze.

Jetzt hält es Louise nicht länger im Haus, und sie beschließt, sich auf die Suche zu machen. Sie zieht ihre gelbe Goretexjacke an, stülpt die Kapuze über den Kopf und knöpft sie zu. Aus der Abstellkammer holt sie die Gummistiefel und schlüpft hinein. Dann lauscht sie nach draußen. Das Gewitter scheint sich zu entfernen, und Louise verläßt das Haus.

Das Wasser flutet die Dorfstraße hinunter ins Tal. Der Regen läßt plötzlich nach. Schwarz glänzt der Asphalt wie frischer Teer. Louise muß aufpassen, daß sie nicht rutscht. In regelmäßigen Abständen ruft sie nach Jeanne d'Arc. Sie kommt an Thérèses Haus vorbei, dann an Karens. Erneut ruft sie nach der Katze.

Bei den Briefkästen sieht sie den Dienstwagen der Polizei stehen. Doch ihre Gedanken verweilen nicht bei dem mysteriösen Todesfall, sondern stürzen sich in angstvolle Schreckensvisionen: Jeanne d'Arc, erschlagen von einem sich durch die Wassermassen lösenden Felsbrocken. Oder verletzt, jammernd und halb zerquetscht irgendwo im Unterholz, in das sie sich noch schleppen konnte. Hilflos und den nahen Tod vor Augen, allein den Naturgewalten ausgeliefert...

Eine Gestalt kommt die Dorfstraße hochgerannt. Aus der Nähe erkennt Louise, daß es Sarah ist, die Schwester des toten Raymond. Das Mickymaus-T-Shirt klebt ihr am Körper, und die langen blonden Haare hängen ihr naß und strähnig ins Gesicht. Sie murmelt einen kurzen Gruß und will schnell an Louise vorbeieilen. Ihre Brillengläser sind beschlagen.

Als Louise ihre Hand auf Sarahs Schulter legt, zuckt diese zusammen.

»Sarah, hast du zufällig Jeanne d'Arc gesehen?«

»Wen?!« Sarah starrt Louise entgeistert an.

»Meine Katze. Sie ist schwarz und ziemlich groß.«

»Nein, tut mir leid, ich hab keine Katze gesehen. Bei so einem Wetter sind Katzen doch auch bestimmt nicht draußen. Sie hat sich sicher irgendwo versteckt, bis das Gewitter vorbei ist.«

»Hoffentlich.« Louise geht weiter und dreht sich noch einmal kurz um. Sarah hastet die Dorfstraße hoch, auf dem Weg in ihr Elternhaus, in dem sich zweifellos viele mysteriöse Dinge ereignen.

Bei den Mülltonnen fesselt ein Gegenstand Louises Aufmerksamkeit. Ein hellbraunes Glasröhrchen. Nein, eine Ampulle! Eine leere Ampulle. Sie liegt in einer Pfütze unter einem der Container. Louise nimmt ein Taschentuch aus ihrer Jacke und hebt das Fundstück vorsichtig auf. Sie wickelt es ein und verstaut es in ihrer Seitentasche. Einen Moment zögert Louise, doch dann entschließt sie sich, erst einmal zurück nach Hause zu gehen, um Florence telefonisch über ihren Fund zu unterrichten. Danach würde sie weiter nach ihrer Katze suchen.

...

Michel sitzt am Wohnzimmertisch, den Kopf in beide Hände vergraben. Das braune, zum Pferdeschwanz gebundene Haar fällt seitlich über seine Arme. In der Tasse ist der Kaffee kalt geworden. Auf dem Tisch liegt ein Stapel Traueranzeigen, die er am Vormittag in Uzès hatte drucken lassen. Den Bibelspruch fand er zwar wenig originell, aber Thérèse, seine Mutter, hatte darauf bestanden. *»Der Herr hat ihn uns gegeben, der Herr hat ihn uns genommen.«* Das stand seinerzeit auch auf der Todesanzeige seines Vaters.

Heute ist Mittwoch, und Freitag soll die Beerdigung sein. Ein Amtsbruder der Glaubensgemeinschaft seines Vaters aus der Gemeinde Montpellier wird die Trauerrede halten und für ein christliches Begräbnis Sorge tragen.

Michels Gedanken haben sich zu einem zähen Knäuel zusammengeballt, das nicht mehr zu entwirren ist. Wie lange sitzt er schon hier in diesem dunklen Zimmer? Der Regen, der klatschend gegen die Scheiben schlägt, scheint schon seit Ewigkeiten zu fallen. Als es vorhin klingelte, hat er nicht aufgemacht. Er hatte die Stimme des Inspektors und die der Kommissarin erkannt. Wie lange ist das her? Jegliches Zeitgefühl ist ihm abhanden gekommen. Sein Leben ist in tausend Stücke zersplittert, die alle nicht zueinander passen. Was war gestern und vorgestern? Raymond ist verunglückt, gestorben. Nur noch ein Haufen Knochen, Blut und Fleischfetzen sind von ihm übriggeblieben. Wenige Stunden, nachdem er mit seinem unwiderstehlichen jungen Lächeln in der Küche gestanden hatte, fertig zum Aufbruch nach Montpellier.

Plötzlich stellt sich der Kühlschrank in der Küche mit einem tiefen Brummton ab. Offenbar ist der Strom ausgefallen. Michel reagiert nicht. Es ist, als wolle er seinen Kopf nie mehr heben, damit er der schmerzenden, brutalen Wahrheit nicht ins Gesicht sehen muß.

Auch als die Haustür geöffnet wird und Sarah kurz darauf ins Wohnzimmer kommt, rührt er sich nicht.

Sarah bleibt einen Moment an der Tür stehen, und das Wasser, das an ihr heruntertropft, sammelt sich auf dem Steinfußboden zu einer Lache. Ihre Stimme bebt, als sie sagt:

»Ist sie wieder da?«

Wie aus einem wirren Traum erwachend, schreckt Michel hoch.

»Was?«

»Ob Maman wieder da ist.«

Michel schüttelt den Kopf.

»Nein. Ich hab überall nach ihr gesucht, bis das Gewitter losging. Gleich heute mittag, als ich aus Uzès zurückkam, bin ich bis zur Schlucht gegangen und sogar den Weg zum verlassenen Dorf. Keine Spur von ihr.«

Sarah schluckt und kämpft mit den Tränen.

»Ihr ist sicher was passiert.«

»Was soll ihr denn passiert sein?«

»Vielleicht hat sie sich verletzt und liegt irgendwo, hilflos, und keiner hört sie rufen. Ich verstehe nicht, daß du hier so ruhig sitzt!«

Michel dreht sich ruckartig zu ihr um.

»Was soll ich denn machen bei diesem Unwetter? Das ist doch lebensgefährlich. In ein paar Stunden ist sie bestimmt wieder da. Wahrscheinlich hat sie irgendwo Schutz vor dem Gewitter gesucht.«

»Wenn sie heute abend nicht wiederkommt, müssen wir die Polizei benachrichtigen.«

Michel steht auf und geht in die Küche.

»Ja, ja. Wenn sie bis morgen früh nicht zurück ist, bleibt uns wohl nichts anderes übrig.«

»Die Polizei ist schon im Dorf.«

»Wie kommst du darauf?«

»Ich hab den Wagen gesehen, er steht bei den Briefkästen. Mit dem waren sie gestern auch da.«

Im schummrigen Halbdunkel der Küche nimmt Michel ein Glas aus dem Küchenschrank, läßt kaltes Leitungswasser hineinlaufen und sucht aus der Schublade ein Röhrchen Aspirintabletten. Seit Stunden schon hat er rasende Kopfschmerzen. Während er zwei Brausetabletten ins Glas wirft, wird ihm klar, wo die Polizei hingegangen ist. Michel trinkt das Wasser mit den aufgelösten Tabletten in einem Zug aus und geht zum Telefon.

Nachdem er die Nummer seiner Mutter gewählt hat und am anderen Ende abgenommen wird, sagt er:

»Sind sie bei dir?«

Er wartet die kurze Antwort ab, wiegt den Kopf und atmet tief durch. Dann legt er den Hörer auf.

Sarah hat die ganze Zeit hinter ihm gestanden und ihn beobachtet.

Michel knallt das Tablettenröhrchen in die Schublade.

»Herrgott, was stehst du hier eigentlich rum? Zieh dir trockene Sachen an! Deine Mutter wird schon wieder auftauchen. Und wenn ich ehrlich bin, habe ich heute mal richtig aufgeatmet, daß sie nicht da war. Es war eine himmlische Ruhe im Haus.«

»Ich dachte, du warst sie suchen?«

»Ja, das war ich auch!« Michels Stimme wird lauter. »Was soll denn diese Frage?«

Sarah antwortet nicht, sondern dreht sich um und verläßt die Küche. Tränen laufen ihr die Wangen herunter auf den noch regennassen Hals. Doch Michel sieht es nicht. Er ist wieder in seine diffuse Gedankenwelt eingetaucht, wie ein Schwimmer, der hastig dunkle Gewässer durchquert, um eine ferne, schemenhafte Insel anzusteuern.

In ihrem Zimmer wechselt Sarah ihre nassen Kleider und wirft sich aufs Bett. Sie versucht, ihre Gedanken zu ordnen. Irgend etwas muß sie unternehmen, aber was? Ihre Mutter ist wie vom Erdboden verschluckt, ihr Vater rührt keinen Finger, und ihr Bruder Raymond ist tot. An wen soll sie sich wenden, mit wem reden? Mit ihrer Großmutter? Unmöglich. Auch die hatte Raymond immer vorgezogen. Soll sie sich der Kommissarin aus Nîmes anvertrauen? Doch was sollte sie ihr erzählen? Von ihrer Einsamkeit in all den Jahren? Von der Bitternis, die Begabtere zu sein, jedoch die Zweitgeborene und nur ein Mädchen? Sie erinnert sich, daß ihre Mutter früher durchaus liebevoll war. Sie sangen zusammen okzitanische Volksweisen, und Violette las ihr abends im Bett Geschichten vor. Doch das liegt lange zurück. Als ihre Mutter zu trinken anfing, kam sie gerade in die zweite Klasse.

Ihr Vater hat sie nie in den Arm genommen, hat nie mit ihr gespielt, als sie Kind war. Seine Liebe galt ausschließlich Raymond. Er verwöhnte ihn, gab ihm reichlich Taschengeld und erfüllte ihm jeden Wunsch. Sarah kann sich nicht entsinnen, daß Michel einmal streng mit seinem Sohn gewesen ist, geschweige denn, daß er ihn je geschlagen hätte. Während sie sich heute noch an den Tag erinnert, als Michel ihr eine kräftige Tracht Prügel verpaßt hat. Es war ein kalter Wintertag mit heftigem Schneetreiben, und sie war in den Keller gekommen, um ihrem Vater ein Bild zu zeigen, das sie in der Vorschule gemalt hatte. Michel flippte regelrecht aus und schrie sie an: »Hab ich dir nicht gesagt, daß du nicht in den Keller kommen sollst?« Er hatte sie nach draußen auf die Straße gezerrt und so heftig auf sie eingeschlagen, daß ihr lautes Geschrei Violette alarmierte, die aus dem Haus gelaufen kam und sich dazwischen warf. Da war sie vier Jahre alt.

Als sie klein waren, spielte Raymond ihr gegenüber oft seine bevorzugte Stellung als Liebling des Vaters weidlich aus. Manchmal hatte sie einen unbändigen Haß auf ihn verspürt. Wut, die sie unterdrücken mußte. Verzweiflung, die sie nicht zeigen durfte. Alles hatte sie geschluckt, nie rebelliert; und das war sicher ein Fehler. Schon als Kind galt sie als unproblematisch und pflegeleicht. Sie war einfach nur da, ohne großes Interesse hervorzurufen. Vergeblich versuchte sie auf ihre Weise, die Aufmerksamkeit der Eltern hin und wieder auf sich zu ziehen. Von Anfang an brachte sie gute Zensuren nach Hause, wurde jedes Jahr als beste Schülerin des Départements ausgezeichnet.

Schwerfällig erhebt sich Sarah von ihrem Bett. Nein, das alles würde sie der Kommissarin nicht erzählen können. Es würde ja auch nichts ändern. Raymond würde nicht wieder lebendig, und das, was in der Vergangenheit geschehen war, kann man nicht rückgängig machen.

Wo mag ihre Mutter nur sein? Was soll sie tun? Sie muß etwas unternehmen, diesen Zustand der Lähmung und Ohnmacht überwinden... Doch etwas hält sie davon ab. Es ist die entsetzliche Angst, die in ihr hochkriecht und ihr Herz zusammenpreßt.

11

Die Nacht ist längst hereingebrochen. Im Restaurant und Café *Les deux amis* in St. Sylvestre poliert der Wirt mit einem Lappen den kupfernen Tresen. Als er fertig ist, wirft er einen Blick zu dem Tisch im hinteren Teil des Raumes, wo die einzigen Gäste sitzen.

»Ich gehe jetzt mal nach hinten. Was essen. Wenn Sie noch einen Wunsch haben, geben Sie Bescheid.«

Er verschwindet durch eine Tür mit einem Fliegenvorhang neben dem Tresen.

»Ja, machen wir«, ruft Alain Roche ihm nach. Er schiebt seinen leeren Teller weg. Die provenzalische *Daube*, eine Art mürbe geschmortes Rindergulasch mit Tomaten, Zwiebeln, Kartoffeln und Zucchini, war köstlich.

Florence ist längst fertig mit essen. Sie hatte das Trüffelomelett bestellt, dazu einen gemischten Salat. Jetzt schenkt sie sich und Alain noch einmal Rotwein nach, einen *Syrah* von der Domaine St. Anne in St. Gervais.

Sie räuspert sich und lehnt sich bequem zurück.

»Also, fassen wir mal zusammen, Alain. Jetzt sind wir beide gestärkt, und ich glaube, wir sind auch ein Stück weiter.« Sie zieht einen kleinen Plastikbeutel aus ihrer Handtasche und betrachtet die darin verstaute Ampulle.

»Das ist ja schon mehr als Glück oder Zufall, daß Dr. Martin dies hier gefunden hat. Sie war sich ganz sicher, daß das eine ›Gardenal‹-Ampulle ist. Mal sehen, ob das Labor morgen irgend etwas findet. Fingerabdrücke, Hautpartikel und so weiter.«

»Hoffentlich! Die Kollegen bekommen eine Menge zu tun. Da wir nun auch Thérèse Lapaluts Fingerabdrücke haben, ist ja die ganze Familie erfaßt.«

Florence lacht.

»Das war eine gute Idee, Alain, den Kaffeelöffel einzustecken. Vergessen Sie aber nicht, ihn nach der Laboranalyse zurückzugeben. Sonst heißt es noch, die Polizei stehle silberne Löffel!«

Alain trinkt einen kräftigen Schluck aus seinem Glas. Wie durch ein Wunder haben sich seine Augen auf ihre normale Größe zurückentwickelt, und er scheint sowohl seinen Kater als auch die Katzenallergie überwunden zu haben.

»Stutzig wurde ich, als das Telefon klingelte und sie nur ja sagte und gleich wieder auflegte. Da war mir klar, daß das ihr Sohn sein mußte«, sagt Alain.

»Allerdings. Er hat gesehen oder gehört, daß wir zu ihm wollten, und einfach nicht geöffnet.«

»Und direkt danach betonte sie, daß ihr Sohn Raymond unmöglich umgebracht haben kann, weil er ihn abgöttisch geliebt hat.«

»Ja, und dann hat Thérèse Lapalut ihrer Schwiegertochter den Mord in die Schuhe geschoben.« Florence nippt an ihrem Glas. »Und scheinbar paßt ja auch alles zusammen: Sie war eifersüchtig auf ihren Sohn, der vom Vater so geliebt wurde; nach seinem Tod war sie wie verwandelt, als ob sie erleichtert sei. Dann ihr plötzliches Verschwinden, ihre angeblichen Selbstmordpläne ... Was halten Sie davon?«

Alain runzelt die Stirn und denkt einen Moment nach.

»Sie ist offenbar tatsächlich seit heute morgen verschwunden. Das hat die Tochter uns ja vorhin am Telefon bestätigt. Man fragt sich allerdings, wo sie hingegangen ist. Wenn sie ihren Sohn vergiftet hat, ist sie vielleicht irgendwo untergetaucht. Möglicherweise ist sie mit dem Bus nach Uzès gefahren.«

»Ja, das wäre möglich. Prüfen Sie das nach, Alain. Die Tochter scheint sich als einzige Sorgen zu machen. Weder der Ehemann noch die Schwiegermutter waren beunruhigt. Schon eigenartig. Ich frage mich, was sie mit mir besprechen wollte.«

»Wir hätten den Ehemann vorhin vielleicht doch noch mal in die Mangel nehmen sollen, *Patron*. Der hat irgend etwas zu verbergen. Sonst hätte er ja die Tür geöffnet.«

Florence blickt nachdenklich in ihr Glas.

»Leider haben wir bisher nichts in der Hand, das uns berechtigt, ihn gegen seinen Willen zu befragen. Wir kommen erst dann weiter, wenn wir uns die Beziehungen der einzelnen Familienmitglieder zueinander vor Augen führen. Das Verhältnis der beiden Eheleute, der Eltern des Toten, scheint mir klar zu sein: brüchig bis kaputt. Die Frau trinkt, beide Partner bezichtigen sich gegenseitig, schuld am Tod des Sohnes zu haben.«

Alain kratzt sich am Kopf.

»Das Verhältnis dieses Michel zu seiner Mutter Thérèse Lapalut ist ebenfalls klar. Sie hält durch dick und dünn zu ihm, und beide hetzen gemeinsam gegen die Ehefrau und Schwiegertochter.«

»Mit anderen Worten«, sagt Florence und nippt erneut an ihrem Glas, »Violette Lapalut muß sich völlig isoliert und vereinsamt in der Familie fühlen, umgeben von Menschen, die gemeinsam Front gegen sie machen.«

»Vielleicht hat sie ein gutes Verhältnis zu ihrer Tochter.«

»Möglich. Doch das ersetzt nicht das Vertrauensverhältnis, das Eheleute normalerweise zueinander haben sollten.«

»Die Frage bleibt, welches Verhältnis sie zu ihrem Sohn hatte.«

»Für mich ist die Frage viel wichtiger, welches Verhältnis der *Vater* zu seinem Sohn hatte«, entgegnet Florence und sieht Alain bedeutungsvoll an.

Alain beugt sich vor und senkt unwillkürlich seine Stimme. »Wie meinen Sie das, *Patron*?«

»Überlegen Sie doch mal. Ein Vater liebt seinen Sohn abgöttisch. Thérèse sagte, er wäre sein ein und alles gewesen. Darunter leidet offenbar der ganze Rest der Familie. Die Schwester wird zum Überflieger in der Schule, um wenigstens etwas Aufmerksamkeit zu Hause zu bekommen. Und die Mutter fängt an zu trinken und Tabletten zu schlucken. Glauben Sie, daß eine Mutter zur Alkoholikerin wird, wenn ihr Mann ein ganz normales, liebevolles Verhältnis zu ihrem gemeinsamen Sohn hat?«

»Sie meinen, daß er...?« Alain spricht den Satz nicht zu Ende.

»Und wissen Sie, was Louise Martin mir vorhin noch sagte, als sie mir die Ampulle gab? Daß Michel Lapalut vor ein paar Jahren auf der Fête Votive hier in St. Sylvestre mit seinem Sohn auf einer Bank gesessen, den ganzen Abend den Arm um ihn gelegt und ihn sogar auf den Mund geküßt hat, obwohl seine Frau und seine Tochter auch auf dem Fest waren. Da war Raymond dreizehn oder vierzehn.«

»Also Inzest«, sagt Alain leise und verschränkt die Arme hinter dem Kopf.

»Möglicherweise. Da könnte das Motiv für den Mord liegen.«

»Aber dann käme ja tatsächlich nur die Mutter in Frage, der Vater würde doch seinen geliebten Sohn nicht umbringen.«

»Oder die Schwiegermutter. Vielleicht hat sie etwas geahnt und wurde von Violette unter Druck gesetzt. Oder der Junge drohte, alles ans Licht zu bringen, wer weiß? Und vergessen wir nicht Sarah, Raymonds Schwester. Auch sie hätte ein Motiv.«

Alain schüttelt energisch den Kopf.

»Ich sagte gestern schon, daß ich nicht glaube, daß eine Schwester ihren Bruder umbringt, nur weil er zu Hause bevorzugt wird. Ich hatte auch eine ältere Schwester, die viel besser in der Schule war als ich. Meine Eltern haben sie immer vorgezogen. Für mich war das damals natürlich schwer. Ich habe ziemlich darunter gelitten und oft versucht, ihr eins auszuwischen. Aber Mordgedanken? Nein, wirklich nicht, *Patron.*«

»Die Menschen sind nicht alle gleich, Alain.«

»Dann müßte sie sich ja mit dem Schlafmittel ausgekannt haben.«

»Wenn ihre Mutter es genommen hat, wäre das durchaus möglich.«

»Der Hausarzt hat es Violette Lapalut aber nicht verschrieben.«

»Dann müssen wir eben herausfinden, wer es ihr sonst noch verschrieben haben könnte. Hängen Sie sich morgen ans Telefon, Alain. So viele Ärzte kann es ja im Département nicht geben.«

Alain setzt sein schiefes Lächeln auf.

»Hoffentlich nicht, *Patron.*«

»Alles konzentriert sich jedenfalls auf das Schlafmittel. Solange wir nicht wissen, wer es wo und unter welchen Umständen besorgt hat, treten wir auf der Stelle. Wir haben vier potentielle Verdächtige. Vielleicht ist die Ampulle das entscheidende Indiz. Alles hängt von den Fingerabdrücken ab.« Florence wirft einen Blick auf ihre Uhr. »Du meine Güte, es ist ja schon nach zehn. Lassen Sie uns zahlen, Alain, und dann fahre ich Sie nach

Hause. Morgen kommen Sie ja wieder mit Ihrem eigenen Wagen.«

Eine knappe Stunde später setzt sie Alain Roche vor seinem okzitanischen Bungalow ab. Im Haus ist es stockfinster.

»Sehen Sie, ich hab's ja gewußt. Sie kommt nicht zurück.«

»Jetzt fallen Sie nicht wieder in ein schwarzes Loch, Alain! Genehmigen Sie sich ein heißes Bad, meinetwegen noch ein Glas Rotwein, und dann legen Sie sich ins Bett. Sie werden tief und fest schlafen, und morgen ist ein neuer Tag.«

»Danke, *Patron*. Für alles.« Alain nimmt die Hand seiner vorgesetzten Kommissarin und drückt sie fest. Dann geht er rasch ins Haus.

Florence wendet den Wagen und fährt nach Les Oliviers. Es ist spät geworden, und die Sehnsucht, Cathérine zu sehen, mit ihr zu reden und mit ihr einzuschlafen, überwältigt sie plötzlich.

Das Gewitter ist schon lange in die östliche Provence weitergezogen. Hin und wieder erhellen Blitze oder ein Wetterleuchten in der Ferne den Himmel, der zwischen Nîmes und Les Oliviers mittlerweile sternenklar ist.

...

Der Barkeeper stellt den dritten Pernod auf den verspiegelten Tresen. Es ist kurz nach Mitternacht. Die Ellbogen aufgestützt, den Kopf in beide Hände gelegt, die Füße bequem auf den Querstreben des Barhockers – Alain ist hellwach. Nachdem seine Vorgesetzte ihn nach Hause gefahren hatte, fand er im Briefkasten ein Schreiben vom Anwalt seiner Frau. Der schlug eine schnelle, einverständliche Scheidung vor, alles halbe-halbe sozusagen: die Anwalts- und Gerichtskosten, das Haus, die Sparkonten. Ein faires Angebot, wie er nicht versäumte zu betonen. Von wegen fair! Alain hatte sich an die Stirn getippt, als er das Schreiben las. Wenn Marie-France denkt, sie könnte ihn über den Tisch ziehen, dann irrt sie sich gewaltig. Immerhin hat sie *ihn* verlassen, nicht umgekehrt. Man wird in Ruhe über alles reden. Wenn er sich wieder einigermaßen auf die Reihe gebracht hat. Und sich ebenfalls einen Anwalt genommen hat, nächste Woche oder irgendwann.

Dann war er sofort zu Bett gegangen. Doch er hatte nicht einschlafen können. Der Duft von Marie-Frances Parfüm hatte sich hartnäckig im ganzen Haus gehalten. Vergessen hingen ihre Kleider im Schrank. Sie hatte sich nicht die Mühe gemacht, irgend etwas mitzunehmen. Nur mit dem, was sie auf dem Leib trug, war sie auf und davon gegangen, als wolle sie alles auslöschen, was sie in irgendeiner Weise mit ihrem früheren Leben verband.

Alain hatte beschlossen, noch einmal in die Stadt zu fahren und sich irgendwo einen Drink zu genehmigen.

Mit den gespreizten Fingern seiner rechten Hand fährt er sich durch die stumpfen blonden Haare, die im Nacken und an den Ohren dringend geschnitten werden müßten, und trinkt einen Schluck aus seinem Glas. Außer ihm und dem Barmann ist nur noch eine junge Frau in dem schummrigen Etablissement anwesend. Sie steht wenige Meter neben ihm am Tresen und trinkt einen doppelten Wodka pur. Obwohl sie nicht in der üblichen aufdringlichen Weise gekleidet ist, braucht Alain nicht zweimal hinzusehen, um sie richtig einzuordnen: billiger Strich. Ihr Zimmer liegt wahrscheinlich in einem der schmalen, dunklen Häuser gleich um die Ecke. Ein stickiges, versifftes Loch mit einem Eisenbett und einem Plastikbidet. Ihre Preise sind sicher moderat und können noch heruntergehandelt werden, und für ein paar schnelle Francs macht sie es auch ohne Präservativ.

Alain sieht aus den Augenwinkeln, wie ihn die Frau ungeniert beobachtet und den überschminkten Mund mechanisch zu einem Lächeln verzieht. Hin und wieder scherzt sie mit dem Barkeeper oder zündet sich eine dünne Filterzigarette an.

Es wäre so einfach, jetzt mit ihr mitzugehen, denkt er sehnsüchtig. Sich fallenlassen, warme Frauenhände auf seinem Bauch spüren, irgendwelche Schmeicheleien hören, die sie ihm mit ihrer rauhen Alkoholstimme ins Ohr flüstern würde...

Von draußen ertönt das laute Hupen eines Autos. Alain dreht sich um. Durch die offene Tür sieht er einen Mann, der ihm den Rücken zuwendet, und einen Jungen. Um ein Haar hätte der hupende Wagen sie erfaßt. Alain will sich gerade wieder seinem Pernod zuwenden, da hört er die Stimme des Mannes.

»Idiot! Kannst du nicht aufpassen?!«

Es ist die Stimme von Michel Lapalut. Deutlich nimmt Alain jetzt den hin- und herwippenden Pferdeschwanz wahr.

Wie elektrisiert rutscht Alain vom Barhocker herunter, greift in seine Hosentasche und wirft einen zerknüllten Hundertfrancschein auf den Tresen. Dann läuft er hinaus auf den Bürgersteig. Michel und der Junge sind bereits einige Meter weiter und biegen gerade um die nächste Ecke.

Alain rennt ihnen nach. Doch als er die Querstraße erreicht, sind sie verschwunden. Die Straße ist menschenleer. Irritiert bleibt Alain stehen und dreht sich um. Die beiden müssen in eines der Häuser gegangen sein. Aber in welches? Die meisten Fassaden dieser verwinkelten Altstadtbauten sind dunkel. Wo soll er suchen? Die Eingänge haben keine Namensschilder. Und ohne den Haustürcode zu kennen, kann man keines der Häuser betreten.

Ärgerlich geht Alain zurück in die Bar. Immer noch lehnt die Prostituierte mit aufreizendem Lächeln am Tresen, als habe sie auf ihn gewartet.

Alain schüttelt den Kopf und lächelt dünn.

»Heute nicht, *ma puce*. Vielleicht ein anderes Mal.«

Er kippt den letzten Schluck Pernod hinunter, läßt das Wechselgeld liegen und will das Lokal verlassen. Da fällt ihm etwas ein. Vertraulich wendet er sich an die Prostituierte.

»Ach, sagen Sie mal, ist das hier eine Gegend für Spezielles, ich meine, spezielle Wünsche?«

Die Frau grinst. Ihre Zähne sind gelblich und faul, ein Schneidezahn ist angeschlagen.

»Was Spezielles kriegst du bei mir. An was dachtest du denn?«

»An Jungs. Nicht älter als zwölf, dreizehn. Können Sie mir da einen Tip geben?«

Mit einer heftigen Bewegung drückt die Frau ihre Zigarette aus. Verächtlich zieht sie die Nase hoch und sagt betont laut:

»Ach so ist das! Du bist andersrum. Nee, tut mir leid, damit kann ich nicht dienen. Ich steh auf Männer, die 'ne richtige Frau wollen.«

»Ich frage nicht meinetwegen.«

»Ach ja? Das sagen sie alle.«

»Ich möchte nur wissen, ob sich in dieser Gegend auch Jungs anbieten.« Alain zieht seinen Dienstausweis aus der Tasche. »Polizei.«

Die Prostituierte steckt ihre Zigaretten in die Handtasche, dreht sich auf dem Absatz um und verläßt das Lokal.

»So eine linke Nummer!« ruft sie Alain noch zu. »'nem Bullen hab ich noch nie 'ne Auskunft gegeben, außer, daß er mich mal kann.«

12

Nach dem Gewitter kommt der Mistral. Heftige Windböen putzen den Himmel blank, der sich tiefblau wie eine glattgebügelte Zeltplane über das Tal spannt.

Es ist kurz nach acht. Madame Pierret steht im Flur ihres Hauses und denkt angestrengt nach. Irgendwo muß sie das Paket doch hingeräumt haben! Am Sonnabend war sie nach Uzès in den Supermarkt gefahren, hatte dort verschiedene Konserven gekauft, ein paar Flaschen Mineralwasser, diverse andere Lebensmittel und eine Sparpackung Waschpulver. Und nach diesem Paket sucht sie jetzt schon über eine halbe Stunde. Wieder und wieder ruft sie sich in Erinnerung, wie sie nach dem Einkaufen die Sachen aus dem Auto ins Haus getragen und weggeräumt hatte. Das Waschpulver müßte im Bad sein, auf der Konsole neben der Waschmaschine. Madame Pierret ist sich ganz sicher, daß sie das Paket dort abgestellt hat.

Erneut sucht sie im Küchenschrank, im Regal auf dem Flur, im Bad. Dort wartet die geöffnete Waschmaschine, in die Madame Pierret einen Berg Weißwäsche gepackt hat, denn ein windiger Tag wie heute ist der perfekte Waschtag. Hinten auf der Wiese zwischen robusten Holzpfählen ist eine Leine gespannt, und selbst Badehandtücher brauchen heute nicht länger als zwei Stunden zum Trocknen. Von Kindheit an liebt Madame Pierret den Geruch frischer, an der Luft getrockneter Wäsche. Bevor sie gefaltet oder gebügelt im Schrank verstaut werden, drückt sie jedesmal ihre Nase tief in die Frotteetücher und Leinenstücke, und der Duft begleitet sie den ganzen Tag.

Sie schüttelt den Kopf. Das Waschpulver ist wie vom Erdboden verschwunden. Sollte sie es doch im Wagen vergessen haben? Ein kurzer Gang in die alte Scheune, in der ihr weißer Ford Fiesta steht, bestätigt ihr, daß sich die Packung auch dort nicht befindet. Entschlossen kehrt Madame Pierret zurück ins Haus. Sie hat die Suche aufgegeben und will sich mittags bei ihrer Tochter Marie-Claire etwas Waschpulver besorgen.

Plötzlich hört sie das Geläut von Glocken. Sie bleibt stehen und lauscht. Das wird Jacob sein, der alte Ziegenhirt aus La Rondelle. Bis Ende der fünfziger Jahre verdingte er sich bei den Bauern als Tagelöhner, und während der Weinernte arbeitete er regelmäßig bei den Pierrets. Ein tüchtiger Arbeiter, wie ihr verstorbener Mann Charles immer betonte. Seit vielen Jahren nun zieht Jacob tagaus, tagein, sommers wie winters mit seiner Ziegenherde durchs Tal. Abends, wenn er heimkommt in sein windschiefes Häuschen am Rande von La Rondelle, werden die Ziegen gemolken. Das besorgt Jacobs Tochter Rose, eine geistig zurückgebliebene Endvierzigerin, die dem Vater den Haushalt führt und Abend für Abend aus der gemolkenen Milch Ziegenkäse herstellt, für einen Käseladen in Uzès. Zwar wird in den Dörfern im Tal gemunkelt, daß Jacob seine Tochter kurz nach dem Tod seiner Frau geschwängert habe, aber wer weiß das schon so genau? Roses unehelicher Sohn war vor zwanzig

Jahren als Halbwüchsiger von zu Hause abgehauen und hatte sich nie wieder blicken lassen. Doch wer möchte seine Hand dafür ins Feuer legen, daß nicht irgendein Bursche aus den umliegenden Dörfern oder ein durchziehender Vertreter der Vater des Jungen war? Schließlich hatte Rose es schon als Dreizehnjährige mit der Moral nicht so genau genommen und jedem, der es sehen wollte, ihre prallen, frühreifen Brüste gezeigt, ein kokettes Grinsen auf ihrem einfältigen Gesicht. Nein, die Wahrheit sieht wahrscheinlich ganz anders aus. Auf Jacob, den arbeitsamen und bescheidenen Tagelöhner aus vergangenen Zeiten, läßt Madame Pierret nichts kommen.

Ein Lächeln huscht über ihr Gesicht. Solange es noch Ziegenherden im Tal gibt, ist die Welt in Ordnung. Solange noch Männer wie Jacob die harte und wechselhafte Geschichte dieses Landes in ihren runzeligen, wettergegerbten Gesichtern widerspiegeln, ist nicht alles verloren. Ein Stück der Tradition wird überleben. Ein Stück der guten alten Zeit.

Madame Pierret geht zum Gartentor, das auf die Straße führt. Dort trotten die ersten Ziegen der Herde vorüber. Sie grasen am Wegrand und knabbern an den verdorrten Ginsterbüschen. Wenig später kommt auch Jacob, den Rücken gebeugt, die gichtgeplagte Greisenhand auf den Eichenstock gestützt. Der Hund folgt als letzter und treibt die Nachzügler an.

Jacob bleibt stehen. Er grinst Madame Pierret aus seinem zahnlosen Mund an.

»Jeanne! Wie geht's Ihnen denn so? Wir haben uns ja eine Ewigkeit nicht gesehen.«

»Bonjour, Jacob. Und selbst? Was machen deine Hände?«

Jacob zuckt mit den Schultern und reckt seine linke Hand nach oben. Sie sieht aus wie eine Vogelklaue.

»Was die machen? Hier, sehen Sie. Immer dasselbe. Ich bin schon froh, wenn es nicht schlimmer wird. Aber arbeiten könnte ich nicht mehr damit, so wie früher.« Er kichert, dreht sich um und ruft nach dem Hund. »Manou! Warte 'n Moment. Geht gleich weiter!« Der Hund treibt zwei Zicken zu ihren Müttern und bleibt dann mit hechelnder Zunge stehen.

Madame Pierret dämpft ihre Stimme.

»Hast du es schon gehört?«

Jacob nickt.

»Tja, was soll man da sagen? Da ist sicher 'ne Menge los hier bei Ihnen. Mit der Polizei und so.« Er räuspert sich und spuckt auf die Straße.

»Das mit der Polizei ist nicht so tragisch. Aber keiner weiß, wer es war. Diese Ungewißheit ist das schlimmste. Und die Vorstellung, daß es jemand aus der Familie gewesen sein könnte. Mein Gott, hoffentlich nicht!«

Madame Pierret seufzt und streicht sich die Haare aus dem Gesicht. Der Wind ist stärker geworden, er durchpeitscht die Ginsterbüsche und singt in den Baumkronen der Eichen, die an dem Hang wachsen, der Madame Pierrets Grundstück eingrenzt.

»Also dann, Jeanne.« Jacob umklammert wieder seinen Stock. »Schönen Tag noch, ich ziehe mal weiter.« Langsam setzt er sich in Bewegung. Der Hund bellt kurz auf und treibt die Ziegen wieder an.

»Mach's gut, Jacob. Und grüß Rose bitte von mir!«

Zur Bestätigung, doch ohne sich noch einmal umzudrehen, hebt Jacob den Stock und murmelt etwas Unverständliches.

Madame Pierret sieht ihnen noch eine Weile nach und besinnt sich dann wieder auf das Wesentliche. Wo hat sie nur das Waschpulver hingestellt? Auf dem Weg ins Haus fällt es ihr plötzlich wieder ein. Sie hatte es noch gar nicht ausgepackt, sondern in der Plastiktüte im Einkaufskorb gelassen. Und der Einkaufskorb steht in der Abstellkammer, gleich neben der Küche... Gott sei Dank!

Mit beschwingten Schritten eilt Madame Pierret ins Haus zurück.

...

»Es ist zum Wahnsinnigwerden. Wo habe ich das Päckchen bloß hingelegt?«

Cathérine Volet läßt ihre Blicke suchend durch die Küche schweifen. Sie öffnet einige Schubladen, die Küchenschränke.

Florence nimmt einen Schluck aus ihrer Kaffeetasse und lächelt. Es ist selten, daß Cathérine etwas sucht, aber dann ist sie verbissen und gibt nicht nach.

»Emmanuelle, haben Sie das Päckchen nicht gesehen?« Die Haushälterin, die gerade die Küche betritt, auf dem Arm einen Korb Wäsche, schüttelt den Kopf.

»Tut mir leid, Madame.«

»So etwas gibt es doch gar nicht.« Cathérine atmet tief durch und schüttelt den Kopf. »Eine silberne Packung. *Mao Feng* steht darauf. Ein grüner Tee, den sie gestern in Nîmes ganz neu hereinbekommen haben. Ich verstehe das nicht.«

Sie läßt sich auf einen der Stühle fallen.

»Na gut, dann trinke ich eben heute mal Kaffee.«

»Soll ich Ihnen einen Earl Grey aufbrühen?«

»Danke, Emmanuelle, lassen Sie nur.«

Cathérine sitzt Florence gegenüber. Als Emmanuelle den Raum verlassen hat, um in der Waschküche zu werkeln, steht Cathérine auf, geht zu Florence, beugt sich zu ihr und umschlingt sie von hinten mit beiden Armen. Sie drückt ihr Gesicht in Florences dunkelbraune Locken.

»Du duftest gut, weißt du das?«

»Dabei müßte ich mir eigentlich dringend die Haare waschen.«

»Du duftest nach dir. Den Geruch deiner Haut könnte ich unter Tausenden herausspüren.«

Florence dreht sich um, nimmt sanft Cathérines Gesicht in ihre Hände. Ihre Lippen berühren einander, erst zärtlich, dann immer leidenschaftlicher. Cathérine hat sich hingekniet und preßt ihren Körper eng an den der Geliebten. Als Florences Handy klingelt, das auf dem Küchentisch liegt, fahren beide auseinander. Ihre Gesichter sind gerötet wie die junger Mädchen. Florence streicht sich eine Haarsträhne aus dem Gesicht, bevor sie das Handy nimmt.

»Ja? Ach, Sie sind's, Alain.«

»Guten Morgen, *Patron*. Raten Sie mal, wen ich letzte Nacht gesehen habe.«

»Ihre Frau? Ist sie zurückgekommen?«

»Nein. Ich habe Michel Lapalut gesehen. In Nîmes. Nach Mitternacht. Er war in Begleitung eines Jungen, der nicht älter als dreizehn Jahre war.«

»Moment mal, Alain. Ich hatte Sie doch nach Hause gebracht. Wieso ...«

Der Inspektor unterbricht sie.

»Ich konnte nicht schlafen, *Patron*, und bin noch mal in die Stadt gefahren.«

»Aha. Und da sind Sie Michel Lapalut begegnet. Wo?«

»In der Altstadt. Ich sah ihn mit dem Jungen die Straße entlanggehen, dann waren beide plötzlich verschwunden.«

»Sie haben seine Spur verloren?«

»Ja, leider. Er muß mit dem Jungen in eines der Häuser gegangen sein.«

»Hat er Sie bemerkt?«

»Ich glaube nicht, *Patron*.«

»Und? Haben Sie irgend etwas herausfinden können?«

»Ein Kollege von der Sitte, mit dem ich befreundet bin, hat mir gleich heute morgen bestätigt, daß in dieser Gegend Prostituierte und Strichjungen arbeiten.«

»Wenn wir den Jungen finden, hätten wir eine Handhabe gegen Michel Lapalut.«

»Das wird nicht einfach sein. Da ich ihn nur kurz von hinten gesehen habe, kann ich ihn auch nicht anhand von Fotos identifizieren, die die Kollegen haben.«

»Versuchen Sie es trotzdem.«

»Mach ich, *Patron*. Übrigens habe ich noch mal in Montcastin angerufen. Wegen Violette Lapalut.«

»Und?«

»Nichts. Da läuft plötzlich ein Anrufbeantworter.«

»Was ist mit der Ampulle?«

»Noch kein Ergebnis aus dem Labor. Die fangen erst gegen neun Uhr an.«

»Gut, Alain. Fahren Sie nach Montcastin, und holen Sie Sarah Lapalut. Bringen Sie sie unter irgendeinem Vorwand ins Präsidium. Wir werden uns mal in Ruhe mit ihr unterhalten.«

»Was ist mit ihrem Vater?«

»Den lassen wir vorerst schmoren. Vielleicht wird er nervös, macht Fehler. Wir sehen uns dann nachher im Präsidium.«

Florence legt das Handy auf den Tisch und trinkt ihren letzten Schluck Kaffee. Während des Gesprächs war Cathérine aufgestanden und hatte kurz die Küche verlassen. Jetzt steht sie im Türrahmen, hält ein kleines Päckchen in der Hand und lächelt triumphierend.

»Rate mal, wo ich ihn gefunden habe!«

»Deinen Mao-Tee?«

»*Mao-Feng*. Mit ›Mao‹ hat das nichts zu tun. Genau. Ich hatte ihn im Wagen vergessen.«

Florence nimmt ihre Handtasche, die auf einem der Stühle liegt, und steckt ihr Handy ein. Dann umarmt sie noch einmal Cathérine und küßt sie kurz und heftig auf den Mund.

»Ich muß los.«

»Ja. Und ich mache gleich einen Ausritt mit Rossignol. Um zwölf nehme ich dann den Flieger. Wenn ich Glück habe, bin ich übermorgen abend zurück. Kommt ganz darauf an, wie die Familie mich wieder in Beschlag nimmt.«

Cathérine reist zur Geburtstagsfeier ihres Onkels, des Präsidenten der Republik, auf den Familienstammsitz nach Fontainebleau bei Paris.

»Wie viele Leute kommen denn?«

»Keine Ahnung. Der offizielle Teil mit Politikern, Regierungsmitgliedern und so weiter findet morgen vormittag statt. Am Abend kommt die Familie zusammen. Alles in allem dürften das um die fünfzig Personen sein. Mein Cousin Claude hat angedeutet, daß er sich für sein Haus in der Bretagne ebenfalls einen Marmorfußboden vorstellen könnte. Aber ich habe ihm gesagt, daß Marmor eigentlich ein Material für südliche Gefilde ist und nicht zum Stil der Bretagnehäuser paßt.«

Wenig später gehen die beiden Frauen Arm in Arm zu Florences Dienstwagen, der in der Auffahrt von Les Oliviers parkt. Ihre Körper stemmen sich dem immer heftiger blasenden Wind entgegen, der ihre Haare in alle Himmelsrichtungen flattern läßt.

...

Das Unterholz hinter Montcastin ist so undurchdringlich, daß Louises Haare sich in den Zweigen der dichtstehenden Büsche verfangen. Ihre Hände sind schmutzig und aufgerissen; mühsam quält sie sich in gebückter Haltung weiter.

Aus wenigen Metern Entfernung ist eine Stimme zu hören.

»Entdeckst du irgendwas?« fragt Karen, die Louise bei der Suche hilft und sich ebenfalls geduckt durchs Unterholz zwängt.

»Nein, nichts.« Louise hält keuchend inne. »Wenn sie hier wäre, hätte sie uns längst gehört und wäre sicher gekommen. Ich glaube, es ist zwecklos. Laß uns zurückgehen.«

Louise schlägt eine andere Richtung ein und erreicht nach wenigen Metern den Pfad, der vom Dorf zur Schlucht führt. Kurz darauf verläßt auch Karen das Unterholz. Sie richtet ihre Haare, streicht ihre Kleidung glatt und lauscht. Hin und wieder weht der Wind ein Glockenläuten herüber. Vor etwa zehn Minuten war der Ziegenhirt durchs Dorf gezogen und hatte den Weg zur Schlucht eingeschlagen.

»Ich weiß auch nicht weiter«, sagt Karen, die inzwischen bei Louise angekommen ist. »Wir haben alles abgesucht.«

»Das kann nur bedeuten, daß ihr irgend etwas zugestoßen ist.« Louises Gesicht ist blaß, ihre Hände zittern leicht. »Dann werden wir sie sowieso nie finden.«

Langsam gehen die beiden Frauen zum Dorf zurück. Nach wenigen Metern bückt sich Karen, um einen Stein aus ihrem Schuh zu entfernen. Ihr Blick fällt zur Seite, ins Unterholz.

»Louise! Komm mal schnell, sieh mal, was hier ist!«

Mit wenigen Schritten ist Louise bei ihr. Vorsichtig zieht sie einen braunen Plastikteller aus dem Dickicht.

»Da ist doch Katzenfutter drauf!« Karen sieht Louise erstaunt an.

»Allerdings.« Louise beäugt den Teller von allen Seiten. Sie bricht einen kleinen Zweig vom nächsten Strauch ab und stochert vorsichtig auf dem Teller herum. »Und nicht nur das. Hier, siehst du? Die blauen Stückchen überall im Futter?«

Karen späht angestrengt auf den Teller.

»Ja. Was ist das?«

»Wenn ich mich nicht irre, ist das Rattengift. Genauer gesagt: Racumin, die gängigste Sorte. Das sieht genau so aus, wenn es zerkrümelt oder mit dem Messer kleingehackt wird.«

»Eine gezielte Attacke auf deine Katze?«

»Ja, es scheint so, als habe hier jemand einen Teller mit vergiftetem Katzenfutter als Köder hingestellt. Ob für meine Katze oder irgendeine andere, kann ich natürlich nicht sagen. Jeder kann das Gift kaufen. Rattengift ist übrigens geschmacks- und geruchsneutral. Jeanne d'Arc hat möglicherweise davon gefressen und ist irgendwo im Unterholz verendet.«

»Wenn es *deiner* Katze gegolten hat, soll es *dich* treffen. Das liegt doch auf der Hand.«

Louise ballt ihre Faust. »Wenn ich das Schwein kriege! Das kann doch nur dieser Delcourt gewesen sein. Erst die Attacke auf dein Fahrrad und jetzt das.«

Karen nickt zustimmend.

»Das Motiv liegt auf der Hand. Die Sache mit der Kanalisation, damals vor zwei Jahren. Und weil ich mit dir befreundet bin, wirft er dich in denselben Topf. Ich war schon immer der Meinung, daß Delcourt in bezug auf Frauen schwer gestört ist. Das Problem ist nur, ihm irgend etwas nachzuweisen. Vielleicht hat Jeanne d'Arc das Zeug ja gar nicht angerührt. Der Teller ist doch ziemlich voll, findest du nicht?«

Louise schüttelt den Kopf.

»Du siehst doch, daß der Regen ins Unterholz gedrungen ist, hier am Tellerrand sind noch die Spuren. Durch das Wasser ist das Futter zusammengematscht, man sieht gar nicht mehr, ob ein Tier davon gefressen hat oder nicht. Ich nehme das Zeug mit.«

Als die beiden Frauen kurze Zeit später Louises Grundstück erreichen, hören sie schon von weitem ein klägliches Miauen. Louise sieht Karen entgeistert an, drückt ihr den Teller mit dem Futter in die Hand und rennt, so schnell sie kann, den Weg zum Vorplatz ihres Hauses hinauf. Vor dem Eingang sitzt eine völlig zerzauste, jammernde Jeanne d'Arc, das Fell voller Kletten und die hungrigen Augen weit aufgerissen.

Mit einem Schwung hebt Louise ihre Katze auf den Arm.

»Du liebe Güte, Jeanne d'Arc, wo warst du denn?« Sie drückt Lippen und Nase an den Kopf der Katze. Das Fell riecht nach Feuchtigkeit und Erde. »Gott sei Dank bist du wieder da! Du kannst einen ganz schön in Atem halten! Alles in Ordnung? Du wirst ja wohl hoffentlich nicht von dem vergifteten Futter gefressen haben!«

Jeanne d'Arc, die eine Bärenkraft zu haben scheint, will sich Louises Händen entwinden.

»Ja, ja, ich weiß, du hast Hunger, und außerdem kannst du Mistral nicht ausstehen. Na komm, wir gehen rein!« Sie setzt die Katze auf die Erde. Laut miauend drückt sie sich an die Haustür. Um sie zu testen hält Karen ihr den Teller mit dem Futter hin. Jeanne d'Arc schnuppert kurz daran, zuckt zurück und sieht erst Karen, dann ihre Herrin empört an.

»Na siehst du«, sagt Karen lächelnd. »Deine Katze ist gar nicht so dumm, wie du manchmal tust. Auch wenn sie nicht ständig auf dem Land lebt, ist sie vorsichtig und setzt ihre Instinkte ein.«

»Daß sie das vergiftete Zeug nicht anrührt, spricht allerdings für ihre hohe Intelligenz«, sagt Louise nicht ohne Stolz und schließt die Haustür auf. Jeanne d'Arc rast ins Haus. »Trotzdem ist mir schleierhaft, wo sie die ganze Zeit gesteckt hat.« Louise schüttelt den Kopf. »Und wieso sie nicht vor dem Gewitter nach Hause gekommen ist.«

»Katzen haben eben ihre Geheimnisse.« Karen stellt den Plastikteller mit dem Katzenfutter auf einen der Fenstersimse und wendet sich zum Gehen. »Wenn du willst, kannst du heute mittag bei mir einen Salat mitessen.«

»Gut. Und danach erzähle ich dir dann, wie man Thalliumverbindungen, zu denen ja auch das Rattengift gehört, an der menschlichen Leiche nachweisen kann. Für den Fall, daß du mal in einem deiner Bücher einen mysteriösen Giftmord verarbeiten willst!«

...

Pierre Desgranges wirft einen schnellen Blick auf seine Armbanduhr, die er, wie die meisten Männer, auch während des Liebesaktes nicht ablegt. Insbesondere nicht, wenn das Liebesspiel höchstens eine halbe Stunde Zeit in Anspruch nehmen darf und in die Mittagspause verlegt wird.

Ein Uhr. Hastig schlüpft der Polizeichef in seine Hose und knöpft das grau-weiß gestreifte Hemd zu. Er bemerkt, daß der rechte Manschettenknopf fehlt. Desgranges bückt sich, sucht den blau-grün gemusterten Teppich ab und wird zunehmend nervös.

Zwei braune Augen beobachten ihn. Céline Billain, seine Sekretärin, sitzt auf dem mit einer Decke sorgsam geschützten Besuchersofa, und ihre einzige Bekleidung ist ein fliederfarbener Büstenhalter. Sie hat die Arme um ihre angewinkelten Beine geschlungen. Die langen blonden Haare fallen ihr zerzaust ins Gesicht.

»Was ist, willst du da sitzenbleiben?« Desgranges' Stimme klingt kühl und sachlich. »Hilf mir lieber, den verdammten Manschettenknopf zu suchen. Der muß doch hier irgendwo sein!«

Céline steht auf. Während sie ihren Slip anzieht und den figurbetonten Kostümrock samt passender Bluse vom Teppich aufhebt, seufzt sie.

»Ach, Pierre, kannst du nicht *einmal* ein bißchen romantisch sein?«

»Doch, sicher. Aber nicht, wenn ich in einer halben Stunde den stellvertretenden Innenminister vom Flughafen abholen muß und meine Zeit mit der Suche nach diesem dämlichen Manschettenknopf vertrödele!«

Céline wirf einen flüchtigen Blick über den Teppich. An der

Längsseite ihres Schreibtisches sieht sie etwas blinken. Sie deutet mit dem Finger darauf.

»Da ist er.«

Desgranges bückt sich, hebt den mit einem Turmalin gefaßten goldenen Manschettenknopf auf und steckt ihn durch die Löcher des rechten Ärmels. Er schlüpft in seine schwarzen Wildlederslipper.

Céline bringt ihre Haare in Ordnung und öffnet ihre Puderdose, um ihr Make-up aufzufrischen.

»Sehen wir uns am Wochenende?« fragt sie, während sie sich die Wangen pudert.

Desgranges antwortet nicht. Er wirft einen Blick auf seine Uhr.

»Mein Gott, ich muß los.«

Mit zwei Schritten ist Céline bei Desgranges, blickt ihn prüfend an und richtet ihm die Krawatte, die ein wenig schief sitzt.

»Wir könnten vielleicht einen Tag ans Meer fahren.«

Der Polizeichef schüttelt den Kopf.

»Du weißt doch, daß ich im Wahlkampf stehe. Am Wochenende habe ich Veranstaltungen. Tut mir leid.«

Er gibt Céline einen schnellen Kuß auf die Stirn.

»Vergiß bitte nicht, die Termine für Montag abzusagen. Und buch mir gleich die erste Maschine nach Paris. Vor allem denk daran, morgen den Blumenstrauß für den Präsidenten nach Fontainebleau schicken zu lassen! Etwas Repräsentatives, in den Farben der Trikolore.«

Er schließt die Tür auf, die von innen verriegelt war, und verläßt mit raschen Schritten den Raum.

Céline verzieht frustriert den Mund, faltet die Decke auf der Couch zusammen und verstaut sie in einem Einbauschrank. Aus dem Vogelkäfig ertönt die krächzende Stimme von Desgranges' Papagei Pipo.

»Vous êtes belle, Madame!«

Wütend schlägt sie mit der Faust gegen die Gitterstäbe und faucht:

»Halt die Schnauze, du blödes Vieh! Du hast mir gerade noch gefehlt!«

Dann geht sie hinaus ins Vorzimmer, hört den Anrufbeantworter ab, den sie eingeschaltet hatte, und beschließt, erst einmal einen starken Kaffee zu kochen und dann ihre Busenfreundin Colette anzurufen, die immer ein offenes Ohr und gute Ratschläge im Hinblick auf Célines Liaison mit dem Polizeichef hat.

...

Sarah, die nach einer schlaflosen Nacht in den frühen Morgenstunden doch noch erschöpft eingeschlafen ist, wacht erst gegen elf Uhr auf. Im Nachthemd läuft sie in die Küche, sieht dort die leeren Flaschen auf dem Tisch. Im ersten Moment denkt sie, daß ihre Mutter irgendwann in der Nacht zurückgekommen ist und ihre alten Gewohnheiten wiederaufgenommen hat. Mit pochendem Herzen stürzt Sarah in Violettes Schlafzimmer, doch da findet sie alles unverändert vor. Das Bett ist zerwühlt, einige Kleidungsstücke liegen wahllos verstreut, die bunte Schmetterlingsbluse lugt ein Stück unter der Bettdecke hervor.

Ihre Mutter ist nicht nach Hause gekommen, und die Flaschen kann nur ihr Vater im Lauf der Nacht geleert haben.

Sarah klopft einige Male an Michels Schlafzimmertür. Nichts rührt sich. Nach erneutem vergeblichen Klopfen faßt sie sich ein Herz. Sie öffnet die Tür und sagt laut und deutlich, als müsse sie sich selbst Mut machen:

»Papa, Maman ist immer noch nicht da. Du mußt jetzt die Polizei anrufen.«

Statt einer Antwort ertönt aus dem Bett ein undeutliches Grunzen.

»Papa?« Sarah hat ihren Vater noch nie betrunken gesehen. Vorsichtig nähert sich Sarah dem Bett, auf dem ihr Vater bäuchlings liegt, das Gesicht im Kopfkissen vergraben. »Soll *ich* die Kommissarin anrufen?«

Als Michel nicht antwortet, beugt sich Sarah zu ihm und rüttelt ihn an der Schulter. In dem Moment fährt er herum, stemmt sich auf beide Ellbogen und sieht seine Tochter aus blutunterlaufenen, verquollenen Augen an.

»Was willst du?« Seine Stimme klingt verwaschen.

»Wir müssen die Polizei benachrichtigen, Maman ist immer noch nicht zurück.«

Schwerfällig läßt sich Michel auf die Matratze zurücksinken.

»Mach, was du willst«, sagt er schleppend. »Und laß mich schlafen.«

»Papa, du mußt aufwachen! Wach doch auf!« fleht Sarah ihren Vater an. Sie spürt, wie sich ihre Kehle zuschnürt, und die Tränen fließen, ohne daß sie etwas dagegen tun kann.

»Verschwinde. Hau endlich ab. Laßt mich alle in Ruhe!« Benommen richtet er sich auf und greift nach dem Wecker, der auf dem Nachttisch steht. Er schleudert ihn Richtung Tür, wo er Sarah verfehlt und an die Wand prallt.

Sarah geht zurück in die Küche und läßt sich auf einen Stuhl sinken. Fieberhaft denkt sie nach, was sie machen soll, doch ihre Überlegungen drehen sich im Kreis. Nur ein Gedanke kehrt immer wieder, drängt sich in ihr Bewußtsein wie ein Ballon, der jeden Moment zu platzen droht... Wie lange kann sie ihn noch beiseite schieben? Warum hatte das Schicksal erbarmungslos und mit voller Wucht zugeschlagen und ein Chaos angerichtet, in dem sie alle untergehen würden?

An der Haustür ist eine Stimme zu hören.

»Hallo? Ist jemand zu Hause?«

Nach einer Schrecksekunde steht Sarah langsam auf und öffnet die Tür. Es ist der Polizeiinspektor.

»Ist Ihre Mutter wiedergekommen?«

»Bis jetzt nicht. Mein Vater will heute eine Vermißtenanzeige aufgeben.«

»Wo ist denn Ihr Vater?«

»Zur Zeit schläft er noch.«

»Aha. Wann ist er denn heute nacht nach Hause gekommen?«

Sarah sieht Alain entgeistert an.

»Wieso nach Hause gekommen? War er denn weg?«

»Haben Sie das nicht bemerkt? Er wurde nach Mitternacht in Nîmes gesehen.«

»Das kann ich mir gar nicht vorstellen. Ich dachte, er war...«

Der Inspektor unterbricht sie.

»Vielleicht haben Sie schon geschlafen?Ach, übrigens – hätten Sie Zeit, mich aufs Präsidium zu begleiten? Wir haben da ein paar Sachen Ihres Bruders, die müßten identifiziert werden. Und da weder Ihre Mutter noch Ihr Vater dafür zur Verfügung stehen, möchten wir *Sie* bitten, das zu erledigen.«

Sarah zögert einen Moment. Beruhigend legt Alain seine Hand auf ihren Arm.

»Es dauert nicht lange. Ich fahre Sie nachher auch wieder zurück. Legen Sie Ihrem Vater einen Zettel hin, damit er Bescheid weiß, wo Sie sind, wenn er aufwacht.«

13

Das Leben des Ziegenhirten Jacob ist dahingeflossen wie eine Quelle, die anfangs kräftig über felsige Höhen und durch weite Täler sprudelte, um jetzt allmählich zu versiegen. Der Körper, ausgemergelt und an Entbehrungen gewöhnt, hat sich dem sturen Rhythmus einer täglichen Routine angepaßt und wird vielleicht noch ein paar Jahre durchhalten. Die Gedankengänge in Jacobs Kopf reduzieren sich auf das Wesentliche, das mit jedem Tag einfacher und überschaubarer wird. Jeder Tag ist ohnehin eine Wiederholung des vorangegangenen. Auf jeden Schlaf folgt ein Erwachen, bis es eines Tages kein Erwachen mehr gibt. Das weiß Jacob, und es läßt ihn gleichgültig, so wie er seinen Erinnerungen gegenüber gleichgültig ist. Oder seinen Empfindungen, die gänzlich abgestorben sind. Essen und ein Glas Wein lösen noch etwas in ihm aus, das er als Empfindung bezeichnen würde, ebenso wie seine Darmkoliken, die sich stets nach dem Genuß von frischem Knoblauch einstellen. Aber ein

Cachat ohne Knoblauch ist wie ein starker Kaffee ohne Zucker: nichts Halbes und nichts Ganzes. Zum frischen Ziegenkäse, vermischt mit heißen gekochten und gestampften Kartoffeln, gehören wildes Bohnenkraut und eine große Zehe frisch gepreßten Knoblauchs. So hatte schon seine Mutter ihren *Cachat* zubereitet und davor seine Großmutter, und Rose hatte es von seiner Frau Marthe übernommen, deren Mutter es ebenfalls so zubereitet hatte.

Längst liegt das Dorf Montcastin hinter ihm. Noch zwei Wegbiegungen, und dann kommt die Schlucht. Während der Hund die Ziegen beisammen hält, überläßt sich Jacob dem einfachen Muster seiner immer wiederkehrenden Gedanken.

Der Weg, der Weg zur Schlucht, er ist ihn viele hundert Male gegangen. Der Grenzstein, dort am Wegrand, war der schon immer da? Die Buchstaben sind verwittert. Verdammt, seine Augen lassen Tag für Tag nach. Der Grenzstein muß schon lange da sein, denn hier beginnen ja die kommunalen Wälder, und die haben schon immer hier begonnen. Sie erstrecken sich bis zehn Kilometer hinter der Schlucht. Dort wurden im letzten Krieg die jungen Burschen aus den umliegenden Dörfern von den Deutschen erschossen. Tagelang hallten die Schüsse durchs Tal. Nach der Befreiung fand man die Leichen in einem Massengrab. Der große Bock, der die Ziegen im Schnellverfahren schwängert und der so scharf ist, wie er früher auch war, der lahmt. Lange wird er's nicht mehr machen. Seine Zeit kommt bald, aber bis zum letzten Atemzug wird er auf die Ziegen draufsteigen. Die drei Sommerzicken haben sich prächtig entwickelt. Der Mistral ist heute heftig. Mistral gehört zum Land wie der Wein, der Lavendel und das Dorf, in dem er geboren wurde und in dem er sterben wird. Er will zu Hause sterben, in seinem Eichenbett, in dem schon sein Vater lag und dahinsiechte. Rose soll bei ihm sein, ihm in ihrer einfältigen Art das Vaterunser sagen und seine Hände über der Brust falten, wenn es zu Ende gegangen ist. Die Hände tun ihm weh. Die Krankheit hat nach und nach die einzelnen Finger befallen, die schon lange nicht mehr Roses Brüste umfassen können und beim Wasserlassen sein schlaffes, schrumpeliges Stück zwischen den Beinen kaum halten können. Der Hund, was ist denn mit Manou los? Warum bellt der Köter denn so?

Jacob ist mit seinen Ziegen am Rand der Schlucht angekommen und steigt den gewundenen Pfad hinunter, der auf den Grund des Canyons führt. Dort fließt ein Bach, der im Sommer ausgetrocknet ist, und dort wuchern für die Jahreszeit üppig grüne Büsche, auf deren Blätter seine Ziegen ganz wild sind.

Wieso bellt denn der Hund so?

»Manou, komm her! Na komm, wo willst du denn hin?«

Manous Bellen entfernt sich und scheint dennoch immer lauter zu werden. Er verschwindet im Unterholz eines Abhangs. Jacob ruft nach ihm, bis seine Stimme heiser ist. Die Ziegen stehen verängstigt und ratlos auf dem Pfad, einige meckern zögernd.

Jacob macht sich auf den Weg, um Manou zurückzuholen. Hat er sich verletzt? Ein Dorn im Pfotenballen wie damals, vor einigen Jahren? Das fehlte gerade noch! Mit einigen deftigen Flüchen auf den Lippen, die Jacob seit seiner Militärzeit in Fleisch und Blut übergegangen sind, folgt er Manou mit einer Behendigkeit den Abhang hinunter, die man einem Mann seines Alters nicht zutrauen würde.

Ein heftiger Windstoß erhebt sich über den Wipfeln der Steineichen, fällt hinab ins trockene Flußbett der Schlucht und wird von den steilen, ausgewaschenen Felswänden wie ein Echo zurückgeworfen.

...

Thérèse steckt die Einkaufsliste in ihre Hosentasche. Sie wirft einen Blick auf die Uhr. Ihr Friseurtermin ist erst in einer guten Stunde. Danach hat sie noch allerlei Besorgungen zu machen. Unter anderem muß sie im Supermarkt ihre Einkäufe tätigen und sich in der Modeboutique etwas passendes Schwarzes für Raymonds Beerdigung aussuchen. Für ein kurzes Beisammensein der Trauergäste nach der Beisetzung in Michels Haus wird sie beim Traiteur kaltes Hähnchen und Tapenaden-Canapés bestellen. Mit einem leichten Rosé dazu ist das ein dem Anlaß entsprechender, idealer kleiner Imbiß.

Sie füllt die Trinkwasserschale des Vogelbauers und stößt mit spitzen Lippen einige lockende Laute aus. Die beiden Nachtigallen rühren sich nicht. Thérèse lächelt, deckt das Vogelbauer wieder mit dem Tuch ab und nimmt ihre Handtasche.

Kurz darauf sitzt sie in ihrem Wagen und schiebt eine Kassette mit Musettewalzern in den Radiorecorder. Das sind die Melodien ihrer Jugend! Leichte, beschwingte Rhythmen, zu denen man früher getanzt hat. Damals in Algier, in der guten alten Zeit, gab es viele Bälle und Festivitäten. Thérèse war eine begehrte Tänzerin und Mittelpunkt jeder Gesellschaft. Mein Gott, wie lange ist das alles her? Ein halbes Leben ist darüber vergangen und mit ihm Träume und Illusionen. Doch die Musik ist geblieben, voller Wehmut und Erinnerungen. Thérèse dreht die Lautstärke voll auf und trällert die Melodie mit.

...

Jacobs Herz schlägt bis zum Hals. Der Speichel rinnt aus seinem rechten Mundwinkel und tropft auf das ausgewaschene karierte Hemd, das vom Laufen bereits völlig verschwitzt ist. Die Füße schmerzen; auf dem Weg zurück nach Montcastin ist er mehrere Male auf dem steinigen Weg gestolpert. Vollkommen außer Atem erreicht Jacob jetzt das Dorf und sieht sich gehetzt um. Da entdeckt er Madame Pierret, die hinten auf ihrer großen Wiese steht und Wäsche aufhängt.

»Jeanne, Jeanne!!!« Jacob gestikuliert wie wild. »Jeanne!!!« Seine heisere Stimme bricht. Jacob bleibt stehen und legt seine gekrümmte Hand auf sein Herz. »Jeanne«, flüstert er und lehnt sich erschöpft an die Akazie, die am Wegrand steht.

Madame Pierret wirft das Handtuch zurück in den Plastikkorb, steckt die beiden Wäscheklammern, die sie soeben aus dem Beutel geholt hat, in die Tasche ihrer Kittelschürze und rennt über die Wiese. Die nach hinten offenen, halbhohen Plüschpantoffeln erweisen sich dabei als äußerst hinderlich.

»Jacob!« ruft sie. »Um Gottes willen, was ist denn los?!«

An der Schmalseite der Wiese führen ein paar ausgetretene

Steinstufen durch ein Lorbeerwäldchen und dann auf den Pfad hinter Montcastin.

Madame Pierret erreicht jetzt die Akazie, an die sich Jacob gelehnt hat, den Kopf leicht nach hinten gebogen, den Mund halb geöffnet. Er sieht aus wie der Gekreuzigte. Er röchelt bedrohlich, und seine Arme hängen schlaff herunter.

»Jacob!« Das goldene Kruzifix in Madame Pierrets dezentem Blusenausschnitt hebt und senkt sich zitternd. »Was ist passiert?!«

Aus weit aufgerissenen, altersblassen violettbraunen Augen starrt Jacob Madame Pierret an. Nach mehreren vergeblichen Anläufen, einen Satz zwischen den Lippen hervorzuholen, gehorcht ihm seine Stimme schließlich doch noch. Stammelnd sagt er, was zu sagen ist, während sich auf Jeanne Pierrets Gesicht das nackte Entsetzen breitmacht.

...

Karen rennt die Steintreppe hinunter über den Hof in die Küche. Dort ist der schrille Pfeifton des Teekessels lauter und lauter geworden. Als Karen den Topf von der Flamme nimmt, hört sie nebenan, an Thérèses Haustür, die aufgeregte Stimme von Madame Pierret.

»Thérèse? Sind Sie da? Wenn Sie mich hören, machen Sie auf!« Madame Pierret hämmert gegen die Haustür.

Karen geht zum Hoftor, dann auf die Dorfstraße und ruft Madame Pierret zu:

»Madame Lapalut ist vorhin weggefahren.«

Erst jetzt sieht Karen, daß an der Akazie – wenige Meter hinter Thérèses Haus – der alte Ziegenhirt steht. Er scheint völlig verwirrt zu sein, denn er brabbelt laut vor sich hin und gestikuliert wie wild mit seinen steifen Fingern. Von seinen Ziegen oder dem Hund keine Spur.

Mit hochrotem Kopf hastet Madame Pierret zu Karen.

»Ich muß dringend telefonieren. Bis ich bei mir bin, dauert es ein paar Minuten. Kann ich Ihr Telefon benutzen?«

Karen sieht Madame Pierret erstaunt an.
»Ja, natürlich. Was ist denn passiert?«
Madame Pierret schlägt die Hände vors Gesicht.
»Etwas Fürchterliches. Wir müssen sofort die Polizei rufen.«

14

Sarah nimmt ihre Brille ab, legt sie auf die Schreibtischkante, wischt sich mit einem Papiertaschentuch die Tränen weg und schneuzt sich heftig. Ihre Nase ist rot und geschwollen.

»Ich glaube, daß meiner Mutter etwas zugestoßen ist.«

Florence, die Sarah hinter dem Schreibtisch ihres einfach und funktional eingerichteten Büros gegenübersitzt, tauscht einen schnellen Blick mit ihrem Assistenten. Alain hat an der Schmalseite des Tisches Platz genommen und macht sich Notizen.

»Nun mal ganz langsam«, sagt Florence beruhigend. »Und ganz von vorn. Sie machen sich also Gedanken, daß Ihre Mutter verschwunden ist. Wo könnte sie denn sein?«

»Das weiß ich eben nicht.«

»Wollte sie vielleicht irgendwohin fahren?« wirft Alain ein.

»Nein. Mir hat sie nichts gesagt. Wohin denn auch? Unser Wagen hat doch durch den Unfall Totalschaden. Außerdem hat sie sowieso keinen Führerschein.«

»Vielleicht ist sie mit dem Bus weggefahren.«

»Das glaube ich nicht. Ich habe Angst, denn durch Raymonds Tod ist sie so durcheinander...« Sarahs Worte gehen in erneutem Schluchzen unter.

»Wovor haben Sie Angst?«

»Daß sie sich... daß sie sich was angetan haben könnte. Oder daß ihr irgendwas zugestoßen ist.«

»Wenn Ihr Vater keine Vermißtenmeldung macht, sind der Polizei die Hände gebunden.« Florence sieht Sarah scharf an. »Haben Sie gewußt, daß Ihr Vater letzte Nacht in Nîmes war?«

»Nein. Weswegen denn?«

»Fuhr er öfter abends noch weg?«

Sarah schneuzt sich erneut die Nase.

»Das weiß ich nicht. Ich schlafe ja im anderen Haus, da bekomme ich nicht viel mit.«

»Im Dorf hat man uns erzählt, daß Ihr Vater ein besonders gutes Verhältnis zu Ihrem Bruder hatte. Stimmt das?«

Sarah hält einen Moment den Atem an. Ihre unruhigen Blicke wandern rasch von Florence zu Alain und zurück.

»Wie meinen Sie das?«

»Ich meine, ob er oft mit Ihrem Bruder zusammen war, viel mit ihm unternahm, mit ihm wegfuhr und so weiter.«

Sarah zögert.

»Na ja, sie waren eigentlich ständig zusammen. Früher, meine ich. In den letzten drei, vier Jahren weniger.«

»Aha. Wie erklären Sie sich das?«

»Raymond hatte ja Aurélie. Seine Freundin. Die unternahmen immer viel. Kino, Disko. Mit fünfzehn hat Raymond ein Moped bekommen, damit fuhr er oft nach St. Sylvestre oder nach Uzès.«

»Wie lange kannte er denn Aurélie?«

»Seit drei Jahren, glaube ich.«

»Und seit der Zeit war er weniger mit Ihrem Vater zusammen?«

»Ja. Papa hat ihm aber immer viel Geld gegeben.«

»Verdient Ihr Vater denn so viel, wenn er nur gelegentlich als Maurer arbeitet?«

»Mein Großvater hat ihm was hinterlassen. Nicht nur das Haus, auch Bargeld.«

»Als Ihr Bruder noch jünger war, hat sich Ihr Vater also wesentlich mehr mit ihm beschäftigt. In welcher Art und Weise?«

Sarah schlägt plötzlich die Hände vors Gesicht und fängt hemmungslos an zu schluchzen. Von draußen dringt das gedämpfte Rauschen des Straßenverkehrs herein. Autos hupen, unverständliche Menschenstimmen mischen sich mit einem hellen Frauenlachen und einer einsetzenden Auto-Alarmsirene, die nach wenigen Sekunden abgestellt wird.

Florence steht auf. Sie stellt sich hinter Sarah und umfaßt behutsam ihre Schultern.

»Sarah. Es ist wichtig. Ihr Bruder ist höchstwahrscheinlich ermordet worden, und alles, was Sie wissen, kann uns einen Schritt weiterbringen. Sie müssen uns alles erzählen.«

Sarah nimmt die Hände vom Gesicht und schüttelt heftig den Kopf.

»Nein, *das* kann ich Ihnen nicht erzählen.«

Vorsichtig fragt Florence weiter.

»Hatte Ihr Vater zu Ihrem Bruder, als er jünger war, ein mehr als väterliches Verhältnis? Verstehen Sie, was ich meine? Wissen Sie etwas darüber? Dann müssen Sie uns das sagen. Das Verschwinden Ihrer Mutter kann damit zusammenhängen.«

Es entsteht ein Schweigen im Raum. Florence spürt, daß das Mädchen mit sich kämpft. Nach einer Weile sagt Sarah tonlos:

»Ich weiß, daß Papa früher immer Fotos von Raymond gemacht hat, als er kleiner war.«

»Was für Fotos?« hakt Alain nach.

»Eben Fotos. Wie soll ich sagen...« Sie beendet den Satz nicht. Erneut wischt sie sich die Tränen ab und spielt nervös mit ihrer Brille.

Florence hat wieder hinter ihrem Schreibtisch Platz genommen.

»Nacktfotos, Sarah?«

Das Mädchen antwortet nicht.

Plötzlich klingelt das Telefon auf dem Schreibtisch. Florence nimmt den Hörer ab.

»Ja? Aha, ich verstehe. Ja. Interessant. Da sind Sie ganz sicher? Gut, ich danke Ihnen.«

Florence legt den Hörer auf, lehnt sich langsam im Stuhl zurück und atmet tief durch. Sie wirft Alain einen bedeutungsvollen Blick zu.

»Das Labor. Wegen der Fingerabdrücke.«

Alain sieht sie gespannt an. Florence wendet sich an Sarah:

»Sie sagten uns neulich, daß *Sie* Ihrem Bruder nicht den Kaffee gekocht und auch nicht das Schlafmittel hineingeschüttet hätten. Dann erklären Sie uns doch jetzt bitte, wie es kommt, daß *Ihre* Fingerabdrücke auf einer leeren ›Gardenal‹-Ampulle nachgewiesen werden konnten, die unter einer der Mülltonnen in Montcastin gefunden wurde?«

Aus Sarahs Gesicht ist alle Farbe gewichen. Ihre Lippen zittern, und ihre Augen sind vor Entsetzen weit aufgerissen. Hastig sagt sie:

»Ich habe ihn nicht umgebracht! Ich wollte nicht...« Ihre Stimme verstummt.

Der lautstarke Piepton von Florences Handy unterbricht erneut das Gespräch. Florence drückt den grünen Knopf und sagt ungehalten:

»Kommissarin Labelle.«

Am anderen Ende der Leitung redet eine männliche Stimme hastig auf Florence ein. Als sie das Handy nach einer Weile abstellt, sieht sie Sarah prüfend an.

»*Was* wollten Sie nicht?«

Sarah räuspert sich und setzt sich aufrecht auf ihren Stuhl.

»Na ja, ich wollte nur sagen, daß ich manchmal für meine Mutter die Ampullen aus der Küche holen mußte. Sie hat sich das Mittel gespritzt. Da ist doch klar, daß meine Fingerabdrücke darauf waren.«

Auf Sarahs Gesicht hat sich ein trotziger Ausdruck breitgemacht. Sie sagt nicht die Wahrheit, soviel steht fest. Florence erhebt sich.

»Ihre Mutter ist gefunden worden.« Leise fügt sie hinzu: »Sie ist tot.«

Sarah schnappt nach Luft, will etwas sagen, doch statt dessen sinkt sie ohnmächtig von ihrem Stuhl und fällt zu Boden.

»Schnell! Wir brauchen einen Arzt!«

Während Florence sich über Sarah beugt, reißt Alain die Tür zum Sekretariat auf.

»Mademoiselle Vassal, rufen Sie sofort einen Arzt!«

...

Wenig später fahren Florence Labelle und Inspektor Roche vom Hof des Polizeipräsidiums. Alain hat das Blaulicht eingeschaltet und drückt aufs Gaspedal. Florence telefoniert mit Ermittlungsrichterin Colombier.

»Stichwort: Pädophilie. Ja, die Verdachtsmomente scheinen mir ausreichend zu sein. Leiten Sie selbst die Durchsuchung? Gut. Aha. Ja, Staatsanwalt Tachard kenne ich, wenn auch nur flüchtig. Im übrigen rief mich Dr. Brochet gerade an. Er ist in einen Verkehrsunfall in Nîmes verwickelt und kann unmöglich sofort zum Fundort der Leiche kommen. Ich möchte Ihnen einen Vorschlag machen, Madame. Sie kennen doch sicher die Gerichtsmedizinerin Dr. Martin aus Paris. Ja, genau die. Wie es der Zufall will, bewohnt sie im Moment ihr Ferienhaus ganz in der Nähe des Tatortes. Ich bitte Sie, grünes Licht zu geben, damit sie die Leiche in Augenschein nehmen kann. Dann gibt es keine unnötigen Verzögerungen. Ich danke Ihnen. Ich werde sie gleich kontaktieren. Natürlich, Madame. Sobald ich erste Erkenntnisse am Tatort habe, melde ich mich umgehend bei Ihnen. Auf Wiederhören.«

Danach ruft Florence Louise an, erzählt ihr in kurzen Worten von den Geschehnissen und bittet sie, zur Schlucht zu fahren.

Sie wählt eine weitere Nummer.

»Sozialer Dienst? Hier Kommissarin Labelle von der PJ. Ich bitte, daß sich eine Ihrer Mitarbeiterinnen mit meinem Büro in Verbindung setzt. Ja, genau. Es geht um ein sechzehnjähriges Mädchen. Sie braucht dringend entsprechende Betreuung. Ihre Mutter wurde soeben tot aufgefunden, sie selbst steht unter Mordverdacht. Im Moment ist sie in ärztlicher Behandlung. Nein, das erfahren Sie alles von meiner Sekretärin. Das Mädchen darf keinesfalls allein gelassen werden! Danke, auf Wiederhören.«

Florence schaltet das Telefon aus. Alain blickt sie kurz von der Seite an.

»Was meinen Sie, *Patron*? Hat Sarah Lapalut ihren Bruder ermordet?«

»Schwer zu sagen. Angesichts der neuen Umstände müssen

wir die Beantwortung dieser Frage leider auf später verschieben. Wissen Sie was, Alain?«

»Nein. Was denn?«

»Ich halte diesen Michel Lapalut für einen notorischen Päderasten. Wahrscheinlich hat er seinen Sohn mißbraucht, wobei ich mich nicht festlegen will, auf welche Weise. Sicher bevorzugt er Jungen, die noch nicht in der Pubertät sind. Manche Pädophile gehen brutal vor, andere weniger. Viele verbrämen ihr Laster, indem sie den Kindern einreden, daß das, was sie mit ihnen machen, ein besonderer Liebesbeweis sei. Ich habe da einschlägige Erfahrungen. Vor ein paar Jahren hatte ich in Berlin einmal den Fall eines Vaters, dessen zwölfjähriger Sohn verschleppt worden war. Irgendwann tauchten von dem Jungen pornographische Bilder im Internet auf. Der Vater startete eine aufwendige europaweite Suche nach seinem Sohn. Behauptete, er wäre von Pädophilen entführt worden. Später stellte sich dann heraus, daß der Vater selbst seinen Jungen über Jahre mißbraucht und an entsprechende Kreise vermittelt hatte. Für den Ritualmord an dem Jungen, der auf Video gefilmt wurde – die Täter konnten später gefaßt werden –, hatte er zweihunderttausend Mark kassiert.«

Alain sieht seine Vorgesetzte entsetzt an.

»Das gibt es doch nicht!«

»Doch. Die Leiche des Jungen wurde in einem Berliner Außenbezirk in einer Gartenlaube gefunden, die der Vater gemietet hatte. Dort wurde der Junge monatelang festgehalten, dorthin kamen die Kunden. Unter ihnen übrigens ein Arzt und ein Rechtsanwalt. Und dort wurde er bestialisch ermordet.«

»Und der Vater?«

»Der nahm sich einen cleveren Anwalt. Wissen Sie, was er bekommen hat? Sechs Jahre. Nach drei Jahren war er wegen guter Führung wieder auf freiem Fuß und ist untergetaucht. Solche Männer sind weder therapierbar, noch haben sie das geringste Unrechtsbewußtsein. Er wird weiter in diesem Gewerbe sein Unwesen treiben. In Amsterdam, Brüssel, einer dieser Städte mit Pädophilenringen und Verbindungen bis in die höchsten

Kreise. Also, was diesen Michel Lapalut angeht, da werde ich alles daransetzen, ihm etwas nachzuweisen. Und zwar unabhängig davon, ob er beim Tod seines Sohnes die Hände im Spiel hatte oder nicht.«

15

Das Gelände ist schwer zugänglich. Auf dem kiesbestreuten Parkplatz oberhalb der Schlucht, der für die wenigen Sommertouristen angelegt wurde, stehen die Polizeiautos, ein Feuerwehrwagen sowie Louise Martins beiger Peugeot Kombi. Weiter unten, auf dem Pfad, der in die Schlucht führt, haben Feuerwehrmänner Seile um große Bäume geschlungen, um den steilen Abhang besser begehbar zu machen.

Florence hat sich abgeseilt und befindet sich wenige Meter seitlich der Fundstelle der Leiche. Dort haben die Männer eine Art Plattform aus Brettern angelegt, auf der mit knapper Not zwei Personen Platz finden. Soeben beendet der Polizeifotograf seine Arbeit, greift nach einem der Seile, um nach oben zu steigen. Neben ihm wartet Louise, um endlich Violette Lapaluts Leiche in Augenschein zu nehmen. Als der Fotograf gegangen ist, steigt Florence vorsichtig zu Louise auf die Plattform. Beide Frauen haben die für solche Fälle üblichen dünnen Chirurgenhandschuhe über die Hände gestreift.

Violette liegt mit dem Gesicht zur Erde unter einem Felsvorsprung zwischen Geröll und dichtem Buschwerk. Der rechte Arm ist zertrümmert, der Ellbogenknochen ragt aus dem Fleisch. Ein schwarzes, gehäkeltes Baumwolltuch hängt zerrissen etwas weiter oben an einem Busch.

Louise schiebt das weiße T-Shirt hoch. Violettes Büstenhalter ist aufgerissen. Der Rücken ist übersät mit dunkelblauvioletten Blutergüssen. An vielen Stellen ist die Oberhaut verletzt. Dort ist Blut ausgetreten und geronnen.

Vorsichtig dreht Louise die Leiche um. Dies erweist sich als schwierig, da der Körper der Toten zentnerschwer zu sein scheint und durch die noch anhaltende Totenstarre äußerst sperrig ist. Violettes Gesicht ist eine Masse aus zertrümmerten Knochen und getrocknetem Blut, so daß die Augen kaum zu sehen sind.

Florence muß einen Moment gegen die aufkommende Übelkeit ankämpfen, fängt sich aber sofort wieder. Dabei hat sie schon Schlimmeres gesehen. Vor vier Jahren mußte sie in Berlin einen Frauentorso in Augenschein nehmen. Die vom Rumpf abgetrennten, säuberlich in Plastiktüten verpackten Arme und Beine und den abgeschlagenen Kopf, den ein Gastwirt ein paar Tage später in seiner Mülltonne im Hinterhof fand. Da hatte sie sich übergeben müssen. Blaschke, ihr Mitarbeiter, hatte süffisant gegrinst und ihr seinen Flachmann mit Weinbrandverschnitt in die Hand gedrückt, den er für derartige Fälle immer in seiner Hosentasche trug.

Jetzt ist es Louise gelungen, den Körper beinahe vollständig in die Rückenlage zu bringen.

»Genickbruch, vermute ich«, stellt sie sachlich fest. »Neben zahlreichen anderen Knochenbrüchen, unter anderem sicher auch ein Beckenbruch.«

Aus der Brusttasche ihrer Hemdbluse nimmt Louise eine kleine Schere, schneidet das T-Shirt der Länge nach auf und begutachtet eingehend den Thorax.

»Hier. Siehst du die Verletzungen, ähnlich wie Einstiche?«

Florence nickt.

»Ja. Sind das offene Rippenbrüche?«

»Richtig. Meiner Meinung nach haben die Rippen auch das Herz durchbohrt. Aber wir müssen die Autopsie abwarten, um das nachzuweisen. Auch andere innere Organe werden zerquetscht sein. Vielleicht war auch eine Aortaruptur die direkte Todesursache.«

Florence schluckt ein paarmal und zwingt sich erneut, ihre Blicke nicht von dem zerschundenen Körper der Toten abzuwenden.

»Und, was sagst du?«

Louise wiegt bedächtig den Kopf.

»Ein Sturz aus großer Höhe.« Sie blickt nach oben, zum Pfad, wo die Männer der Spurensicherung bei der Arbeit sind. »Das sind schätzungsweise zwanzig Meter. Sie muß sich mindestens einmal überschlagen und mit dem Rücken auf Felsvorsprünge oder Geröll aufgeschlagen sein. Zum Schluß prallte sie dann auf Brust und Gesicht und blieb hier liegen.«

»Wann war der ungefähre Todeszeitpunkt?«

»Siehst du die Totenflecken hier auf dem Brustkorb?« Louise drückt kräftig mit dem Daumen darauf. »Sie lassen sich schlecht wegdrücken. Das heißt, sie muß länger als zwanzig Stunden tot sein.«

Louise wendet sich Violettes zerquetschtem Gesicht zu.

»Hier. An den Wangen ist deutlich beginnender Madenfraß zu sehen. Die Fliegen müssen relativ schnell nach dem Tod ihre Eier abgelegt haben, und bei dem Wetter schlüpfen die Maden schnell. Der Gewitterregen hat daran nichts geändert. Zumal die Leiche ja durch diesen Felsvorsprung relativ geschützt vor dem Regen war.«

Louise holt aus ihrer Brusttasche eine Pinzette und pickt eine der Maden heraus. Sie zappelt zwischen den spitzen Backen des Instruments.

»Etwa ein Millimeter. Das heißt, die Fliegeneier wurden vor gut einem Tag abgelegt. Bei dem Wetter wachsen die Maden pro Tag etwa einen Millimeter, je nach Fliegenart natürlich. Aber das ist so eine Art Faustregel. Ich würde sagen, der Tod trat vor etwa vierundzwanzig bis achtundzwanzig Stunden ein.« Sie verstaut die Made und noch einige andere, die sie vorsichtig aus Violettes zerschmetterter Wange fischt, in einer kleinen verschließbaren Plastikdose. »Das ist natürlich nur eine vorläufige und vorsichtige Schätzung.«

Florence nickt.

»Ich weiß. Das heißt also, daß sie irgendwann gestern morgen hier heruntergestürzt sein muß. Oder heruntergestürzt wurde«, fügt sie nach einer Weile hinzu.

»Dazu kann ich natürlich noch nichts sagen. Warte die Autopsie ab. Fremde Gewalteinwirkung ist im Moment weder zu erkennen noch nachweisbar. Nach dem geschätzten Absturzwinkel zu urteilen, muß sie oben am Weg auf dem Felsen gestanden haben, bevor sie abstürzte.«

»Danke, Louise. Ich schicke jetzt die Kollegen runter. Der Fotograf soll auch noch mal kommen und die Leiche von vorn aufnehmen.«

Wenig später ist Florence wieder oben auf dem Pfad. Die Beamten der Spurensicherung haben inzwischen alles abgesucht. Ein junger, sommersprossiger Polizist mit roten Haaren und einem Dreitagebart gibt eine kurze Zusammenfassung.

»Keine Kampfspuren, *Commissaire*, keine sichtbaren Faserreste, keine Gegenstände. Keine Fingerabdrücke auf den Felsbrocken ringsum. Allerdings, und das dürfte für Sie vielleicht von Interesse sein, ein Stück Schnürsenkel. Hier.« Er überreicht Florence eine kleine Plastiktüte mit einem etwa vier Zentimeter langen abgerissenen Stück schmutzigweißem Schnürsenkel. Florence betrachtet das Fundstück von allen Seiten.

»Es lag ein paar Meter von hier auf dem Weg. Zu den Schuhen der Toten paßt es nicht. Die Tote trägt Espadrilles.«

»Der Schnürsenkel eines Turnschuhs, vermute ich«, sagt Florence. »Was meinen Sie, Alain?«

Inspektor Roche, der den Pfad bis hinunter in die Schlucht nach Indizien abgesucht hat und gerade zurückkehrt, wirft einen ausgiebigen Blick auf die Plastiktüte und nickt.

»Würde ich auch sagen, *Patron*. Turnschuhe, Tennisschuhe, Joggingschuhe, Baseballschuhe. Irgendwas in der Art. Hier tummeln sich doch im Sommer einige Touristen, und die meisten von denen, die hinunter in die Schlucht wandern, tragen solche Schuhe. Im übrigen glaube ich, daß es Selbstmord war.«

»Selbstmörder hinterlassen meistens einen Abschiedsbrief, Alain.« Florence läßt die Plastiktüte mit dem abgerissenen Schnürsenkel in die Hosentasche gleiten.

»Den kann sie zu Hause gelassen haben.«

»Dann hätte die Familie ihn doch gefunden.«

»Oder sie hat ihn bei sich.«

Florence beugt sich hinunter zum Abhang, wo sich gerade einer der Gendarmen auf die Plattform neben der Leiche abgeseilt hat.

»*Brigadier*, sehen Sie doch mal nach, ob die Tote irgend etwas in den Taschen hat.«

Der Polizist tastet vorsichtig in Violettes Hosentasche.

»Nein, da ist nichts.«

Florence fährt sich mit beiden Händen durch die Haare, die durch die Hitze und die Anstrengung am Kopf kleben. Sie fühlt sich verschwitzt und hat Durst. Zudem macht ihr zum ersten Mal der scharfe Wind zu schaffen. Normalerweise verträgt sie den Mistral, doch heute drückt er auf ihre Schläfen und entzündet ihre Augenränder, die bereits rot und geschwollen sind.

»Kommen Sie, Alain, wir fahren nach Montcastin. Mal sehen, ob der Staatsanwalt bei der Hausdurchsuchung erfolgreich war. Und mal sehen, in welchem Zustand Michel Lapaluts Schuhe beziehungsweise deren Schnürsenkel sind.«

Wenige Minuten später erreichen die beiden den abgesperrten Parkplatz. Alain, dessen kurzärmeliges beigefarbenes Hemd unter den Achselhöhlen tellergroße Flecken aufweist, kratzt sich am Kinn.

»Irgendwie will mir das alles nicht in den Kopf. Erst der Sohn, dann die Mutter.«

Florence antwortet nicht, sondern läßt sich auf das heiße Kunstlederpolster des Wagens fallen. Sie kurbelt die Scheibe herunter.

»Bei der Mutter«, fährt Alain fort, »deuten allerdings alle Umstände auf Selbstmord hin.« Er startet den Wagen, wendet und fährt auf die kleine Teerstraße, die durch die Wälder zurück nach Montcastin führt.

Florence schüttelt den Kopf.

»Manchmal sind die Dinge nicht so, wie es den Anschein hat. Vergessen Sie nicht, Alain, daß Violette uns etwas Wichtiges sagen wollte. Dann verschwand sie plötzlich, und wir werden nun nie wissen, was es war.«

»Vielleicht hatte die Ehefrau Beweise für den Mißbrauch des Sohnes. Dennoch stellt sich weiterhin die Frage nach dem Motiv für den Mord an Raymond. Weswegen wurde er umgebracht?«

»Das werden wir vielleicht bald wissen, Alain.«

»Das einzige, was wir im Hinblick auf den Tod der Mutter haben, *Patron*, ist ein Stück Schnürsenkel. Und das kann von einem Touristen, einem Wanderer stammen. Damit kann man sicher keinen Mord beweisen.«

»Nein, Alain, wir haben sehr viel mehr: das offensichtliche Geheimnis zwischen Vater und Sohn. Da könnte das Motiv für beide Morde liegen. Zumindest für den Mord an Violette, von dem ich fest überzeugt bin. Niemand, der über Unmengen von Schlafmitteln verfügt, wie es bei Violette Lapalut der Fall war, stürzt sich in einen Abgrund, wenn er Selbstmord begehen will. Das plausibelste Motiv hat wohl Michel Lapalut. Er glaubt, daß seine Frau dem geliebten Sohn das Schlafmittel in den Kaffee geschüttet hat. Er rächt sich an ihr und stürzt sie in die Schlucht.«

»Das wäre eine logische Theorie, *Patron*. Aber das muß man ihm nachweisen.«

»Das habe ich auch vor, Alain.«

»Dann käme er aber für den Mord an seinem Sohn nicht in Frage. Denn wenn er annimmt, daß Violette die Tat begangen hat, scheidet er selbst als Täter aus.«

»Richtig, Alain. Nach dieser Theorie hätten wir zwei verschiedene Täter.«

Schweigend fahren sie durch die kommunalen Wälder, vorbei an Pinien und Steineichen, in deren sich hin- und herwiegenden Kronen die Zikaden schreien. Ein Schmetterling wird von einem heftigen Windstoß gegen die Frontscheibe geschleudert. Seine schwarzen, weiß-orange gefleckten Flügel schlagen noch einige Male gegen das Glas, dann ist er tot.

»Ein Admiral«, murmelt Alain gedankenverloren. »Als kleiner Junge hab ich Schmetterlinge gesammelt. Mein Vater und ich haben sie mit dem Schmetterlingsnetz gefangen. Dann wurden sie mit Äther getötet. Aber das Aufpieksen mit der Stecknadel, das mochte ich nie. Das fand ich irgendwie grausam. Obwohl die Tiere ja schon tot waren und gar nichts mehr gespürt haben.«

»Tja.« Florence greift nach hinten auf den Rücksitz, wo die Wasserflasche liegt. »Schmetterlinge haben Vater und Sohn Lapalut sicher nicht zusammen gefangen. Soviel scheint wohl festzustehen.«

Sie trinkt einen Schluck. Das Wasser ist warm und schmeckt schal.

16

Das schmutzige Geschirr türmt sich im Spülstein und auf der Anrichte. In einem Topf auf dem Herd hat sich ein angetrockneter Rest Spaghetti mit Tomatensoße am Boden festgefressen. Es riecht nach abgestandenen Weingläsern, saurer Milch und Ameisenspray.

Fluchend läßt Léon Delcourt heißes Wasser ins Spülbecken laufen, gibt einige Spritzer Abwaschmittel hinzu und macht sich an die Berge von Geschirr, die sich hier seit Paolas überstürzter Abreise angesammelt haben. Abwaschen haßt er. Wenn es nach ihm gegangen wäre, hätten sie längst eine Spülmaschine angeschafft. Aber Paola hielt das für überflüssig. Kein Wunder, da *er* diese Arbeiten stets übernommen hatte.

Vor einigen Stunden war Madame Pierret nach kurzem Anklopfen in seine Küche geplatzt und hatte ihn von Violettes Tod unterrichtet. Um sich über den Zustand des aus heiterem Himmel verlassenen Ehemannes hinwegzutrösten, hatte er bereits um zehn Uhr vormittags mit ein paar leichten Pernods begonnen. Deshalb begriff er nicht sofort, was seine Nachbarin ihm da erzählte. Er nickte abwesend. Seine Gedanken wurden erneut magnetisch angezogen von Paola, den Kindern und dem Dreckskerl Aldo. Von letzterem kann er sich zwar keine genaue

Vorstellung machen, aber sicher ist er groß, sieht blendend aus und ist gut bestückt zwischen den Beinen. Madame Pierret faselte dann etwas von Tragik und vom grauenvollen Schicksal der Familie Lapalut, was Léon jedoch völlig kalt ließ.

Diese ekelhafte Vettel Violette hat er nie leiden können. Und für einen Schlappschwanz wie Michel empfand er stets nur Verachtung. Die Menschen bekommen das, was sie verdienen, denkt er, während er voller Wut das Geschirr mit der Spülbürste bearbeitet und die sauberen Stücke in den Abtropfkorb knallt. Paola wird auch nicht so einfach davonkommen und noch tausendmal bereuen, daß sie ihn verlassen hat. Wenn er in Ruhe darüber nachdenkt, wird ihm schon das Passende für sie einfallen.

Als sein Blick zufällig durch die offene Küchentür auf die Terrasse fällt, bemerkt er, daß ein Stück schwarzes Kabel vor dem Eingang heftig hin- und herbaumelt. Léon streift den Spülmittelschaum von seinen Händen und geht hinaus.

Durch den unvermindert heftig blasenden Mistral hat sich das Telefonkabel aus der Verankerung gerissen, mit der es von der Télecom an der Wand seines Hauses, dicht unter dem Dach, befestigt worden war.

»Scheiße«, sagt Léon, nimmt das baumelnde Stück in die Hand, um es zu begutachten, und beschließt, die große Leiter aus seiner Werkstatt zu holen. Gegebenenfalls muß er einen neuen, starken Dübel anbringen. Mal sehen, in welchem Zustand die Verankerung unter dem Dach ist. Von hier unten aus kann er das nicht erkennen, da die Hauswand etwa zehn Meter hoch ist.

Wenig später steht Léon auf der stabilen, zu voller Länge ausgezogenen Metalleiter, die er auf der Terrasse an die Wand gestellt hat. Tatsächlich, der Dübel ist herausgerissen und der Haken, der das Kabel hielt, heruntergefallen. Léon greift aus der Hosentasche einen Dübel, doch es ist der falsche. Er braucht einen größeren.

Als er einige Sprossen auf der Leiter hinuntersteigt, sieht er einen schwarzen Schatten über die Terrasse huschen. Er dreht sich um, zuckt vor Schreck zusammen und schreit dann unbeherrscht:

»Du Scheißvieh! Mach, daß du verschwindest! Wo kommst du überhaupt her?«

Jeanne d'Arc, die jetzt am Fuß der Leiter steht, hat den Kopf in den Nacken gelegt und blickt ihn aus ihren großen grüngelben Augen unbewegt an.

»Hau ab! Wird's bald? Na warte, ich dreh dir den Hals um, wenn ich dich erwische!«

Voller Wut will Léon mit einigen schnellen Schritten nach unten. Er verliert das Gleichgewicht, und die Leiter gerät ins Wanken. Sie rutscht von der Wand und donnert direkt gegen die Küchentür, deren Glasscheibe zu Bruch geht. Gleichzeitig strampelt Léon für Sekundenbruchteile haltlos in der Luft und stürzt ab. Als er auf den Betonboden der Terrasse aufschlägt, springt Jeanne d'Arc lautlos und in eleganten Sätzen davon.

...

Karen steht in der Küche und räumt die Spülmaschine aus.

Louise ist schon seit Stunden weg. Bevor sie zur Schlucht fuhr, hatte sie sich hastig von Karen verabschiedet. Was mag geschehen sein? Karen weiß nur, daß Jacob Violettes Leiche auf der Suche nach seinem Hütehund gefunden hat. Seit dem eigenartigen Zusammentreffen am Bäckerwagen hatte sie Violette nicht mehr gesehen. Es kommt ihr vor, als sei das Ewigkeiten her. Auch Paola, Léon Delcourts Frau, scheint wie vom Erdboden verschluckt zu sein. Kein Kindergeschrei ist vom Haus gegenüber zu hören, keine italienischen Wortfetzen. Es ist, als hätte jemand auf einen Knopf gedrückt und alles Leben im Haus abgeschaltet. Léon hat sie auch seit Tagen nicht mehr zu Gesicht bekommen, nur spät abends strahlt der Lichtschein aus seiner Küche auf die Terrasse.

Karen schließt den Geschirrschrank und räumt das Besteck in die Schublade. Gleich wird sie sich auf ihr Rennrad schwingen und trotz des starken Mistral eine kleine Tour wagen; danach duschen und sich dann mit einer Tasse Tee wieder an den Computer setzen. Ihr neuer Roman steht kurz vor dem Abschluß. Der Fall ist aufgelöst und schlüssig. Noch zwei Kapitel muß sie schreiben, vielleicht ein drittes. Ihr Londoner Verleger hatte ihr gestern per Fax mitgeteilt, daß eine Produktionsgesellschaft in Hollywood die Verfilmungsrechte an ihrem letzten Buch gekauft hat. Im Gespräch für die Hauptrolle sei Susan Sarandon, die Rede war von viel Geld. Es hörte sich alles sehr gut an. Grund genug, sich nach der sportlichen Betätigung wieder mit Elan an die letzten Seiten ihres neuen Werkes zu begeben.

Sie zieht sich rasch um und geht in ihrem Radler-Outfit in den Keller, um ihr Pinarello zu holen, das sie seit dem mysteriösen Vorfall mit den gelockerten Schrauben sicherheitshalber dort unterstellt. Plötzlich hört sie vom Nachbargrundstück lautes Stöhnen. Sie bleibt stehen und lauscht. Eine Windbö fährt in den Feigenbaum auf ihrem Grundstück und bricht sich an der Ecke des Schuppens. Dann hört sie wieder die Schmerzenslaute, vermischt mit undeutlichen Flüchen.

Karen eilt zum Hoftor und geht auf die Straße. Sie muß aufpassen, daß sie in den Radschuhen mit den aufgeschraubten Pedalplatten nicht ausrutscht. Draußen ist nichts zu sehen, doch jetzt hört sie Léon Delcourts laute Stimme.

»Hilfe! Verdammt, ist denn keiner da? Hört mich niemand?«

Nach kurzem Zögern geht sie die Stufen zu Léons Terrasse hoch und sieht ihren Nachbarn auf dem Steinfußboden liegen. Seine Hand umkrampft den rechten Fuß, der merkwürdig verrenkt aussieht. Léons Gesicht ist schmerzverzerrt, er lehnt sich stöhnend an die Hauswand. Eine offenbar von der Wand abgerutschte Aluminiumleiter blockiert den Zugang zur Küche.

Karen überblickt sofort die Lage. Jetzt nimmt Léon sie wahr und dreht sich zu ihr.

»Holen Sie Hilfe, Sie sehen doch, was los ist. Ich hab mir den Fuß gebrochen. Verdammt, stehen Sie hier doch nicht rum!«

Erneutes Stöhnen. Karen betrachtet ihn. Mit seiner schlanken Statur, den kurzen, frühzeitig ergrauten Haaren, den vollen Lippen und dem markanten Profil ist Léon Delcourt kein schlechtaussehender Mann. Nur die Augen passen irgendwie nicht dazu. Sie sind schwarz und zusammengekniffen, zwei waagerechte Schlitze. Augen, die verschlagen und hinterhältig wirken. Menschen mit diesem Blick tragen Haßgefühle mit sich herum, die zufällig und willkürlich bei anderen ausgelebt werden. Oft genügt ein unbedeutender Auslöser, und die ganze Energie wird darauf verwendet, anderen zu schaden. Dabei kann die Skala von harmlosen Nachbarschaftsstreits bis zum Mord reichen. Ein Feindbild wird geschaffen und nimmt immer stärkere Formen an. Karen kennt sich damit aus. In ihren Romanen hat sie solche Charaktere herausgearbeitet; Psychogramme gewalttätiger Menschen, die nicht im Affekt handeln, sondern überlegt und gezielt, mit dem Gefühl persönlicher Befriedigung.

Plötzlich spürt Karen eine leichte Berührung an ihrem Bein. Es ist Jeanne d'Arc, Louises Katze. Sie schmiegt sich eng an Karens nackte Haut und schnurrt. Kaum hat Léon die Katze entdeckt, schreit er panikartig los.

»Dieses Scheißvieh ist an allem schuld! Sie ist auf die Leiter gesprungen, dadurch bin ich gestürzt. Verschwinde, hau ab, du Satansviech!!!«

Seine Stimme überschlägt sich und geht dann wieder in schmerzvolles Stöhnen über.

Karen betrachtet Jeanne d'Arc, die sie mit samtenen Unschuldsaugen ansieht und zu lächeln scheint. Sie kann sich ein schadenfrohes Grinsen nicht verkneifen. Von oben bis unten mustert sie ihren Nachbarn.

»Ich verstehe, Monsieur Delcourt! Tja, Pech für Sie. So ein Knöchel- oder Beinbruch ist äußerst kompliziert und langwierig. Wer weiß, ob Sie danach je wieder richtig laufen können. Aber bis Sie irgend jemand aus dieser mißlichen Lage befreit, haben Sie ja genügend Zeit, über alles nachzudenken. Sie werden einsehen, daß man für alles im Leben seine gerechte Strafe bekommt. Stimmt's, Jeanne d'Arc? Na komm.«

Karen macht auf dem Absatz kehrt und geht mit klackenden Schritten zurück auf die Dorfstraße. Die Katze folgt ihr.

»Ich zeige Sie wegen unterlassener Hilfeleistung an!« Léons grelle Stimme klingt, als käme sie von weither.

»Ja, tun Sie das, Monsieur!« ruft Karen lachend zurück.

Während Jeanne d'Arc mit kräftigen Sätzen die Dorfstraße zu Louises Haus hinaufsprintet, holt Karen ihr Rennrad aus dem Keller, sperrt das Hoftor ab und schwingt sich in den Sattel. Léon Delcourts wütende und klagende Laute verlieren sich mit jedem Tritt in die Pedale.

Wenige hundert Meter unterhalb des Dorfes, auf der kleinen Teerstraße, kommt Karen der Wagen der Polizei entgegen. Sie erkennt die Kommissarin und ihren Assistenten.

Als Karen bremst, aus den Klickpedalen steigt und den Beamten zuwinkt, hält Alain den Wagen an.

»Na, alles wieder in Ordnung mit Ihrer Rennmaschine?« Florence lehnt sich aus dem offenen Fenster. »Wo geht es denn hin?«

»Nach Uzès. Eine größere Strecke ist mir heute bei dem Wind zu anstrengend. Ach, übrigens, *Commissaire*, oben im Dorf liegt ein Verletzter. Mein Nachbar von gegenüber. Er ist von der Leiter gefallen und hat sich offenbar den Fuß gebrochen.«

»Wieso haben Sie keine Hilfe geholt?« fragt Alain.

Florence schmunzelt. »Ich kann mir schon denken, warum. Dr. Martin hat mir eine seltsame Geschichte erzählt, in der es um Rattengift und gelockerte Schrauben ging.«

Alain, der keine Ahnung hat, wovon Florence spricht, guckt verständnislos.

»Tatsächlich?« Karen wußte nicht, daß Louise die Kommissarin informiert hatte.

»Ja. Ich bin im Bilde. Wo liegt er?«

»Auf der Terrasse seines Hauses.«

»Gut. Alain, rufen Sie gleich einen Krankenwagen. Erinnern Sie sich an den Mann, der während des Gewitters von seiner Frau verlassen wurde? Zu dessen Haus sollen die Sanitäter hinfahren. Delcourt ist der Name, wenn ich Dr. Martin richtig verstanden habe.«

»Genau«, sagt Karen. »Also, auf Wiedersehen!«

»Viel Spaß!« ruft Florence ihr nach. Karen ist bereits wieder gestartet und biegt gerade um die nächste Kurve.

Alain ruft über die Zentrale in Nîmes einen Krankenwagen und drückt aufs Gaspedal.

...

Im Haus von Michel Lapalut ist die Durchsuchung im Beisein von Staatsanwalt Tachard inzwischen abgeschlossen. Florence nimmt Tachard beiseite und berichtet ihm in knappen Worten die Fakten des Todesfalles Violette Lapalut.

»Es könnte theoretisch gesehen natürlich Selbstmord gewesen sein. Obwohl wir bei der Durchsuchung auf nichts Entsprechendes gestoßen sind. Kein Abschiedsbrief, nichts.« Tachard streicht sich über seine glatten schwarzen, säuberlich gescheitelten Haare. Mit seinem grauen Einreiher, dem blauen Hemd und der gestreiften Krawatte ist er korrekt und konservativ gekleidet. Er verbreitet eine antiquierte Eleganz. Vielleicht, um seine Unsicherheit zu verbergen, denn er lispelt stark. Bei der Polizei und unter seinen Kollegen gilt er als gewissenhafter Staatsanwalt mit einem ausgeprägten Hang zur Pingeligkeit. Was bei einer Hausdurchsuchung – speziell im vorliegenden Fall – nur von Vorteil sein kann.

»Warten wir die Autopsie ab«, sagt er und tupft mit seinem weißen Taschentuch über die Stirn. »Madame Colombier wird der Sektion beiwohnen.«

Zusammen mit Tachard betreten Florence und Alain wenig später den Kellerraum in Michel Lapaluts Haus. Stapelweise liegt das Beweismaterial auf dem Tisch und in den Schubladenkommoden.

»Hier, sehen Sie, *Commissaire*. Das ist eindeutig. Und mehr als schockierend.« Der Staatsanwalt zeigt auf einen Packen Schwarzweißfotos.

Florence nimmt sie und blättert sie durch. Nackte Jungen in eindeutiger Pose. Die Beine gespreizt, manchmal die Hand am Geschlechtsteil. Einige Bilder zeigen eine Männerhand, die ins

Bild greift und sich an den Jungen zu schaffen macht. Verängstigte, kindliche Gesichter, die traurig in die Kamera blicken. Manche lächeln zaghaft, als ob der entwürdigende Akt der Momentaufnahme dadurch abgemildert würde. Keiner der Jungen ist älter als elf oder zwölf. Die Fotos haben verschiedene Formate und wurden offensichtlich mit unterschiedlichen Kameras aufgenommen.

»Hier sind noch mehr«, sagt Alain. »Das scheint Raymond zu sein, als er jünger war.«

Florence betrachtet die Aufnahmen. Da sie bei Aurélie eine Fotografie von Raymond gesehen hatte, erkennt sie ihn sofort. Es sind mehr als dreißig Fotos. Dasselbe Format, ein einheitliches Papier, ein bestimmter Stil. Raymond als Elf- oder Zwölfjähriger, in obszöner Haltung auf einem Bett liegend. Auf einem Stuhl sitzend. Stehend.

Von hinten, eine Männerhand greift ihm ans Gesäß.

Mit einem Dildo, den er sich in den Mund steckt.

»Mein Gott, ist das widerlich.« Florence legt die Fotos beiseite. Wut und Ekel steigen in ihr auf, doch die Wut überwiegt. Vor allem, wenn sie daran denkt, daß die Täter meistens mit milden Strafen davonkommen. Ein bis zwei Jahre, höchstens. Und dann oft noch auf Bewährung. Angesichts der Häufigkeit solcher Delikte ist es erschreckend, daß der Gesetzgeber nicht härter durchgreift. Von der Herstellung pornographischer Fotos bis zum brutalen Kindesmißbrauch ist es häufig nur ein kleiner Schritt. Florence ist in puncto Strafrecht sicher keine reaktionäre Hardlinerin. Aber was Vergewaltigung und Kindesmißbrauch im weitesten Sinne angeht, hält sie die gesetzlichen Maßnahmen für äußerst unzureichend und das Gerede von der Therapierbarkeit solcher Straftäter für naiv und gefährlich. In all ihren Berufsjahren ist ihr kein einziger Fall bekannt geworden, in dem ein Kinderschänder oder Mehrfach-Vergewaltiger durch eine Therapie *nicht* rückfällig geworden wäre. Im Gegenteil. Auch nach Strafverbüßung und angeblich erfolgreich abgeschlossener therapeutischer Behandlung mit guter Prognose wurden die Täter wieder straffällig.

»Die Negative sind in diesem Schrank.« Der Staatsanwalt zeigt auf einen Metallspind. »Er hat sich eine Dunkelkammer hier unten eingerichtet. Wahrscheinlich, um die Negative der Aufnahmen seines Sohnes zu entwickeln und Abzüge zu machen. Offenbar hat er die Fotos auch verschickt. Wir haben eine komplette Namensliste gefunden sowie Kontoauszüge mit regelmäßigen Eingängen. Vermutlich von Kunden, an die er die Fotos verkauft hat. Mit Sicherheit dürften das alles Codenamen sein.«

»Da gibt es ja demnächst für die Kollegen im Sittendezernat genug zu tun.«

Der Staatsanwalt wirft einen Blick auf seine Uhr und sagt zu einem der Gendarmen:

»Beschlagnahmen Sie sämtliches Material, und fertigen Sie eine Liste an.« Er blickt Florence an, greift in die Innentasche seines Jacketts und gibt ihr ein zusammengefaltetes Papier. »Ich muß nach Nîmes zurück. Den Haftbefehl für Lapalut habe ich vorsorglich gleich mitgebracht. Irgendwie muß ja mal Licht in die ganze Sache kommen.«

Wenig später verläßt Florence den Kellerraum und betritt die Dorfstraße, die bereits im Schatten liegt. Noch immer weht der Mistral. Es ist kalt geworden, und Florence fröstelt.

»Wo ist er?« fragt sie Alain.

»Im Haus. Einer der Gendarmen ist bei ihm.«

»Wie hat er auf die Nachricht vom Tod seiner Frau reagiert?«

»Als erstes sagte er, daß sie seit Wochen Selbstmordabsichten geäußert habe.«

»Und seine Mutter, Thérèse Lapalut?«

»Er behauptet, daß sie nach Uzès zum Einkaufen gefahren sei.«

»Weiß sie vom Tod ihrer Schwiegertochter?«

»Wahrscheinlich nicht. Madame Pierret, eine Nachbarin, die die Polizei alarmiert hat, konnte sie zu Hause nicht antreffen. Sie muß bereits weg gewesen sein.«

Kurz darauf sitzen die beiden Kriminalbeamten mit Michel Lapalut am Wohnzimmertisch. Michel sieht übernächtigt aus, unrasiert. Seine Hände zittern, als er sich ein Glas Wasser einschenkt. Gezielt weicht er dem forschenden Blick der Kommissarin aus und zündet sich eine Zigarette an.

»So, Monsieur Lapalut. In dem Gespräch, das wir jetzt mit Ihnen führen, geht es um zwei Dinge: um das, was wir bei Ihnen im Keller gefunden haben, und um den Tod Ihrer Frau.«

»Meine Frau war depressiv. Schon seit Jahren. Das hat unsere Ehe belastet, unser Familienleben. Sie hat oft Selbstmordabsichten geäußert.«

»Das wäre nur allzu verständlich. Wahrscheinlich hat sie gewußt, daß ihr Mann pädophil ist und den eigenen Sohn mißbraucht hat.«

»Ich habe meinen Sohn nicht mißbraucht!«

»Nein? Wie soll man sonst diese Fotos interpretieren, auf denen sich ihr Sohn und andere Kinder zur Schau stellen und betatschen lassen müssen? Wer sind die anderen Jungen? An wen haben Sie Fotos von Raymond verschickt?«

Michel schweigt. Er drückt die Zigarette aus und wischt sich über die Stirn.

Alain packt ihn unsanft am T-Shirt.

»Jetzt hören Sie mal zu, Monsieur. Ich rate Ihnen, den Mund aufzumachen. Hier geht es nämlich nicht nur um strafbare Handlungen wie Kindesmißbrauch und Verbreitung von Pornographie. Es geht auch um Ihre Frau. Sie ist zwanzig Meter tief in eine Schlucht gestürzt, und es spricht wenig dafür, daß es Selbstmord war.«

»Sind Sie verrückt? Wollen Sie damit sagen, ich …«

Florence schneidet ihm das Wort ab.

»Eines nach dem anderen, Monsieur. Jetzt reden wir erst einmal über die Fotos. Also nochmals: Wer sind die anderen Jungen?«

»Keine Ahnung. Ich habe die Fotos gekauft.«

»Von wem?«

»Über einen Versand.«

»Was für einen Versand?«

»Aus Holland.«

»Wer steckt dahinter?«

»Das weiß ich nicht.«

»Woher wissen Sie von dem Versand?«

»Ich habe davon gelesen. Ich erinnere mich nicht mehr, wo. In einer Zeitung, glaube ich.«

»So etwas steht normalerweise nicht in irgendeiner Zeitung! Wir haben einschlägiges Adressenmaterial bei Ihnen im Keller gefunden. Und die Fotos Ihres Sohnes? An wen haben Sie die verschickt?«

»An einen Mittelsmann in Amsterdam.«

»Der Name?«

»Adam.«

»Und weiter?«

»Mehr weiß ich nicht. Nur Adam. Ich schickte sie an Adam, an eine Postfachadresse in Amsterdam.«

»Für wieviel haben Sie die Fotos verkauft?«

»Ich hab sie nicht verkauft, sondern getauscht.«

»Ihre Kontoauszüge, die wir gefunden haben, weisen regelmäßige Beträge auf, die aus dem Ausland eingegangen sind. Hauptsächlich aus Holland. Also, wer waren die Käufer?«

Michel zuckt die Achseln und schweigt.

Florence lehnt sich zurück. Sie weiß, daß sie im Moment keinen Schritt in dieser Sache weiterkommt. Der Vertrieb pädophiler Pornographie erfolgt über Tarnnamen und Deckadressen. Erst nach Auswertung des im Keller gefundenen Materials wird man Genaueres in Erfahrung bringen, wenn man Glück hat. Sie wechselt das Thema.

»Wo waren Sie letzte Nacht?«

Michels Augen flackern. Mit fester Stimme sagt er. »Hier zu Hause. Warum?«

»Waren Sie die ganze Nacht da?«

»Ja.«

»Wann sind Sie zu Bett gegangen?«

»Das muß gegen elf gewesen sein.«

»Warum lügen Sie, Monsieur Lapalut?« Alain durchquert mit langsamen Schritten den Raum. »Ich habe Sie kurz nach Mitternacht in Nîmes gesehen. In Begleitung eines minderjährigen Jungen, der meiner Einschätzung nach nicht älter als dreizehn war.«

Michel zuckt mit den Achseln.

»Ich sage Ihnen, ich war hier. Fragen Sie meine Tochter. Die wird Ihnen das bestätigen.«

»Das glaube ich kaum«, antwortet Florence. »Und wo waren Sie am Mittwoch morgen?«

»Mittwoch?«

»Ja, an dem Tag, als Ihre Frau verschwand und kurz darauf in die Schlucht stürzte.«

»Ich war in Uzès. Die Traueranzeigen für Raymond abholen. Einkäufe tätigen.«

»Wann fuhren Sie dort hin?«

»Das muß gegen neun, halb zehn gewesen sein. Früher machen ja die meisten Geschäfte nicht auf. Vorher war ich noch bei meiner Mutter.«

»Wann kamen Sie wieder?«

»Gegen elf, glaube ich.«

»War Ihre Frau da zu Hause?«

»Nein, sie war nicht da.«

»Weshalb haben Sie nicht spätestens heute morgen die Polizei benachrichtigt? Ihre Frau war doch da bereits vierundzwanzig Stunden verschwunden.«

Michel schweigt.

»Für den Mittwoch vormittag haben Sie allenfalls ein Alibi für einige Stunden. Sie lassen auch am nächsten Tag nicht nach Ihrer Frau suchen. Das erste, was Ihnen als Erklärung einfällt, als sie von ihrem Tod hören, ist ihre angebliche Selbstmordabsicht. Finden Sie das nicht eigenartig?«

»Ich habe meine Frau nicht umgebracht. Weswegen denn?«

Florence beugt sich zu Michel.

»Weil Sie dachten, daß sie von Ihrem pädophilen Doppelleben wußte und sich der Polizei anvertrauen wollte. Sie haben doch gehört, daß sie mit mir allein reden wollte. Worüber wollte sie denn reden, wenn nicht über das Geheimnis, das in

Ihrer Familie allen Beteiligten das Leben zur Hölle gemacht hat? Was haben Sie neben diesen widerlichen Fotos mit Ihrem Sohn noch alles angestellt? Hat Ihre Frau davon gewußt?«

»Ich habe weder meine Frau noch meinen Sohn umgebracht.« Michels Stimme klingt wie in Trance. »Meine Frau hat Raymond auf dem Gewissen. Weil sie eifersüchtig auf ihn war.«

Florence schüttelt den Kopf.

»Sie war sicher nicht eifersüchtig, sondern todunglücklich. Und sie hatte sich entschlossen, nicht länger über das zu schweigen, was in Ihrer Familie passiert ist. Wie ist es Ihnen gelungen, Ihre Frau in die Schlucht zu locken?«

Michel schweigt erneut und sinkt immer mehr auf seinem Stuhl zusammen. Es ist, als sei er aus dem Gespräch ausgestiegen. Sein Blick gleitet durch den Raum zum Fenster und verliert sich in der Leere des tiefblauen Horizonts.

»Monsieur Lapalut?« Florence tippt Michel mit dem Finger an den Oberarm und steht auf. »Wir würden uns gern einmal Ihre Schuhe ansehen.«

Michel nickt mechanisch, erhebt sich und geht durchs Wohnzimmer in den Flur im angrenzenden Haustrakt. Dort zeigt er auf einen Schrank. Alain öffnet ihn. Man sieht eine Reihe Turnschuhe, Halbschuhe, Bergstiefel. Alain untersucht jedes Paar schnell und routiniert. Keiner der Schnürsenkel ist abgerissen, keiner ist neu.

»Fehlanzeige«, sagt er zu Florence. »Aber das will nichts heißen. Er kann das entsprechende Paar Schuhe längst beiseite geschafft haben.«

Florence nickt. Zu Michel sagt sie:

»Monsieur Lapalut, ich habe hier einen Haftbefehl. Ich fordere Sie auf, uns aufs Präsidium nach Nîmes zu begleiten.«

Als er abgeführt wird, zittern Michels Lippen und bewegen sich, als wollten sie eine Botschaft übermitteln. Der Polizeiwagen fährt in hohem Tempo durchs Tal, vorbei an blühenden Lavendelfeldern und abgeernteten Weizenäckern. Michels Gesicht ist grau und verschwitzt, seine Augen brennen. Er schließt sie einen Moment und wünscht, er könnte alles vergessen. Den bitteren Geschmack in seinem Mund, der wie Galle ist. Den verschwitzten Körper in der zerknitterten Kleidung. Die Bilder, die immer wieder an ihm vorbeiziehen. Junge Gesichter. Glatte, straffe Körper, die ihn berauschen und die er nehmen muß. Es ist wie eine Sucht. Er ist süchtig danach. Schon den Gedanken daran braucht er wie die Luft zum Atmen.

Der Junge letzte Nacht hatte dieselbe Augenfarbe wie Raymond. Als er mit ihm zusammen in diesem winzigen, armseligen Zimmer war, da hatte er einen Moment lang das Gefühl, die Zeit drehe sich zurück. Alles, was in den letzten Tagen passiert war, schien ausgelöscht. Wie ein Betäubungsmittel wirkte die halbe Stunde, für die er bezahlte. Später auf der Heimfahrt nach Montcastin erinnerte er sich daran, wie es damals war, als sein Vater nachts immer in sein Zimmer kam. Vor vielen Jahren in Algier, als er noch ein Junge war und Robert ihm sagte, daß ihre Liebe etwas ganz Besonderes sei. Etwas Kostbares, das ein Mann mit einer Frau nie erleben könne. Einmal überraschte seine Mutter ihn mit dem Vater im elterlichen Schlafzimmer. Sie war von einem nachmittäglichen Damenkränzchen vorzeitig zurückgekommen. Sie gab Michel eine schallende Ohrfeige, knallte die Tür von außen zu und sprach tagelang nicht mit dem Vater. Doch es hörte nicht auf. Immer wieder fand Robert Gelegenheiten, allein mit ihm zu sein. Ohnmächtig fühlte er sich damals, ausgeliefert. Den kräftigen Armen seines Vaters konnte er sich nie entwinden, und seine Mutter war kein Mensch, mit dem man sich aussprechen konnte.

Später, als Raymond sechs oder sieben war, entdeckte Michel das gleiche brennende Begehren in sich, das sein Vater offenbar für ihn auch gespürt hatte. Doch im Unterschied zu Robert war er zärtlich, rücksichtsvoll. Mit den Fotos verdiente er nicht schlecht und sicherte so den Lebensunterhalt der Familie. Es hätte alles so schön sein können, so harmonisch. Wenn Violette mitgespielt hätte. Sie war der Spielverderber … Sie muß es seit Jahren gewußt haben. Hat sie ihm nachspioniert? Sie hat es gewußt. Auf jeden Fall war sie bereit, ihn zu verraten. Doch sie hatte ihre gerechte Strafe bekommen.

17

Gegen achtzehn Uhr kommt Thérèse von ihren Einkäufen zurück. Sie parkt den Wagen auf ihrem Grundstück, schleppt die Plastiktüten mit Gemüse, Fleisch, Tiefkühlkost, Saftflaschen und Keksdosen ins Haus, atmet kurz durch und wählt die Telefonnummer ihres Sohnes. Es meldet sich niemand. Sie legt auf.

Eigenartig, denkt sie. Wieso ist niemand zu Hause?

Im selben Moment schrillt ihr Telefon. Es ist Sarah, die aus Nîmes anruft. Sie klingt aufgeregt und verheult. Thérèse läßt sich auf einen Stuhl fallen.

»Deine Mutter ist tot, und sie haben ihn verhaftet? Ich komme sofort! Erst rufe ich einen Anwalt an. Der holt deinen Vater da raus. Die haben doch gar nichts gegen ihn in der Hand. Wir wollen doch mal sehen, ob die Polizei so mir nichts dir nichts jemanden verhaften kann. Hatten die überhaupt einen Haftbefehl? Wieso bist *du* eigentlich im Polizeipräsidium? Haben Sie dich etwa auch mitgenommen?«

»Mémé, Maman ist tot. Sie ist in die Schlucht gestürzt. Ist das nicht schrecklich? Glaubst du, daß Papa ...« Sarah beendet den Satz nicht.

»Ach, Unsinn!« Thérèses Stimme ist schneidend. »Deine Mutter hat Selbstmord begangen, so bitter das auch für uns alle sein mag. Also, bis nachher. Ich fahre gleich los. Und dein Vater soll kein Wort sagen, bis der Anwalt da ist!«

Sie legt auf, greift nach dem Telefonbuch, blättert hastig und wählt dann eine Nummer.

In wenigen Worten teilt sie Maître Besson, der ihren Mann vor Jahren einmal in einer Versicherungssache vertreten hat, den Sachverhalt mit. Sie verabredet sich mit ihm auf dem Kommissariat in Nîmes.

...

Seit fünf Minuten sitzt Sarah in Florences Büro. Eine Sozialarbeiterin hatte sie in den letzten Stunden betreut. Sarah ist vollkommen fertig. Florence weiß, daß dadurch die Chance für ein Geständnis groß ist. Deshalb läßt sie nicht locker.

»Ich frage Sie nochmals: Haben Sie Ihrem Bruder an dem fraglichen Abend den Kaffee gekocht?«

Sarah zögert, kämpft mit sich. Florence blickt sie scharf an.

»Kommen Sie, Sarah, erzählen Sie uns endlich die Wahrheit!«

Sarah schluckt. Ihre Augen füllen sich mit Tränen. Stockend beginnt sie.

»Es war alles ganz anders!«

»Haben Sie ihm das Schlafmittel in den Kaffee geschüttet?«

»Ich wußte doch nicht, daß es erst später wirkt! Ich wollte ihn nicht töten. Ich wollte ihm nur einen Denkzettel verpassen.«

Florence traut ihren Ohren nicht.

»Sie wollten *was*?«

»Ja! Weil er mir keine Karte für das Konzert besorgt hat. Ich wollte, daß er zu Hause einschläft und selbst auch nicht hinfahren kann.«

Alain sieht seine vorgesetzte Kommissarin verblüfft an und lacht kurz auf.

»Moment mal, Mademoiselle. Sie schütten Ihrem Bruder ein Schlafmittel in den Kaffee, weil er Sie nicht in ein Popkonzert mitnimmt? Das glaubt Ihnen doch kein Mensch!«

»Sie wollten also, daß er zu Hause einschlief, damit er gar nicht erst wegfahren konnte«, sagt Florence. »Erzählen Sie uns bitte genau, was vor Raymonds Abfahrt aus Montcastin passiert ist.«

Sarah atmet heftig. Sie wirkt müde und erschöpft. Dennoch scheint sie erleichtert zu sein, befreit von dem unerträglichen Schweigen, das sie sich in den letzten Tagen auferlegt hat.

»Als er sich geduscht und umgezogen hatte, ging ich in sein Zimmer und sagte ihm, daß ich ihm noch einen Kaffee kochen würde, bevor er führe.«

»Wie reagierte er?«

»Er meinte, den könne er jetzt gut gebrauchen, da er von der Hitze ziemlich k. o. sei.«

»Und dann?«

»Dann ging ich runter in die Küche, setzte Wasser auf und kochte eine kleine Kanne Kaffee.«

»Und das Schlafmittel?«

»Ich wußte, daß meine Mutter die Tabletten und Schlafmittel in der Küchenschublade aufbewahrt. Ich nahm die Ampullen und schüttete sie in die Kanne.«

»Wie viele Ampullen waren es?«

»Es waren fünf.«

»Woher wußten Sie, daß fünf Ampullen nicht tödlich waren?«

»Meine Mutter nimmt immer so viele.«

»Und da ist Ihnen nie aufgefallen, daß das Mittel erst sehr viel später wirkt?«

»Nein. Meine Mutter liegt ja tagsüber oft im Bett.«

»Was haben Sie mit den leeren Ampullen gemacht?«

»Die hab ich in den Mülleimer geworfen. Später brachte ich den Müllsack zur Mülltonne.«

»Sie wußten, daß dienstags geleert würde.«

Sarah nickt.

»Das klingt aber nicht so harmlos, wie Sie uns das ganze Geschehen darstellen. Das klingt nach gezielter Planung und Verwischen von Spuren! Ihr Pech, daß eine der Ampullen offenbar aus dem Plastiksack gefallen und unter den Container gerollt ist.«

»Ich wollte ihn nicht umbringen! Ich dachte, er schläft direkt ein. Als ich dann später in die Küche kam, war Raymond nicht mehr da.«

»Und der Kaffee?«

»Er hatte davon getrunken, die Tasse war benutzt. Und die Kanne war leer. Ich hab die Tasse dann gespült und weggeräumt.«

»Und die Thermoskanne?«

»Ich habe gar nicht gewußt, daß er auch noch Kaffee in der Thermoskanne mitgenommen hatte. Das hab ich erst erfahren, als Sie es am Tag nach dem Unfall bei uns erwähnt haben.«

»Als Sie gemerkt haben, daß Ihr Bruder zwar von dem Kaffee getrunken hatte, aber trotzdem nicht eingeschlafen, sondern mit dem Wagen Ihres Vaters weggefahren war, hatten Sie da keine Bedenken, daß das Mittel eventuell später wirken und Ihr Bruder am Steuer dadurch in Gefahr geraten könnte?«

»Doch. Ich hatte ein furchtbares Gefühl. Wie Panik.«

Es ist einen Moment still im Büro. Florence atmet tief durch. Sie beobachtet Sarah, die die Augen niedergeschlagen hat und wieder anfängt zu schluchzen.

Ein Unglücksfall? Der Tod von Raymond Lapalut ein simpler Unfall? Das, was Sarah gerade erzählt hat, erscheint plausibel und schlüssig. Selbst wenn es nicht so gewesen sein sollte und die Schwester ihren Bruder tatsächlich *ermorden* wollte, würde ihr das schwer nachzuweisen sein.

Im Lauf ihrer vielen Berufsjahre hat Florence ein gutes Gefühl für Menschen entwickeln können. Sie kann in etwa einschätzen, wann sie lügen und wann nicht. Und ihre Erfahrung sagt ihr jetzt, daß Sarah höchstwahrscheinlich die Wahrheit gesagt hat. Daher entschließt sich Florence, das Gespräch mit ihr vorerst zu beenden und sich erneut mit Michel Lapalut zu beschäftigen.

...

Das Verhörzimmer im Polizeipräsidium in Nîmes ist klein, stickig und spärlich möbliert. Durch das winzige Fenster fallen die Strahlen der Abendsonne in den Raum, direkt auf den Stuhl, auf dem Michel Lapalut bewegungslos hockt.

Seit einer Stunde verhört Florence ihn nun schon, ohne Resultat. Er schweigt beharrlich und läßt sich durch keine noch so gezielten Bemerkungen provozieren.

Alain Roche, der kurz in die Polizeikantine gegangen ist, um ein paar Flaschen Mineralwasser zu besorgen, betritt wieder das Zimmer.

»Sein Anwalt ist da, *Patron*. Maître Besson aus Uzès. Sowie seine Mutter.«

»Gut.« Florence steht auf. Sie ist müde, ausgelaugt und am Ende ihrer Geduld. Keinen Schritt weiter ist sie. Kein Geständnis, keine neuen Erkenntnisse, was den Tod der Ehefrau angeht. Wenn Michel weiterhin schweigt und sein Anwalt clever genug ist, ihn abzuschirmen, werden die Ermittlungen auf der Stelle treten. Es sei denn, die Autopsie bringt Erkenntnisse hinsichtlich eines nachweisbaren Fremdverschuldens. Das Resultat der Sektion wird erst in der Nacht vorliegen. Dr. Brochet hat sich zusammen mit Louise und im Beisein von Untersuchungsrichterin Colombier am späten Nachmittag im Sezierraum des gerichtsmedizinischen Instituts der Universität Montpellier ans Werk gemacht.

Florence verläßt das Verhörzimmer, geht über den Flur auf die Toilette und schüttet sich eiskaltes Wasser ins Gesicht. Danach fühlt sie sich besser.

Ihr Handy klingelt. Es ist Cathérine, die von Fontainebleau aus anruft, wo das Geburtstagsfest ihres Onkels in vollem Gange ist. In wenigen Worten erzählt Florence ihr von den Ereignissen der letzten Stunden.

»Und du?«

»Hier ist wahnsinnig viel los. Mit meiner Mutter habe ich bisher kaum drei Worte wechseln können, weil so viele Verwandte hier sind, die man seit Jahren nicht gesehen hat. Aber ehrlich gesagt, ich langweile mich. Vor allem habe ich Sehnsucht nach dir.«

Florence lächelt.

»Schön, daß du das sagst. Das kann ich wirklich gut gebrauchen. Ich habe heute das Gefühl, daß der Tag fünfzig Stunden hat.«

»Ich nehme morgen die Nachmittagsmaschine.«

»Vielleicht hole ich dich am Flughafen ab.«

»Versprich nichts, was du nicht halten kannst! Aber ich würde mich freuen.«

»Ich versuch's. Viel Spaß noch auf dem Fest.«

»Danke. Schade, daß du nicht hier sein kannst.«

»Dann würde ich als erstes einen doppelten Whisky pur trinken. Den könnte ich jedenfalls gebrauchen.«

»Mach's gut, Liebe. Ich umarme dich.«

»Ich dich auch.«

Als Florence ihr Büro betritt, ist die Sekretärin bereits gegangen. Maître Besson, ein dynamischer, übergewichtiger Mittdreißiger mit Halbglatze und dröhnender Stimme, sowie Thérèse Lapalut und Sarah warten auf sie.

»Ich hoffe, Sie können das alles verantworten, *Commissaire*.« Florence spürt die bellende Stimme des Anwaltes wie einen plötzlich auftretenden Schmerz. »Einem Haftprüfungstermin wird das hier nicht standhalten, das versichere ich Ihnen.«

»Ganz sachte, Maître. Erst einmal kann ich Monsieur Lapalut mindestens vierundzwanzig Stunden hier festhalten, ohne ihn dem Richter vorzuführen, und das habe ich auch vor. Wenn er nicht redet, werde ich dafür sorgen, daß diese Frist verlängert wird.«

Alain erscheint in der Tür. Auch er sieht müde und grau aus. Er gibt dem Anwalt ein Zeichen mit der Hand und sagt tonlos: »Sie können zu ihm, *Maître*.« Besson folgt ihm laut schnaubend und mit schweren Schritten.

Florence wirft einen kurzen Blick auf Sarah, die relativ gefaßt wirkt, dann auf Thérèse. Die Mutter des verhafteten Michel Lapalut blickt an Florence vorbei zur Tür, hinter der Alain und der Anwalt soeben verschwunden sind.

»Sie und Sarah warten am besten unten beim *Chef de Poste* auf Maître Besson, Madame«, sagt Florence und nimmt ihre Handtasche vom Schreibtisch. Dann fällt ihr Blick plötzlich auf Thérèse Lapaluts Beine. Schlanke, gerade, lange Beine in khakifarbenen Jeanshosen. Aber das ist es nicht. Es sind die Schuhe.

Florence ist mit einem Schlag hellwach. Wie konnte sie nur so blind sein! Michels hartnäckiges Schweigen vorhin hätte sie stutzig werden lassen müssen. Anscheinend kennt er die Wahrheit, zumindest ahnt er sie. Florence spürt ihr Herz klopfen. Mit einemmal ist alles schlüssig, alles paßt zusammen. Jetzt muß es sehr schnell gehen, es darf kein Atemholen geben. Die nächsten Stunden werden Hektik bringen. Eine Hausdurchsuchung bei Madame Lapalut, eine fieberhafte Suche nach dem kaputten restlichen Stück Schnürsenkel und ein langes nächtliches Verhör.

»Einen Moment, Madame«, sagt Florence beiläufig, und Thérèse Lapalut, die vor ihr das Büro verlassen wollte, bleibt stehen.

»Ja, *Commissaire?*«

»Hübsche Schuhe haben Sie an. Ich wußte nicht, daß Sie Turnschuhe tragen.«

Thérèse lächelt flüchtig.

»In meinem Alter, wollten Sie sagen. Aber wissen Sie, solche Schuhe sind einfach bequem. »

»Bequem für Spaziergänge auf steinigem Terrain... Oder nicht, Madame?« Florence sieht, daß Alain über den Flur eilt und auf die Herrentoilette zusteuert.

»Ach, Alain, kommen Sie mal. Begleiten Sie doch freundlicherweise Madame Lapalut.« Als Alain vor ihr steht, deutet Florence mit einer kaum wahrnehmbaren Augenbewegung auf Thérèse Lapaluts Tennisschuhe. Alain folgt ihrem Blick und starrt wie magisch angezogen auf den neuen Schnürsenkel im linken Schuh. Er begreift sofort.

»Madame Lapalut«, sagt er langsam. »Darf ich bitten? Warten Sie in meinem Büro.«

Etwas erstaunt, doch ahnungslos folgt Thérèse ihm, während Sarah wie verloren auf dem Flur zurückbleibt. Als Thérèse außer Hörweite ist, sagt Florence zu Sarah: »Gehen Sie nach unten zum *Chef de Poste.* Mademoiselle Girard vom sozialen Dienst ist auch noch dort. Ich sage Bescheid, daß ein Beamter Sie nach Montcastin fährt. Haben Sie Verwandte oder eine Freundin, wo Sie jetzt hin können?«

»Nein. Was ist denn mit meiner Großmutter?« Sarah sieht Florence ängstlich an.

»Wir haben noch ein paar Fragen an sie.« Florence wirft einen Blick auf die Uhr, läßt Sarah einfach stehen und geht mit schnellen Schritten in ihr Büro zurück, um Ermittlungsrichterin Colombier anzurufen. Diese hat das gerichtsmedizinische Institut in Montpellier bereits verlassen und ist nach Hause gefahren. Florence erreicht sie dort.

»Ich brauche dringend einen weiteren Durchsuchungsbefehl, Madame. Ja, für die Mutter des Verhafteten, Thérèse Lapalut. Ich weiß, daß wir nach einundzwanzig Uhr keine Wohnungen mehr durchsuchen dürfen, aber es ist ja erst Viertel vor sieben. Bis wir in Montcastin sind, ist es vielleicht halb acht. Da bleibt Zeit genug. Kommen Sie mit? Gut, ich warte hier im Präsidium auf Sie.«

...

Inspektor Alain Roches Büro ist ein karg eingerichteter, winziger Raum mit einem heruntergekommenen Metallschreibtisch, einem Bürosessel, dessen Höhe sich nicht mehr verstellen läßt, und einem abgewetzten ledernen Besuchersessel, der wie in einem Wartezimmer rechts an der Wand steht. Alain sitzt an seinem Schreibtisch und blättert in einer Akte. Zumindest tut er so. Die wiederholte Frage von Thérèse, wann sie denn endlich gehen könne, hatte er abgewimmelt und nur gesagt, daß die Kommissarin sie noch mal kurz sprechen müßte.

Thérèse streckt die Beine aus und blickt durchs Fenster. Gegenüber, auf der anderen Seite des dunklen Innenhofes, ist eines der Zimmer hell erleuchtet. Ein Polizist mit Glatze blättert in den Akten der Hängeregistratur, die wie eine Schneise den Raum teilt. Hin und wieder zieht er einen der dünnen Ordner, wirft einen Blick hinein, hängt ihn zurück oder legt ihn auf einen Tisch.

Seit mindestens zwanzig Minuten sitzt Thérèse nun schon hier. Wie soll sie sich das lange Warten erklären? Daß sie in diesem stickigen Raum wie eingesperrt ausharren muß, kann nur eines bedeuten. Hatte der Inspektor nicht vorhin gesagt, daß die Kommissarin sie noch einmal sprechen wolle? Wie oftmals bei Menschen, die plötzlich Angst bekommen, weil ihr schlechtes Gewissen sie plagt, eilen Thérèses Gedanken zurück zu den Geschehnissen an jenem Mittwoch morgen, dem Tag des Gewitters.

Sie hatte schlecht geschlafen in der Nacht. In den frühen Morgenstunden war sie dann doch noch in einen kurzen, splitterhaften Traum weggedämmert: Robert lag im weißen Totenhemd auf dem Steinfußboden eines fremden Zimmers, das weder ihr Schlafzimmer war noch ein anderer ihr bekannter Raum. Sein Kopf war kahl durch die Chemotherapie, doch ein langer Bart bedeckte das ganze Gesicht. Plötzlich begann sein Körper sich aufzulösen, als ob tausend Seifenblasen zerplatzten, bis nichts zurückblieb als die nackten Steine. Da erwachte sie. Sie ließ den Traum noch einige Minuten nachwirken, bevor sie aufstand.

Kurz nach halb sechs ging sie hinunter in die Küche und kochte sich einen Kaffee. Das Nachtigallenpärchen, durch die Geräusche des zischenden Wassers aufgeschreckt, flog ein paarmal im Käfig hin und her, um sich dann wieder auf dem kleinen Holzbalken in der Mitte des Bauers aneinanderzuschmiegen. Die Zeit der nächtlichen Balz war lange vorüber. Bis Mitte Mai singen die Nachtigallen, dann verstummen sie für ein Jahr.

Wenig später hörte sie durch das geöffnete Küchenfenster, dessen Holzladen noch geschlossen war, Schritte auf der Dorfstraße. Sie wußte sofort, wer da entlangging. Violette bewegte sich schwer und schleppend, sie hatte nichts Leichtfüßiges. Thérèse spähte durch die Ritzen des Fensterladens auf die Straße. Sie sah, wie ihre Schwiegertochter auf den Pfad einbog, der zur Schlucht führt.

Was macht sie um diese Uhrzeit draußen? fragte sich Thérèse. Sie wartete ein paar Minuten, ob Violette zurückkäme. Als dies nicht der Fall war, faßte sie einen Entschluß, zusätzlich motiviert durch ein Ereignis am Abend zuvor. Da hatte ihre Schwiegertochter sie angerufen und ihr Ungeheuerlichkeiten ins Gesicht geschleudert, die sie vor Empörung sprachlos werden ließen. Eine Erinnerung wurde wachgerufen, die sie sofort wieder mit aller Macht aus ihrem Herzen zu verdrängen suchte. Eine Erinnerung, die sie jahrelang weggesperrt hatte. Damals in Algier ... Michel war sechs oder sieben, er kniete vor Robert, als sie überraschend das Schlafzimmer ihrer Villa betrat. Ihr Mann saß auf der Bettkante und hatte die Hose aufgeknöpft. Dann ging alles sehr rasch. Thérèses Hand schnellte ins Gesicht des

Jungen, und Robert hatte flugs seine Kleidung in Ordnung gebracht. Sie hatten nie darüber gesprochen, und das war gut so. Dadurch schien es, als wäre dieser Vorfall nie geschehen.

Diese kurze Erinnerung durchflutete sie während des Telefonats mit Violette und steigerte ihre Wut. Wie kam ihre Schwiegertochter dazu, solche Dinge auszusprechen, sie aus heiterem Himmel damit zu konfrontieren? Wie konnte sie sich erdreisten, Thérèse etwas ins Gedächtnis zu rufen, das jahrzehntelang in ihrem Innern in Vergessenheit geraten war? Nein, irgendwo gibt es Grenzen, dachte Thérèse an diesem Morgen. Es muß Schluß sein mit diesen Kübeln voller Dreck und ekelhafter Phantasien, die Violette über ihren Sohn und ihren toten Enkel ausschüttet.

Wenig später schloß sie leise die Haustür auf, sah sich nach allen Seiten um und folgte Violette. Diese ging ihres Weges, ohne sich ein einziges Mal umzudrehen. Ab und zu blieb sie stehen, atmete tief durch, als trüge sie eine drückende Last, und schlurfte dann weiter. Thérèse, die den Weg zur Schlucht von vielen Wanderungen her kennt, auf denen sie Thymian und wildes Bohnenkraut sucht, folgte ihr in sicherem Abstand. Solange sie nicht umkehrte, blieb Violette nur eine Richtung, in die sie gehen konnte; Abzweigungen vom Weg zur Schlucht gibt es nicht. Thérèse fühlte ihr Herz bis zum Hals pochen. Ihr Plan war genial und würde alle Schwierigkeiten mit einem Schlag beenden. Michel und die ganze Familie könnten endlich von einer Last befreit werden, und der Mord an ihrem Enkel Raymond wäre gerächt. Um Violette würde niemand trauern, nicht einmal Sarah, die nur ihren eigenen Ehrgeiz im Kopf hat. Violettes Weg war vorbestimmt gewesen, sonst hätte Gott nicht dafür gesorgt, daß sie als Kind in einer Mülltonne gelandet war. Warum mußte man in ihr Schicksal eingreifen? Sie hatte sich in Michels Leben eingenistet wie Ungeziefer, das man auf normale Art und Weise nie mehr los wird.

Auf dem Parkplatz vor der Schlucht blieb Violette lange stehen, als müsse sie angestrengt nachdenken. Dann ging sie zögerlich weiter, hielt inne, um dann entschlossen ihren Weg fortzusetzen, hinunter in den Canyon. Als sie außer Sichtweite war, rannte Thérèse behend über den Parkplatz und schlich erneut hinter ihrer Schwiegertochter her. Nach etwa hundert Metern sah sie, daß Violette auf dem kleinen Felsvorsprung stand, von dem man die ganze Schlucht überblicken kann. Thérèse kam vorsichtig näher und hielt sich auf der linken Seite des Weges, so daß Violette sie erst in letzter Sekunde bemerken konnte.

Aus wenigen Metern Entfernung sah sie den massigen Rücken ihrer Schwiegertochter. Sie stand unbeweglich, dicht am Abgrund und schien ganz in sich versunken zu sein. Thérèse wußte, daß sie jetzt nicht lange zögern durfte. Mit einem Satz war sie hinter ihr. In diesem Augenblick drehte sich Violette um. Thérèse sah ihre schreckgeweiteten Augen, die die Situation sofort zu erfassen schienen. Sie öffnete den Mund zu einem Schrei, doch Thérèse vernahm zuerst nur ein gurgelndes, ersticktes Geräusch. In diesem Moment stieß sie mit aller Kraft zu. Violette ruderte mit den Armen, griff mit der rechten Hand nach ihr. Es gelang ihr, sich mit den Fingernägeln in Thérèses Oberarm zu krallen, doch sie rutschte sofort ab, weil ihr Körper bereits das Gleichgewicht verloren hatte und nach hinten stürzte, ins Leere. Ein kurzer, scharfer Schmerz an Thérèses Arm, dann Violettes Schrei, der mit zunehmender Fallgeschwindigkeit des Körpers immer langgezogener und gellender wurde, von den Wänden der Schlucht widerhallte und plötzlich verlosch. In der Stille war nur noch das Geräusch von herabrutschendem Geröll zu hören, das überall auf den steilen Hängen mit ihrem Buschwerk und den Krüppel-Eichen liegt, sowie das morgendliche Gezwitscher der Vögel. Thérèse verharrte einen Moment; Violettes Schrei klang noch in ihren Ohren nach.

Die Sonne ging hinter den Hügeln auf und tauchte den Weg und den Felsvorsprung, auf dem sie stand, in ein rotes Licht. Thérèses Gestalt warf einen langen Schatten, vor dem sie jetzt davoneilte. Sie stolperte, knickte mit dem Fuß um und rannte, so schnell sie konnte, nach Montcastin zurück. Auf dem Weg dorthin drehten sich die Gedanken in ihrem Kopf wie eine Spieluhr, erst schnell, dann immer langsamer. Als sie ins Dorf zurückkam, war sie gelassen und ruhig. Sie spürte nichts als Erleichterung. Ein Problem war gelöst. Niemand sah, wie sie ins Haus zurückging, um sich erst einmal ein kräftiges Frühstück zuzubereiten...

Jählings wird Thérèse aus ihren Gedanken herausgerissen, denn die Tür öffnet sich, und die Kommissarin betritt das dämmrige Büro. Sie tauscht einen kurzen Blick mit Alain, knipst das Licht an und blickt Thérèse direkt in die geblendeten Augen.

»So, Madame Lapalut. Ich denke, Sie wissen, warum ich Sie hier festhalte. Hier, bitte lesen Sie das.« Sie reicht ihr den Durchsuchungsbefehl. »Wir begleiten Sie jetzt nach Hause und werden uns mal bei Ihnen umsehen.« Zu Alain gewendet sagt sie: »Kommen Sie. Die Ermittlungsrichterin wartet unten auf uns.«

Thérèse streift Florence mit einem flüchtigen Blick. Blitzschnell wird ihr bewußt, daß ihr offenbar ein Fehler unterlaufen ist. Doch welcher? Ihr Plan war absolut perfekt, niemand hatte sie gesehen... Thérèse läßt sich nichts anmerken. Sie hat im Leben schon ganz andere Situationen überstanden. Das wäre doch gelacht, wenn man ihr irgend etwas nachweisen könnte! Sie weiß, daß sie auf die Verhörtricks der Polizei nicht hereinfallen wird. Ihr Wissen ist so fest in ihr Herz eingemauert, daß niemand es je herausholen kann, egal welche Beweise vorliegen mögen.

18

Cathérine füllt aus der Eismaschine ihres amerikanischen Kühlschranks Eiswürfel in große Gläser auf einem Tablett, gießt Grapefruitsaft dazu und einen Schuß Campari. Dann stellt sie das Radio in der Küche ab, wirft noch einen Blick in den Backofen, in dem zwei gefüllte Pintaden schmoren und einen wunderbaren Duft verbreiten, und verläßt mit dem Tablett die Küche.

Emmanuelle, Cathérines Haushälterin, hat heute ihren freien Tag. Wie immer verbringt sie ihn bei ihrem Bruder in Marguerittes. Gestern hatte sie noch ihre köstliche Aprikosen-Tarte gebacken, die Cathérine heute als Nachtisch servieren wird.

Sie durchquert die große Eingangshalle und betritt die Bibliothek. Dort ist der Tisch gedeckt, und dort warten Cathérines Gäste auf ihre Drinks.

Florence, Louise Martin, die pensionierte Rechtsmedizinerin aus Paris, und Karen McPherson, die englische Krimischriftstellerin mit Wohnsitz in Frankreich, haben es sich auf den chintzbezogenen Fauteuils bequem gemacht. Cathérine, die seit einigen Tagen wieder zurück aus Paris ist, hat die Frauen zum Essen nach Les Oliviers eingeladen, sozusagen zum Abschluß der Untersuchungen der Todesfälle in Montcastin.

Sie stellt das Tablett auf einen kleinen Beistelltisch und reicht jedem der Gäste einen Campari-Grapefruit.

»Also.« Cathérine hebt ihr Glas und sieht Florence an. »Auf deinen erfolgreich gelösten Fall.« Dann wendet sie sich an die anderen. »Und auf Sie beide. Denn Sie sind ja auch daran beteiligt.«

»Ich nicht«, sagt Karen abwehrend. »Ich will mich hier nicht mit fremden Federn schmücken.«

Die vier Frauen stoßen miteinander an.

»Eine alte Frau als Mörderin. Die Schwiegermutter.« Cathérine stellt ihr Glas ab und zündet sich eine Zigarette an. Sie ist die einzige in der Runde, die raucht. »Wer hätte das gedacht? Jeder hätte doch auf den Ehemann getippt. Jedenfalls was den Mord an der Mutter des verunglückten Jungen angeht.«

»Thérèse Lapalut hat ihre Schwiegertochter gehaßt. Wie viele Mütter war auch sie der Meinung, daß für ihren Sohn eigentlich keine Frau gut genug sei.« Florence versucht, mit dem Zahnstocher eine grüne Olive aus dem kleinen Schälchen zu picken, das neben ihrem Sessel auf dem Beistelltisch steht. Da die Olive immer wieder wegrutscht, nimmt sie die Finger. »Nachdem sie vergeblich versucht hatte, ihre Schwiegertochter in eine psychiatrische Anstalt einliefern zu lassen, plante sie, sie auf andere Weise aus dem Weg zu schaffen. Und der Zufall kam ihr zu Hilfe.«

»Hat sie gewußt, was ihr Sohn mit Raymond gemacht hat?«

»Sie behauptet, nein. Und wir sind ja auch nicht sicher, ob er seinen Sohn sexuell, damit meine ich *körperlich* mißbraucht hat. Wir vermuten es zwar, weil vieles dafür spricht. Dieser marokkanische Junge aus Nîmes, mit dem Inspektor Roche Michel Lapalut gesehen hat, hält den Mund. Allerdings ist er der Polizei einschlägig bekannt. Gewißheit haben wir nur, was die Fotos angeht. Sarah hatte sie auch entdeckt. Ob Violette die Fotos kannte, wissen wir nicht. Aber es ist anzunehmen. Wahrscheinlich wollte sie nach Raymonds Tod auspacken. Falls Thérèse Lapalut Kenntnis vom Treiben ihres Sohnes hatte, hätte das ihren Entschluß, Violette verschwinden zu lassen, sicher noch verstärkt. In jedem Fall mußte ja der gute Schein gewahrt bleiben, und Violette war längst unberechenbar und zu einer Gefahr geworden.«

Florence fischt sich eine weitere Olive.

»Auch nachdem wir bei der Hausdurchsuchung den fehlenden Teil des zerrissenen Schnürsenkels in ihrem Schuhschrank gefunden haben, war das als Indiz für den Mord an ihrer Schwiegertochter nicht ausreichend. Thérèse Lapalut gehört zu der Sorte Mensch, der auch die Polizei nur schwer beikommen kann.«

Louise nickt. Sie trinkt genüßlich aus ihrem Glas.

»Man hätte ihr nichts nachweisen können. Sie hat behauptet, öfter Spaziergänge in die Schlucht zu machen. Da kann es schon mal passieren, daß einem der Schnürsenkel reißt.«

»Obwohl sie die Sache mit dem Schnürsenkel vollkommen überrascht hat. Vermutlich hat sie das nicht in Zusammenhang mit ihrem mörderischen Gang zur Schlucht gebracht. Als sie zurückkam, hat sie nicht sofort bemerkt, daß ein Stück des Senkels fehlte. Sie hat ihn dann irgendwann gegen einen neuen ausgetauscht.«

»Tja.« Karen lacht. »Wenn manche Leute mehr Kriminalromane lesen würden, wären sie vorsichtiger. Sie hätte, bei sorgfältiger Überlegung, den Schnürsenkel, der zerrissen war und noch im Schuh steckte, nur verbrennen müssen.«

»Ausschlaggebend war letztendlich Louises akribische Arbeit. Darauf will ich ganz besonders anstoßen.« Florence erhebt ihr Glas, und die anderen Frauen tun es ihr gleich. »Also, zum Wohl, meine Liebe! Die Hautpartikel unter Violettes Fingernägeln waren zwar gering, aber ausreichend, um nachzuweisen, daß sie von Thérèse Lapalut stammten. Die Ermordete hat sich wahrscheinlich in ihrer Panik an ihr festzukrallen versucht, als Thérèse sie vom Felsen stieß. Die Kratzer auf den Oberarmen von Thérèse haben dann den Kreis geschlossen.«

Cathérine drückt ihre Zigarette aus.

»Sicher hat Violette geschrien, und sicher hat die Schwiegermutter den Körper nach dem Fallen aufschlagen hören. Es gehört schon eine ganze Menge dazu, dann einfach wieder nach Hause zu gehen und so zu tun, als wäre nichts geschehen.«

Sie steht auf und lächelt Florence zu.

»Hilfst du mir kurz? Die Pintaden dürften gut sein. Du könntest die Salatsoße machen.«

Florence sammelt die leeren Drinkgläser ein. »Entschuldigt uns bitte.«

Sie begleitet Cathérine in die Küche. Auf dem Weg dorthin bleibt sie im Flur stehen und nimmt Cathérine in den Arm.

»Danke.«

»Wofür?«

»Für alles. Für dein Verständnis. Für diesen Abend. Und für viele, die hoffentlich noch folgen werden.« Sie gibt Cathérine einen langen Kuß, bis diese sich losreißt.

»Mein Gott, die Pintaden! Die sind sicher schon völlig verbrannt!«

Lachend und ausgelassen stürmen die beiden Frauen in die Küche, wo in der Tat verdächtiger Qualm aus dem Backofen dringt.

»Wie peinlich! Und das mir, die ich mir so viel auf meine Kochkünste einbilde...« Cathérine stellt den Ofen ab. Als sie einen Blick hineinwirft, sieht sie durch die beißenden Rauchschwaden, daß die Haut der beiden Vögel beinahe schwarz ist. Sie seufzt.

»Das kommt eben davon, wenn man verliebt ist!«
»Ich dachte, wenn man verliebt ist, versalzt man das Essen?«
Cathérine wirft ihr einen unschuldigen Blick zu.
»Nicht hier bei uns! Da ist auch ein angebranntes Essen ein Zeichen von Verliebtheit.«
Florence lacht schallend los.
»Obwohl ich die Bräuche hier im Süden eigentlich relativ gut kenne, will ich dir das ausnahmsweise mal glauben!«

Epilog

Ein Jahr später.

Die Schwurgerichtskammer in Montpellier hat den Mord an Violette Lapalut mit einer lebenslangen Freiheitsstrafe geahndet. Im Todesfall Raymond Lapalut wurde eine Bewährungsstrafe verhängt. Im Fall der Verbreitung von pornographischem Bildmaterial wurde eine zweijährige Haftstrafe ausgesprochen.

Zu den anderen Personen ist folgendes zu sagen:

Léon Delcourt hat nach der Heilung seines komplizierten Knöchelbruchs das Haus in Montcastin verkauft (und dreißig Prozent des Erlöses behalten dürfen). Nach einigen unsteten Monaten in einem Pariser Vorort begibt er sich nach Florenz. Dort wird er beim Versuch, seine beiden Töchter nach Frankreich zu entführen, ertappt, verhaftet und kurz darauf nach Frankreich abgeschoben.

Seine Frau **Paola**, die längst von ihm geschieden ist, führt an der Seite ihres neuen Mannes Aldo, eines reichen Grundstücksmaklers, in ihrer Heimatstadt Florenz ein müßiggängerisches und luxuriöses Leben. Dennoch wird sie die Angst nicht los, daß ihr Exmann sich neue Racheakte ausdenken könnte.

Madame Pierret geht nach wie vor jeden Morgen zum Bäcker und wäscht bei Mistral ihre Wäsche, die jedesmal wieder so frisch duftet wie in ihrer Kindheit.

Karen hat soeben ihren neuen Roman beendet, in dem sie die dramatischen Ereignisse des vergangenen Sommers in Montcastin auf spannende Weise verarbeiten konnte.

Louise, der Karens neues Buch gewidmet ist, kam vor zwei Tagen mit Jeanne d'Arc von Paris nach Montcastin, um mit Karen in alter Tradition so manche gute Flasche Wein zu genießen und ihr bei diversen gerichtsmedizinischen Kniffligkeiten mit ihrer Erfahrung zur Seite zu stehen.

Aurélie, die Freundin des verunglückten Raymond, hat sich zwei Monate nach Raymonds Tod mit dessen bestem Freund Jean-Pierre getröstet.

Jacob, der alte Ziegenhirt, zieht weiterhin Tag um Tag mit seiner Herde durchs Tal.

Rose, seine Tochter, hat sich an einem bitterkalten Januartag im Ziegenstall erhängt.

Pierre Desgranges, zur Zeit der Geschehnisse in Montcastin noch Polizeichef des Départements, hat den vorläufigen Endpunkt seiner steilen Karriere erreicht. Im letzten Herbst konnte er für seine Partei die Wahlen zum Conseil Général gewinnen. Seit kurzem ist er der neue Präfekt des Départements. Seine Sekretärin hat er in sein neues Amt mitgenommen. Der Papagei Pipo wurde einem örtlichen Waisenhaus gespendet.

Cathérine hat es sich seit jenem Abendessen auf Les Oliviers zur Gewohnheit gemacht, ihre mit Pinienkernen, Äpfeln und Feigen gefüllten Pintaden stets ein wenig anbrennen zu lassen, und diesem Gericht den Namen »*Pintades amoureuses*« gegeben – Verliebte Perlhühner.

Marie-France, die ihren Mann Alain Roche Hals über Kopf verlassen hatte, taucht viele Monate später unter dramatischen Umständen auf der Intensivstation eines Krankenhauses wieder auf. Doch das ahnen weder Alain noch Florence, denn dieses Ereignis ist Teil einer der nächsten Geschichten, die uns am Tag des Endspiels der Fußballweltmeisterschaft erneut zu Kommissarin Labelle in die Provence führen wird.

Alexandra von Grote

Die unbekannte Dritte

Roman

Band 13958

Eine Deutsche wird in der Provence erschossen. Die Berliner Kommissarin Florence Labelle fährt aufgrund eines Amtshilfeersuchens ihrer französischen Kollegen an den Ort des Geschehens. Die Aufklärung des Falles erweist sich als schwierig und delikat, denn als ehemalige Geliebte der Ermordeten gehört die bekannte Schlagersängerin Cathérine Volet, Nichte des französischen Präsidenten, zu den Hauptverdächtigen. Doch auch andere hätten ein Motiv gehabt, den Mord zu begehen: Die Tote hatte viele Geheimnisse und eine dunkle Vergangenheit. Als eine unbekannte Dritte auftaucht, fällt es Florence wie Schuppen von den Augen.

Fischer Taschenbuch Verlag

fi 4002 / 7

Maria Benedickt

Blutrotes Passepartout

Roman

Band 13943

Die 33jährige Passepartout-Schneiderin Margo Varese hat das zweite Gesicht. Seit ihrer Kindheit kann sie in unkontrollierbaren Schüben in die Köpfe von anderen Menschen eindringen. Ihre Gabe löste vor Jahren einen Skandal aus, als sie in einer Wiener Straßenbahn scheinbar ohne jeden Grund einen Mann bewußtlos schlug. Nur ihre Großmutter weiß den Grund dafür, nämlich daß Margo sich in einem plötzlichen Schub im Kopf des Mannes wiederfand, als er sich ausmalte, wie er sie mit seinem Gürtel erdrosseln wollte. Das ist einige Jahre her, und nun verbringt sie mit ihrer Großmutter den Urlaub in ihrem Heimatort, dem niederösterreichischen Herbeckstein. Margo mied den Ort lange Zeit, weil das Opfer ihres Angriffs, Heinrich Gruber, gleich im Nachbardorf lebt. Kurz nach ihrer Ankunft wird eine Frauenleiche gefunden. Margo ist sicher, daß Gruber der Mörder ist. Sie legt sich einen riskanten Plan zurecht, der prompt schiefgeht. Unweigerlich müßte sie sein nächstes Opfer werden – hätte da nicht die respektlose Großmutter ein Wort mitzureden.

Fischer Taschenbuch Verlag

fi 1591 / 4

Maria Benedickt

Fräulein Gloria geht baden

Roman

Band 13942

Die unscheinbare Gloria Wehling hat sich längst daran gewöhnt, von allen übersehen zu werden. Tagsüber arbeitet sie als Rezeptionistin in einem Wiener Großbüro, abends schreibt sie an ihrer Diplomarbeit in Sinologie. Sie hat eine erträgliche Balance zwischen dem Job, ihrer Forschungsarbeit und langen, heißen Entspannungsbädern gefunden, die ins Wanken gerät, als es Frühling wird. Eine seltsame Unruhe erfaßt sie, die bald darauf durch die Entdeckung eines Nachbarn einen konkreten Anlaß bekommt: Ein Spanner beobachtet sie vom Haus gegenüber. Kurze Zeit später zischt bei einem Spaziergang ein Projektil an ihrem Kopf vorbei. In Glorias Büro geht eine Bombe hoch. Nur durch Zufall entgeht sie einem Attentat. Jetzt muß sie die Ereignisse wohl oder übel auf sich beziehen. In einer winterlichen Hügellandschaft kommt es zum Showdown. Gloria entdeckt, wer sie beseitigen wollte.

Barbara Dobrick

Sommertheater

Roman

Band 13894

Die Rundfunkjournalistin Susanne Quast wird zur Kontaktperson im Entführungsfall der Enkelin von Seebrandt Kleinschmidt, einem Hamburger Unternehmer. Knapp drei Spätsommerwochen lang wird das Leben der Kulturjournalistin durch die Entführungsgeschichte durcheinandergewirbelt. Ganz unpassend ist also der Zeitpunkt für weitere Aufregungen, die Susannes Mutter auslöst. Sie eröffnet ihr Einzelheiten über sich und ihren verstorbenen Ehemann, die Susanne das Gefühl geben, ihre Lebensgeschichte völlig überdenken zu müssen. Während der Woche lebt sie allein in Hamburg. Die Wochenenden verbringt sie in Krayenhude bei ihrer Freundin Telse und deren Mann Viktor. Telse ist eine extrovertierte, beherzte Lehrerin, die es schwer hat mit ihrem phantasievollen, aber ziemlich eigenbrötlerischen Ehemann. Als sie hört, daß Susanne das Lösegeld für die Enkelin von Kleinschmidt übergeben soll, läßt sie sich nicht davon abhalten, ihre Freundin auf dieser aufregenden Fahrt zu begleiten.

Fischer Taschenbuch Verlag

fi 746 / 8

Barbara Dobrick

Überraschung am Valentinstag

Roman

Band 14619

Durch den Tod des Ehemannes einer Kollegin wird die resolute Telse von ihrem turbulenten Berufs- und Familienleben abgelenkt. Mord, Selbstmord oder Unfall? Die beiden Freundinnen Telse und Susanne decken die bestürzenden Hintergründe auf. Nur vermeintlich steht die Aufklärung einer Straftat im Mittelpunkt des Geschehens. Genauso wichtig wie die Suche nach Motiv und Täter, die Susanne und Telse umtreibt, sind die behagliche Atmosphäre in dem hübschen Haus auf dem Land und die freundschaftlichen Beziehungen der drei Hauptakteure. Telses amüsant-ironische Schilderung des Alltags, die anschauliche Darstellung der aus dem Winterschlaf erwachenden Natur und nicht zuletzt die liebevolle Beschreibung des Miteinander von Katzen und Menschen machen den Reiz dieser Geschichte aus.

fi 3019 / 1

Binder & Ko

Der Mörder war wieder der Gärtner

Roman

Band 13527

Wolfgang Winter ist kein wirklich guter Journalist, sondern einer, der sich überschätzt und deswegen eines Sonntagmorgens tot im Aachener Reiterstadion sitzt. Mord! Zwei Frauen finden ihn: Franziska Hartmann, eine wirklich gute Journalistin und die Fotografin Kristina Walter. Die beiden Frauen haben den lebenden Kollegen nicht sonderlich geliebt, den toten mögen sie noch weniger. Sie stürzen sich in die Aufklärung dieses Falles und geraten in größte Schwierigkeiten. Mit von der Partie ist neben anderen Dr. Kurt Meyer-Oerkens: Dressurreiter, Verbandsjockel, Wirtschaftsanwalt und Franziskas langjähriger, bis dahin eher zurückhaltender Freund – was sich ändert, weil seine Noch-Ehefrau zu Tode kommt. Mord Nr. 2!

Fischer Taschenbuch Verlag

fi 2252 / 1

Binder & Ko

Mord macht tot

Roman

Band 14398

Ein junger Reiter kommt bei einem Turnier ums Leben. Mord! Franziska kann es auch diesmal nicht lassen, die seltsamen Vorgänge um sie herum zu ergründen. Sehr zum Leidwesen ihres Lebensgefährten Dr. Kurt Meyer-Oerkens, aufrechter Vertreter der deutschen Rechtspflege. Die Schnüffelei bringt Franziska nämlich in etliche nicht gerade ungefährliche Situationen. Die Bösen hatten sie zunächst gar nicht auf ihrer Liste, aber nachdem sie ihnen in den Computer geguckt hat, halten sie es für dringend erforderlich, Franziska aus dem Verkehr zu ziehen. Kurt hat im übrigen noch einen zweiten Grund zur Sorge: Er findet nämlich heraus, daß Franziska dem Charme des graumelierten Australiers Grifford erlegen ist und eine Affäre mit ihm hat. Er zieht sich zurück und schmollt, Grifford gerät unter Mordverdacht und Franziska sitzt zwischen allen Stühlen.

Fischer Taschenbuch Verlag

fi 2248 / 1

Maria Gronau

Weiberwirtschaft

Roman

Band 14011

Lena Wertebach ist Kriminalhauptkommisarin, Leiterin einer Mordkommission und lesbische Mutter eines zwölfjährigen Sohnes. Ihre Lebensgefährtin Susanna gehört zu einer Gruppe militanter Hausbesetzerinnen, die in Ostberlin mit dem »FrauenHaus« eine männerfreie Zone geschaffen haben. Eine der Besetzerinnen wird entführt und schließlich ermordet aufgefunden. Ihr ganzer Körper weist Spuren schwerer Folterungen auf. Doch damit nicht genug: Der offenbar psychopathische Mörder sucht die Öffentlichkeit und verschickt Tonbänder an Berliner Zeitungen. Seine Botschaft sind die Schmerzensschreie gefolterter Frauen. Immer mehr Frauen werden Opfer des Wahnsinnigen. Die Jagd nach dem Serienkiller wird für Lena Wertebach schließlich zu einem privaten Feldzug.

Fischer Taschenbuch Verlag

fi 2207 / 3

Maria Gronau

Weiberlust

Roman

Band 14012

Lena Wertebach ist frisch verliebt in die norwegische Studentin Margrete. Die üblichen Eifersüchteleien durch Lenas dreizehnjährigen Sohn Jim sind programmiert. Die konfliktreiche Harmonie des Haushalts Wertebach findet ein jähes Ende, als im Ostberliner Bezirk Marzahn die Leichen zweier Kinder gefunden werden, denen die Köpfe vom Rumpf getrennt wurden. Da die Mutter der Opfer Vietnamesin ist, schrillen bei der Mordkommission die Alarmglocken – die Zigarettenmafia! Nur: Es gibt keinerlei Verbindung zwischen Mutter und Mafia. Die Frau verdient ihr Geld auf redliche Weise. Bei ihrem Mann, der im Werkschutz eines Pharmakonzerns tätig ist, sind da schon eher Zweifel angebracht. Die Aufklärung des widerwärtigen Verbrechens erfordert mühsame Recherchearbeit und nicht zuletzt starke Nerven. Mit Schnoddrigkeit, Kombinationsvermögen und weiblicher Intuition bringt Lena ihre Mitarbeiter auf Trab ... und den Mörder in Zugzwang.

Britt Arenander

Flirt mit fatalen Folgen

Roman

Aus dem Schwedischen von Regine Elsässer

Band 13275

Auf dem Weg in die Ferien, die sie in Paris verbringen will, kommt Amanda Hall plötzlich die Idee, einen Tag in Brüssel zu bleiben, vor allem, um den berühmten Barockplatz, La Grand' Place, anzuschauen. Auf ihrem Spaziergang durch die Stadt lernt sie Antonio, einen gutaussehenden italienischen Geschäftsmann, in einem Straßencafé kennen. Er überredet sie, ihm zu erlauben, sie in dem eleganten Hotel unterzubringen, in dem er abgestiegen ist. Am Abend lädt er sie in ein exzellentes Restaurant ein. Amanda, die eine schwere Zeit mit Geldsorgen und eine zerbrochene Beziehung hinter sich hat, genießt den ungewohnten Luxus und die Aufmerksamkeit ihres charmanten Begleiters. Aus dem kleinen Urlaubsflirt entsteht eine leidenschaftliche Beziehung, die weit mehr ist als eine Ferienliebelei. Doch vor allem gerät Amanda in gefährliche, politisch motivierte Aktionen, in die sie unfreiwillig von ihrem Liebhaber eingespannt wird. Unversehens steht sie im Mittelpunkt dramatischer Ereignisse, die sie fast das Leben kosten.

Fischer Taschenbuch Verlag

fi 659 / 8